「科幻推進實驗室」的誕生

雖然生物技術已經越來越高深
可是《科學怪人》的憂慮卻似乎離我們越來越近
雖然「一九八四」已經過去二十幾年
可是人類卻好像越來越走向《一九八四》
偉大的科幻心靈就像宇宙中原子聚合的恆星
發光發熱，照亮銀河中黑暗的角落
「科幻推進實驗室」立志要集合這些既精采又深刻
既娛樂又啟發的科幻傑作，逐年出版
把科幻推進到這個社會
讓我們享受這些非凡想像力所恩賜的心靈奇景
讓我們在娛樂中獲得啟發
在通俗中得到智慧

這就是「科幻推進實驗室」誕生的目標

沙丘系列 001

沙丘魔堡（上）

Dune

法蘭克・赫伯特◎著

顧備◎譯

貓頭鷹出版社

科幻推進實驗室

ISBN 978-986-7001-52-8
986-7001-52-8

沙丘系列 001

沙丘魔堡(上)

作　　者　法蘭克・赫伯特（Frank Herbert）
譯　　者　顧備、黃鼎純（詞彙表）
主　　編　陳穎青
責任編輯　陳湘婷
內文排版　李曉青
封面設計　林敏煌、王達人（繪圖）
特約編輯　魏秋綢
發 行 人　涂玉雲
社　　長　陳穎青
總 編 輯　謝宜英
出　　版　貓頭鷹出版社
讀者意見信箱：owl_service@cite.com.tw
貓頭鷹知識網：www.owls.tw
發　　行　英屬蓋曼群島商家庭傳媒股份有限公司城邦分公司
聯絡地址：104 台北市民生東路二段141號2樓
郵撥帳號：19863813／戶名：書虫股份有限公司
購書服務專線：02-25007718~9
（周一至周五上午09:30-12:00；下午13:30-17:00）
24小時傳眞專線：02-25001990~1
購書服務信箱：service@readingclub.com.tw
香港發行　城邦（香港）出版集團
電話：852-25086231／傳眞：852-25789337
馬新發行　城邦（馬新）出版集團
電話：603-90563833／傳眞：603-90562833
印　　刷　成陽印刷股份有限公司
初　　版　2007年5月

定　　價　250元
港幣售價　HK83元

國家圖書館出版品預行編目資料

沙丘魔堡／法蘭克・赫伯特（Frank Herbert）著；
顧備譯. -- 初版.-- 臺北市：貓頭鷹出版：
家庭傳媒城邦分公司發行, 2007〔民96〕
面；　公分 .--（沙丘系列；1-2）
譯自：Dune
ISBN 978-986-7001-52-8（上冊：平裝）. --
978-986-7001-53-5（下冊：平裝）

874.57　　96007618

獻給在眞實世界中致力於此的人——
各個時代的諸位旱地生態學家，
僅以謙虛仰慕的心呈上我的推測。

各界好評推薦

迥異於一般科幻小說……只有魔戒可以媲美。

——亞瑟・克拉克（二〇〇一太空漫遊、拉瑪任務作者）

極強的感染力，情節令人信服，絕對天才的創意。

——海萊因（夏之門、銀河公民作者）

科幻小說史上的里程碑。

——芝加哥論壇報

對異星社會深入全面的描寫，無其他同領域作者可及……動作場景和哲學意含同樣引人入勝……令人震驚的科幻奇蹟。

——華盛頓郵報

赫伯特創造的宇宙，在生態學、宗教、政治與哲學層面都有複雜精細的分析描寫，一直是科幻中最重要具發展性的成就。

——路易斯維爾時報

沙丘是科幻中的魔戒。

——圖書館學刊

這本書讀起來難在開始閱讀就無法放下。

——科幻週刊

現代科幻的里程碑……驚人的創作成就。

——類比雜誌

【編輯室報告】

法蘭克·赫伯特的沙丘世界

法蘭克·赫伯特是美國知名的科幻小說家，一九二〇出生於美國華盛頓州，從小就立志成爲作家。他曾參加二次大戰，戰後從事過各種稀奇古怪的工作，但以編輯與記者工作居多，甚至他的第二任妻子也是在大學的寫作課上認識的，可明顯看出他對寫作的熱愛。赫伯特在五零年代開始創作並投稿至科幻雜誌，第一篇作品〈Looking for something?〉一九五二年於「Startling Stories」刊出，而那時美國科幻的黃金年代已至尾聲，一度興盛的通俗科幻雜誌正逐漸衰微，該雜誌也於一九五五年停刊。同年赫伯特出版第一本小說《*The Dragon in the Sea*》，書名取自聖經新約〈啓示錄〉，主角是一名心理學家，在二十一世紀東西方爭奪石油的戰爭中，被派到潛艇上執行秘密任務，兩個典型赫伯特探討的主題：宗教與心理，在此都出現了。

沙丘原本並非赫伯特預期的小說題材。他接到一份撰寫雜誌文章的工作，報導美國農業部的一項計畫，要解決奧勒岡州海岸的沙丘問題，如何才能固定住沙丘使其不再移動等等。文章最後沒寫成，卻引起了赫伯特的興趣，他花了六年時間收集大量資料，深入研究構思，終於構成一個龐大世界觀。沙丘世界初次登場於科幻雜誌「類比」（Analog）上，以兩篇短篇的形式出現。後來赫伯特以此爲基礎，重新改寫擴張成長篇，出版過程卻不甚順利，被退稿二十次後才於一九六五年出版，沒想到一出版就大受歡迎，這個長篇就是我們現在看到的《沙丘魔堡》。

在《沙丘魔堡》出版的時候，美國的科幻環境經過多年耕耘培養，已經相當成熟了，不但有一批從小看科幻雜誌長大的忠實讀者，同時也養出許多職業科幻作家，整體無論在文學性或是故事設計與深度上，都進入另一個層次。《沙丘魔堡》正是其中傑出作品，最大的特色就是整個沙丘世界的設定，它建立了一個讀者完全不熟悉的異世界，書中非常詳實地描寫這個世界特異的環境、政治、宗教、習俗，這些不只是背景，也深深滲入角色的思想行爲之中，影響故事的發展；而赫伯特敘述故事的全知角度，彷彿在紀錄歷史，更增添了全書的眞實感。這樣完整的世界設定，難怪許多人第一個想到的相仿作品便是《魔戒》了。

而在深厚的異文化設定之外，《沙丘魔堡》又包含了許多復古的元素，如果說《星際大戰》是開著太空船的西部牛仔，那麼《沙丘魔堡》就是中世紀宮廷鬥爭的宇宙版，通俗小說中的動作打鬥、叛變、權謀、家族世仇等戲劇元素，書中幾乎一樣不少，爲故事添加了強大的張力。赫伯特自己也把這個救世主的故事視爲一場「大戲」，裡面有煽動家、狂信者、各種各樣的角色一起登台演出。這來源於赫伯特的一個理論，他認爲超級英雄其實是人類的災難，無論這個超級英雄再怎麼完美，他的周圍會形成一種權力結構，而這權力結構最後必定被不完美的凡人掌控，最後導致災難，類似的事情在人類歷史上周而復始地發生。所以當赫伯特撰寫沙丘報導時，他意識到生態學很可能是下一面煽動家揮舞的正義大旗，也可以是英雄展開聖戰的舞台。《沙丘魔堡》也是第一個以生態學作爲主要元素的科幻小說，現在地球暖化與資源耗盡的問題逐漸成爲顯學，赫伯特在四十年前的科學樂觀年代竟能提出這一點，觀察確實非常敏銳。

《沙丘魔堡》另一個有趣的地方是，作爲一部科幻小說，裡面卻有很多一般認爲很不科學的東西，包含宗教、預言、「東方神秘思想」等等。這些點在改編的電影與影集中可能不甚清楚，但是赫伯特在小說中的態度其實非常明顯，他根本就把這些東西當作人爲產物看待。宗教是爲政治目服務而特地散播的思想，「救世主」是經過精密計算的基因組合產生，咒語是催眠的秘密口令，香料的預言能力是服用後的化學反應，思想者「門塔特」本身沒有特殊能力，只是經過長期訓練以排除感情模擬電腦思維。可以說整本書裡根本沒有超自然的「神秘」，只有許多被掩飾的「未知」。另一方面由於未來的各種可能已然可見，書中角色常常是在努力對抗「命運」，手中唯一的武器就是理性的思想和行為，相形之下顯得無助且無力。沙丘的世界非常現實冷酷，各種勢力就像動物在原始叢林中，使盡全力為了生存搏鬥，只是經過文化提昇後，手法更細緻，所及層面也更擴大。

赫伯特在《沙丘魔堡》之後的二十年間，又陸續出版五本續集，構成一個龐大完整的世界，前三本連續的故事圍繞著救世主「穆哈迪」保羅・亞崔迪，通常以三部曲合稱，而後三本的故事則跳至三千年後。由於豐富的故事元素、強烈的視覺特點以及其深受歡迎的事實，沙丘常有影視作品改編，最廣為人知也最不叫座的，就是一九八四年由名導大衛林區導演的同名電影，後來科幻頻道將三部曲改拍成兩部影集，電視播出時相當受到好評。《沙丘魔堡》也三度改為電腦遊戲，其中一九九二年由開發「終極動員令」系列（Command and Conquer，簡稱C&C）的Westwood Studios製作的「沙丘魔堡2」，成為公認的即時戰略遊戲鼻祖。

赫伯特在一九八六年去世，他的兒子布萊恩・赫伯特繼承遺志，以父親留下的大量資料為本，與專業科幻作家凱文・安德森聯手續寫沙丘故事。而沙丘迷的熱情始終不墜，《沙丘魔堡》首次出版四十餘年後的今天，依然有無數新舊讀者，一起沉浸在赫伯特的沙丘世界中。

（陳湘婷執筆）

沙丘作品列表（部份）

【法蘭克·赫伯特著作】

經典沙丘系列

沙丘魔堡（Dune, 1965）

沙丘救世主（Dune Messiah, 1969）

沙丘之子（Children of Dune, 1976）

沙丘神皇（God Emperor of Dune, 1981）

沙丘異教徒（Heretics of Dune, 1984）

沙丘大會堂（Chapterhouse: Dune, 1985）

【布萊恩·赫伯特與凱文·安德森著作】

沙丘前傳系列

亞崔迪家族（Dune: House Atreides, 1999）

哈肯尼家族（Dune: House Harkonnen, 2000）

柯瑞諾家族（Dune: House Corrino, 2001）

沙丘傳奇系列

沙丘：巴特蘭聖戰

（Dune: The Butlerian Jihad, 2002）

沙丘：機器戰爭

（Dune: The Machine Crusade, 2003）

沙丘：柯瑞諾戰役

（Dune: The Battle of Corrin, 2004）

接續經典：沙丘第七集

沙丘獵人（Hunters of Dune, 2006）

沙丘沙蟲（Sandworms of Dune, 2007）

目次

（上冊）
【編輯室報告】法蘭克・赫伯特的沙丘世界……8
第一卷　沙丘……15
第二卷　穆哈迪……293
（下冊）
第三卷　先知……531
附錄一　沙丘星的生態……713
附錄二　沙丘星的宗教……725
附錄三　有關比吉斯特動機和意圖的報告……737
附錄四　人物表（摘自《貴族譜系表》）……741
皇權詞彙表……745

第一卷
沙丘

萬事起頭難，在此期間，必須窮盡心力，使諸方面保持均衡，以利於今後的發展。這一點是每個比吉斯特姐妹都知道的。研究穆哈迪的一生也是這樣。一開始，必須關注他所處的時代：他出生於帕迪沙皇帝沙德姆四世在位的第五十七年。此外，最應加以特殊關注的是穆哈迪的人生舞台：阿拉吉斯行星。不錯，他出生在卡拉丹，並在那裡度過了他生命中最初的十五年。但是，切莫被這一點所蒙蔽。阿拉吉斯，又稱「沙丘」的這顆星球，才是穆哈迪永遠的歸屬。

——摘自伊如蘭公主的《穆哈迪手記》

在他們出發前往阿拉吉斯的那一周，臨行前的忙亂已達極點，幾乎讓人難以忍受。就在此時，一位乾癟的老太婆前來造訪男孩保羅的母親。

卡拉丹城堡，這座古老而高大的石砌建築物，曾經是亞崔迪家族整整二十六代人的居所。這是個溫暖的夜晚，城堡內部卻散發著陣陣陰冷而沉悶的氣息。每到要變天的時候，城堡裡總是這樣。老婦人被人從邊門領進了城堡，沿著拱廊一路來到保羅的房門外。她獲准從門口瞥一眼躺在床上的男孩。

一盞提燈發出微弱的光芒，懸在貼近地板的半空中。半明半暗的光線下，被驚醒的男孩看到一個龐大的女人身影映在房門上，就站在他母親前面一步遠的地方。老婦人的樣子像個老巫婆——頭髮彷彿是粘成一團的蜘蛛網，臉頰被兜帽遮掩在黑暗中，只有一雙眼睛像寶石般爍爍發光。

「以他的年紀而言，個子小了點吧，潔西嘉？」老婦人問道。她說話的時候，聲音裡帶著吁吁的喘息聲，像一把沒調準音的巴利斯九弦琴。

保羅的母親用柔和的聲音低聲答道：「亞崔迪家族的人是出了名的發育遲緩，尊貴的閣下。」

「這我聽說過，聽說過。」老婦人喘息著說，「可他畢竟已經十五歲了。」

「是啊，尊貴的閣下。」

「他醒著呢，在偷聽我們說話。」老婦人說，「狡猾的小鬼。」她輕聲笑道，「但身爲皇族，狡猾還是需要的。如果他眞是預言中的科維扎基·哈得那奇……那麼……」

保羅躺在床上的陰暗處，眯起眼睛，只露出一條小縫。老婦人的眼睛看上去像一對鷹眼，亮晶晶、圓滾滾的，此刻竟似乎膨脹開來，閃閃發光，直盯入保羅的雙眼。

「好好睡吧，狡猾的小鬼。」老婦人說，「明天，你需要使出渾身解數來應付我的高姆刺。」

隨後她便離開了，還把他的母親也推了出去，「砰」的一聲，重重地關上了門。保羅清醒地躺在床上，心想：什麼是高姆刺？

在這時局變遷的紛亂時刻，這個老婦人是保羅見過的最奇怪的人。

尊貴的閣下。母親是這麼稱呼她的。

而她竟直呼母親的名字潔西嘉，口氣竟像使喚普通女僕一樣，一點也沒有把母親的身份放在眼裡。要知道，她可是比吉斯特貴婦，公爵的愛妃，公爵繼承人的母親。

高姆刺是不是阿拉吉斯上的什麼東西？我們必須在去那兒之前先了解清楚？他暗自猜測著。

他低聲唸著那老婦人留下的怪詞兒：「高姆刺……科維扎基·哈得那奇。」

要學的東西本來就夠多的了，阿拉吉斯肯定是一個與卡拉丹截然不同的世界，這些新詞彙在保羅腦海中轉個不停。阿拉吉斯……沙丘……荒漠之星。

父親手下刺客團的團長瑟菲·哈瓦特是這麼解釋的：整整八年來，他們的死敵哈肯尼家族占據了阿拉吉斯，以準封邑的形式統治這個星球，並一直按照與宇聯公司簽訂的合約開採阿拉吉斯上的香料礦。現在哈肯尼人即將離開阿拉吉斯，由亞崔迪家族全面接管。這回可是皇上把阿拉吉斯正式賜給萊托公爵做領地的。從表面上看，這的確是萊托公爵的勝利，然而，哈瓦特說，表面的勝利卻隱含著最致命的危機，因爲萊托公爵在代表各大家族的立法會中威望甚高。

「有威望的人往往會招來權貴們的嫉恨。」哈瓦特曾經這樣說過。

阿拉吉斯……沙丘……荒漠之星。

保羅漸漸沉入夢鄉，他夢見了一座阿拉吉斯洞穴，周圍全是靜默的人群，在無數小光球幽暗的光影下移動著。那地方有一種神聖而肅穆的氛圍，感覺像是在教堂裡。這時他聽到一種模模糊糊的聲響——彷彿是滴答滴答的水聲。盡管身處夢中，可是保羅知道，自己醒來以後仍會記得這個夢。他總是能記住那些預示未來的夢。

夢漸漸消退了。

保羅醒來，發現自己正躺在溫暖的床上，東想西想。卡拉丹城堡的生活中沒有與他同齡的玩伴，也許離開這裡不會多麼令人傷感。他的導師岳大夫曾經暗示他說，在阿拉吉斯，以血統爲基礎的等級制度並不十分死板，人們並不嚴格遵循那些條條框框。那顆星球庇護著一群特殊的人，他們居住在沙漠邊緣，沒人能對他們發號施令。這些以沙漠爲家、像風沙一樣來無影去無蹤的人被稱作弗瑞曼人，在帝國的人口統計表上屬於賤民。

阿拉吉斯……沙丘……荒漠之星。

保羅意識到自己的緊張情緒，於是決定練一會兒母親教他控制意念的心法。以三次急促的呼吸爲引，保羅進入了心法所要求的意識游離狀態。集中意念……擴張動脈……摒除無法集中的心理意念……只剩下自己選擇的那部分意識……血液急速流動，補充因負荷過重而缺血的部位……一個人無法僅憑本能便使身體各個部分無匱於營養……動物的意識無論怎麼延伸也無法超越牠自身所處的時限，更不會想到牠的獵物可能會滅絕……動物只會毀滅，不會生產……動物的快感始終只能達到感官意識的層面，無法提升到感性層面……人類需要一個背景框架做參照，才能通過這個取景框了解他身處的世界……選擇性集中意念，這將形成你的取景框……意念集中在身體上，然後控制明點調節血液循環，在充分意識到最基層細胞的需求後，讓血液按需求分配流量……所有的東西，從細胞到人體，都是短暫的存在……在有限的範圍內爲達到永恆而奮力掙扎……

在保羅游離的意識中，學過的知識就這樣一遍又一遍地翻滾著。

清晨，金色的晨曦照在保羅的窗櫺上，他閉著眼睛就能感覺到。他睜開雙眼，隨即聽到了城堡裡迎接新的一天的紛亂雜音，然後映入眼簾的是自己臥室天花板上那熟悉的條紋圖案。

通向走廊的門開了，母親探頭進來張望著。她的頭髮是暗青銅色，頭頂束著一根黑色的髮帶；鵝蛋形的臉上不帶任何表情，綠眼睛裡閃爍著嚴肅的光芒。

「你醒了，」她說，「睡得好嗎？」

「還好。」

她從衣櫥裡的衣架上爲他挑選衣服。保羅打量著母親挺拔的身材，從她的肩頭察覺到一絲緊張的情緒。其他人或許注意不到，但保羅受過母親比吉斯特式的訓練，特別精於觀察那些細枝末節。她轉過身，手裡拿著一件半正式的禮服，上衣口袋的上方印著亞崔迪家族的紅鷹紋章。

「快穿上，」她說，「聖母在等著呢。」

「我夢見過她一次。」保羅說，「她是誰？」

「她是我在比吉斯特學校的老師。現在是皇上的眞言師。嗯，保羅……」她猶豫了一下，「你必須把你做過的夢講給她聽。」

「好的。嗯，我們就是因爲她才得到了阿拉吉斯，對嗎？」

「我們並沒有得到阿拉吉斯。」潔西嘉手裡拎著一條褲子，她撣了撣上面的灰，然後把它和那件禮服一起掛在床邊的穿衣架上，「別讓聖母久等了。」

保羅坐起身來，抱著雙膝說：「什麼是高姆刺？」

母親對他的訓練使他再次發現了她內心那一絲難以覺察的猶豫，他感到這種反常的緊張其實是出於恐懼。

潔西嘉走到窗前，一甩手拉開窗簾，目光越過河畔的果園，遠遠地望向修比山。「你會知道的……高姆刺……你很快就會知道了。」她說。

他聽出母親語氣中夾雜著的恐懼，不由得好奇起來。

潔西嘉並不轉過身來，只是說道：「聖母正在我的晨室裡等你，請你動作快點。」

聖母凱斯．海倫．莫希阿姆坐在一把飾有花毯的椅子上，看著保羅母子一步步走近。從她兩旁的視窗望出去，可以俯瞰河灣南岸和亞崔迪家族名下大片大片的綠色田園，然而聖母卻無心欣賞。今天早晨，她感到自己上了年紀，有幾分惱怒。她把這歸咎於太空旅行、令人厭惡的宇航公會和他們那種躲躲藏藏的行事風格。但是，這項使命必須要一位具有特殊洞察能力的比吉斯特親自過問才行。職責所在，就算是帕迪沙皇帝的眞言師也不得不奉召行事。

該死的潔西嘉！聖母在心裡罵道，要是她遵照命令生個女孩出來，不就什麼麻煩都沒了？

潔西嘉在座椅前三步遠的地方停下，左手輕輕提起裙裾，微微欠身行了個禮。保羅則按照舞蹈老師所教的那樣躬身致意——而這種姿態在社交場合通常隱含著「對受禮方身份地位的懷疑」。保羅行禮時這份細微的懷疑沒能逃過聖母的眼睛，她說：「他很謹愼嘛，潔西嘉。」

潔西嘉把手搭在保羅肩頭上，緊緊摟住他。有那麼一剎那，保羅感到母親的手心裡傳來一陣驚恐的情緒波動，但她隨即恢復了自制力。「原本就是這麼教他的，尊貴的閣下。」

她在害怕些什麼？保羅心想。

老婦人只一瞥就將保羅的身體外貌盡收眼底：鵝蛋形的臉像潔西嘉，但那粗壯的骨骼……他繼承了父親的深黑色頭髮；眉毛的形狀卻承自那不知名的外公；瘦削而傲慢的鼻子、直視自己的那對綠色眼睛，這些都像老公爵——他過世的爺爺。

那個老頭子倒是會讚賞這種勇氣，即使是在墳墓中。聖母暗想。

「後天的教育是一回事，」她說，「先天的資質又是另一回事，我們會弄清楚的。」老婦人向潔西嘉投去嚴厲的一瞥，「妳去吧，留我們兩個單獨在這裡。我命令妳去練一會兒冥想功，讓整個身心寧靜下來。」

潔西嘉的手從保羅肩頭挪開，「尊貴的閣下，我——」

「潔西嘉。妳知道，這是必須的。」

保羅迷惑地望向母親。

潔西嘉挺直了身體，「是的……當然。」

保羅回頭望著聖母。母親對這位老婦人的殷勤和明顯的畏懼都在提醒他要多加小心。保羅能從母親身上感到她的恐懼，這卻使他在擔心之餘多了些怒氣。

「保羅——」潔西嘉深深地吸了口氣，「……你將要接受的測試……對我很重要。」

「測試？」保羅抬起頭來看著母親。

「記住，你是一位公爵的兒子。」潔西嘉說。她急忙轉身，裙裾沙沙作響，大步朝門外走去。房門在她身後重重地關上了。

保羅面對著老婦人，強壓胸中怒氣，「妳怎麼敢像這樣把潔西嘉夫人打發走，像指使女僕一樣？」

老婦人皺巴巴的嘴角擠出一絲微笑，「小夥子，在比吉斯特學校的十四年裡，這位潔西嘉夫人的確曾是我的女僕，」她點點頭說，「而且還算是個相當不錯的女僕。現在，你給我過來！」

這道命令來得如此突然，彷彿抽了一記響鞭。保羅還沒來得及細想，就已身不由己地服從了。「她在對我用魔音大法。」他暗想道。遵照聖母的手勢，保羅停了下來，站在她膝旁。

「瞧見這個了？」她問道，一邊從弗瑞曼女式長袍的衣縫裡取出一個綠色的金屬立方體，大約十五公分見方。她轉了轉那東西。保羅看到其中的一面敞開著——裡面黑乎乎的，令人感到一種莫名的恐懼。從那黑漆漆的開口望進去，裡面竟似無底洞般，見不到一絲亮光。

「把你的右手放進盒子裡去。」她說。

恐懼襲上保羅的心頭，他向後退去，然而那老婦人開口道：「你就是這樣聽你母親話的？」

他抬頭望向那雙鷹眼般明亮的眼睛。

保羅感到一種強迫性的衝動，迫使他服從。他慢慢地把手放進盒子裡。黑暗漸漸吞沒了他的手。他先感到一陣陣發冷，然後有什麼平滑的金屬在摩擦著他的手指。手指一陣陣麻刺感，像失去了知覺一樣。

老婦人臉上的表情彷彿猛禽獵食，她的右手從盒子上抬起，穩穩地停在保羅的脖子旁邊。保羅看到她手中有什麼金屬物閃了閃，於是想扭過頭去看個究竟。

「別動！」她大聲喝道。

又在施展魔音大法了！保羅一邊想一邊把注意力轉回她臉上。

「我正用高姆刺指著你的脖子呢。」她說，「高姆刺，最強橫的致命武器。它是一根針，針尖上塗有毒液。啊哈！別想把手抽回去，否則馬上讓你嘗嘗中毒的滋味。」

保羅乾吞了一口口水，無法將自己的注意力從這張布滿皺紋的老臉上挪開。她說話的時候兩眼發光，鑲銀的牙齒在蒼白的牙床上反射出點點銀光。

「公爵的兒子必須了解毒藥，各種各樣的毒藥。」她說，「這是我們這個時代的生活方式，懂嗎？瑪斯基要下在飲料裡，奧瑪斯要放在食物裡。有速效的，有慢性的，也有介於兩者之間的。對你來說，我用的毒是件新玩意兒：高姆刺，專殺動物似的凡胎俗骨。」

保羅的傲氣戰勝了恐懼。「妳竟敢暗示公爵的兒子是動物？」他質問道。

「那咱們先假設你是眞正的人好了。」她說，「站穩！我警告過你，別打算從我手裡溜走。我是老了，可我的手還是能在你逃脫之前把這根毒針扎進你的脖子。」

「妳是誰？」保羅輕聲問道，「妳是怎麼設計騙過我母親，讓她把我留下來，單獨和妳在一起？妳是哈肯尼那邊的人嗎？」

「哈肯尼人？上帝啊，當然不是！現在給我閉嘴。」一隻乾巴巴的手指碰了一下他的脖子，保羅竭力控制住自己想跳開的衝動。

「好，」她說，「頭一關你是過了。接下來的測試是這樣的：只要你把手從盒子裡抽出來，你的小命馬上報銷。規矩只有這一條，把手放在盒子裡才能活命，抽出來你就死定了。」

保羅深深吸了口氣，壓住渾身的顫慄。「只要我叫一聲，幾秒之內就會有侍從制住妳，到時候死的只怕是妳吧。」

「你母親守在門外呢，侍從們過不了她那一關。別指望了。當年你母親通過了這個測試，現在輪到你了。這是一個榮譽，我們很少對男孩子做這種測試呢。」

好奇使保羅抑制住了自己的恐懼。這老婦人說的是眞話，他聽得出來，這一點毋庸置疑。如果是他母親站在外面守著……如果這眞的是一次測試……不管是什麼，保羅知道自己已經無法脫身了。高姆刺抵著他的脖子，自己的性命被牢牢攥在聖母手心裡。他回憶著抗拒恐懼的心法，那是他母親教他比吉斯特禮儀時一併傳授給他的：

我絕不能害怕。恐懼會扼殺思維能力，是潛伏的死神，會徹底毀滅一個人。我要容忍它，讓它掠過我的心頭，穿越我的身心。當這一切過去之後，我將睜開心靈深處的眼睛，審視它的軌跡。恐懼如風，風過無痕，唯有我依然屹立。

保羅感到自己恢復了鎭定，「動手吧！老太婆。」

「老太婆！」她忿忿地說，「你倒是有膽量，這一點不可否認。好吧，先生，我們走著瞧。」她彎身湊近保羅，壓低聲音，近乎耳語道，「你在盒子裡的那隻手會感到疼痛，很痛，非常痛！可是，如果你抽出手，我的高姆刺就會刺進你的脖子——你會死得乾淨俐落，就像劊子手用斧子砍下人頭一樣乾脆。抽出手，高姆刺就要你的命，懂了嗎？」

「盒子裡有什麼？」

「疼痛。」

保羅感覺到了，手上傳來的刺痛在加劇。他咬緊雙唇。這點小痛苦就是測試？他想。刺痛變成了搔癢感。

老婦人說：「聽說過嗎？有時，動物爲了從捕獸夾中逃脫，會咬斷自己的一條腿。那是獸類的伎倆。而人則會待在陷阱裡，忍痛裝死，等待機會殺死設陷者，解除他對自己同類的威脅。」

搔癢變成了一種極細微的灼痛。「妳爲什麼要這麼做？」保羅問道。

「看你是不是眞正的人，眞人。安靜！」

燒灼感從盒子裡的右手蔓延到另一隻手上，保羅的左手攥成了拳頭。灼痛感慢慢加劇：燒，燒得更厲害了，燒得愈來愈厲害了……他感到自己左手的指甲陷進了掌心，而被燒灼的那隻右手卻連彎曲手指都做不到。

「疼。」保羅輕聲說。

「安靜！」

疼痛跳躍著傳過他的手臂，他的額頭滲出了汗珠。每一根神經都在大聲呼救，要他把手從那燃燒的火坑裡抽出來……可是……高姆刺。保羅沒有轉頭，試著轉動眼珠去看脖子上的那根毒針。他發現自己正大口喘息著，於是想控制住呼吸節奏，卻怎麼也做不到。

痛啊！

世界變成一片空白，只有那隻沉浸在痛苦中的手是真實的。而那張老臉就在距他幾英寸的地方，死死地盯著他。

雙唇乾得幾乎張不開了。

燒著！繼續燒著！

他覺得他能清清楚楚地感覺到：那隻灼痛的手上，燒得發黑的皮膚蜷曲起來，焦黑的皮滋滋作響，一塊塊剝落，只剩下燒焦的骨頭。

停了！

不疼了！彷彿關上了某個開關。

保羅感到自己的右臂在顫抖，渾身浸透了汗水。

「夠了，」老婦人咕噥道，「眞了不起。從來沒有哪個女孩能堅持到這種程度。我還以爲你一定通不過的。」她向椅背上一靠，撤走了高姆刺。

「把你的手從盒子裡拿出來吧，年輕人，看看它。」

疼痛的記憶差點讓他哆嗦了一下，保羅強自忍住，緊盯著那個無底黑洞。那隻手彷彿有了自己的意識一般，頑固地繼續留在黑暗中。劇痛記憶猶新，竟使他動彈不得。理智告訴他，拿出來的將是一截燒焦的殘肢。

保羅從盒子裡抽出手，驚訝地瞪著它——毫髮無傷，連一點燙傷的跡象都沒有。他舉起手來轉了轉，又彎彎手指。完好無損。

「那是刺激神經所誘發的疼痛，」她說，「不會傷害可能的眞人。道理很簡單，但有很多人願意出一筆天價來買這盒子的祕密。」她把盒子收進長衫裡。

「可那種疼痛——」保羅說。

「疼痛！」她輕蔑地說，「眞人可以憑意念控制體內的任何一條神經。」

保羅突然感到左掌劇痛，這才鬆開緊握的手指，發現掌心有了四個血印。不知不覺中，他的指甲已在掌心深深地摳出了四個血印。他垂下手臂，把手放在身側，看著老婦人說：「你以前也對我母親做過這種測試嗎？」

「你以前用篩子篩過沙嗎？」她問。

這個問題切入保羅腦海，他不覺一震，意識到了其中更深一層的含意：用篩子篩沙。他點點頭。

「我們比吉斯特篩選的是人群，以發現眞人。」

保羅舉起右手，回憶著剛才的疼痛。「用這種辦法——疼痛？」他問道。

「小傢伙，我仔細觀察了你忍受疼痛的情形。疼痛只不過是測試的基礎而已。至於我們的觀察方法，你母親已經教過你。這種教育的跡象我看得出來。我們測試的是危機，你對危機的洞察力。」

她對自己這句話深信不疑，保羅感應到了這種信仰，於是應聲道：「洞見危機的本質！」

聖母凝視著保羅——好強的感應力！他會是那個人嗎？他眞的是嗎？

她壓住興奮的心情，提醒自己：希望會蒙蔽觀察力。

「你知道人們何時自認爲在說眞話？」她說。

「我能感覺到。」

回答契合得絲絲入扣。他說的是事實，經過無數次實驗證明的事實。她聽得出來，於是說道：

「也許你眞的是科維扎基．哈得那奇。坐下，小兄弟，坐在我腳邊。」

「我寧願站著。」

「你母親以前就坐在我腳邊。」

「我不是我母親。」

「妳有點恨我們，嗯？」她的目光轉向門口，叫道，「潔西嘉！」

門應聲打開，潔西嘉站在那兒，目光緊張地投向屋內。看到保羅時，她的眼神立刻變得柔和起來。她勉強擠出一絲微笑。

「潔西嘉，妳從來沒停止過恨我嗎？」老婦人說。

「我對您又愛又恨，」潔西嘉答道，「恨——來自我永遠難忘的疼痛。而愛卻是……」

「只要說出基本的事實就夠了，」老婦人說，但語氣卻很柔和，「妳可以進來了，但還是得保持沉默。把門關上，注意別讓人打擾我們。」

潔西嘉走進屋裡，關上門，背靠著門。我兒子還活著，她想，他沒有死，而且，是……眞人。我早就知道他是……但……他還活著。現在，我可以繼續活下去了。她只覺得背後抵著的房門堅實而牢固，是那麼眞實。屋裡的一切突然湧進眼裡，壓迫著她的神經。

我兒子活下來了！

保羅看著母親。老婦人說的一切都是眞的。他想離開，一個人靜一靜，仔細思考這次經歷，但他知道必須得到允許才能離開。這老婦人對他有種控制力。她們說的是眞話。他母親經歷過這樣的測試，這裡面一定包含著某個最艱巨的使命……那種痛苦和恐懼，眞可怕。他明白什麼叫作最艱巨的使命，這種使命近於不可能完成，它壓倒一切，不由分說。保羅感到這種使命正在影響自己，但卻不知道它究竟是什麼。

「總有一天，小傢伙，」老婦人說，「你也不得不像她那樣在門外眼巴巴地乾站著。要做到這一點，眞得有點本事才成呢。」

保羅低頭看看那隻經歷了無比劇痛的手，然後抬起頭來看著聖母。她說話的語氣裡帶著些異乎尋常的東西，他從來沒有在其他人的話中感受到。那些詞彷彿閃耀著一圈光芒，裡面卻又暗藏機鋒。他感到，無論自己向她提出什麼問題，得到的回答都會使他超越凡俗的肉體世界，進入一個更深遠的境界。

「妳們爲什麼要用這些測試發現眞人？」保羅問。

「爲了解放人類。」

「解放？」

「以前，人們曾經一度將思維能力賦予機器，希望用機器代替人類的勞動，將人們從勞動中解放出來。然而，這只會使機器的擁有者奴役其他人。」

「汝等不應造出如人般思維的機器。」保羅引述道。

「引自巴特蘭聖戰法令和《奧蘭治聖經》。」她說，「但《奧蘭治聖經》其實應該這麼說：『汝等不得造出機器，假冒人的思維。』你研究過門塔特嗎？」

「我曾經師從瑟菲．哈瓦特。」

「當年的大騷亂奪去了機器思維這根人類的枴杖，」她說，「它迫使人類拓展思維能力，於是人們開始設立專門的學校以訓練天才。」

「比吉斯特學校？」

她點點頭，「那種古老的學校只有兩所倖存下來——比吉斯特和宇航公會。在我們看來，宇航公會的重點幾乎完全放在數學方面，而比吉斯特則不同。」

「政治。」保羅說。

「連這些都知道，眞令人驚訝。」老婦人說著，嚴厲地掃了潔西嘉一眼。

「我從沒告訴過他，尊貴的閣下。」潔西嘉說。

聖母的注意力重新回到保羅身上。「原來如此，只憑極少的線索就做出了這樣的推斷。」她說，「政治，沒錯。有些人看出了延續的血脈在人類社會中的重要性，而最初的比吉斯特學校就掌握在這些人手中。他們注意到，如果不在繁衍過程中將眞人與動物似的凡人區分開來，這種延續性就不可能存在。」

保羅忽然覺得，老婦人的話喪失了那種內在的機鋒。他母親曾說過，他有一種本能，總能做出最正確的選擇，此刻聖母所說的話卻與這種本能格格不入。但聖母並不是在撒謊，她顯然相信自己說的是眞理。這其中有某種層次更深的東西，與那個可怕的使命息息相關。

他說：「可是我母親告訴我，學校裡許多比吉斯特都不知道她們的父母究竟是誰。」

「我們的檔案裡保存著全部遺傳譜系表。」她說，「你母親只知道一點：要麼她是比吉斯特人的後代，要麼她本身的血統是可接受的。」

「那她爲什麼不能知道自己的父母是誰？」

「有些人知道……但更多的人不知道。比方說，我們也許希望她與某個近親交配繁衍，以獲得某種特殊的遺傳優勢。原因多種多樣。」

保羅再一次感到這種說法與自己的本能相悖。他說：「妳們倒是很會替別人作決定的嘛。」

聖母直視著保羅，心想：他的語氣裡是不是帶著幾分批判的味道？「我們肩負重任。」她說。

保羅感到自己逐漸擺脫了測試帶來的震驚和恐懼感。他用審視的眼光打量著聖母，問道：「妳剛才說，也許我是科維扎基·哈得那奇……那是什麼？化身爲人的高姆刺嗎？」

「保羅，」潔西嘉說，「不許用這種語氣對……」

「我來回答，潔西嘉。」老婦人說，「小傢伙，你知道眞言者之藥嗎？」

「妳們用它來提高自己分辨眞僞的能力。」保羅答道，「母親告訴過我。」

「那你見識過眞言靈態嗎？」

他搖搖頭說：「沒有。」

「這種藥很危險，」她說，「但它卻能賦與你透視自身記憶的能力。在這種藥的激發下，眞言者可以看見許多平時隱藏在自己記憶深處的東西——大腦的記憶，身體的記憶。一條條我們可以極目遠望的大道，通向過去……但全都是女性的大道。」她的聲音蒙上了一層傷感，「然而，有一個地方卻是從來沒有任何眞言者見過的。在那裡，我們的力量受到排斥，我們深感恐懼。據說，某一天會出現一個男性，他將在藥物的激發下開發自己內心的靈眼，然後，他將有能力看到我們永遠看不到的東西——分別屬於男性和女性的過去。」

「那就是妳們的科維扎基・哈得那奇？」

「對，科維扎基・哈得那奇，可以同時遍訪許多記憶單元的人。許多男性都試過這種藥，很多很多，但沒有一個人成功。」

「嘗試，然後失敗。全都是這樣？」

「哦，不，」她搖了搖頭，「他們嘗試，然後全都死了。」

※　※　※

想要了解穆哈迪，卻不了解他的死敵哈肯尼人，這就像要尋求真理卻不懂得謬誤，要追逐光明卻不懂得黑暗一樣，都是不可能的。

——摘自伊如蘭公主的《穆哈迪手記》

這是一個浮雕星球儀，一半處在陰影中。一隻戴著閃亮戒指的胖手撥弄著它，讓它不停地轉動著。一個形狀不規則的支架支撐著星球儀靠在牆邊。這是一個沒有窗戶的房間，屋裡其他幾面牆邊的架子上，堆滿了彩色卷軸、電影書、磁碟片和膠卷。移動式懸浮力場中飄浮著一盞盞明亮的金色懸浮燈。

房間正中擺著一張橢圓形桌子，粉玉色桌面是石化的艾拉加木做成的。桌子周圍是一圈各式各樣的懸浮椅，兩個男人各踞一把。一個是一頭黑髮的年輕人，十六七歲，圓臉，目光陰沉；另一個是又矮又瘦的成年人，長了一張女裡女氣的臉。年輕人和成年人都盯著星球儀，而隱身在陰影裡的那個人則繼續撥轉著它。

黑暗中，那人突然大笑起來，一個男低音，邊笑邊說：「就這樣，彼得，這是人類歷史上最大的陷阱，而公爵正步入虎口。這眞是我——伏拉迪米爾．哈肯尼男爵——的傑作。難道不是這樣嗎？」

「當然是了，男爵。」成年人回答道。聲音是男高音，音質甜美，悠揚悅耳。

胖手垂到星球儀上，止住它的轉動。現在，屋裡所有眼睛都集中在靜止的星球儀表面。看得出，這是那種專爲皇室成員、星球統治者和富有的收藏家們精心打造的星球儀，上面印有皇室手工藝品的印章，經緯線都用頭髮絲般粗細的鉑線標注出來，兩極則嵌著雲影鑽石。

胖手在星球儀表面緩慢地移動著，撫摸著星球儀的每一處紋理。「我敬請你們仔細觀察，」男低音隆隆作響，「靠近一點，看仔細些，彼得，還有你，我親愛的菲得．羅薩。從北緯六十度到南緯七十度——瞧這些精緻的紋路，還有它們的色彩，難道沒有使你們聯想起甘甜可口的太妃糖嗎？這上面無論哪兒都看不見一絲半點藍色，無論是藍色的湖、藍色的河流還是藍色的海洋，什麼都沒有。還有這些可愛的極地冰帽——眞是小啊。有誰會把這個地方誤認爲別的星球嗎？阿拉吉斯！眞是與眾不同。簡直就是爲這次偉大勝利專門布置的舞台。」

彼得的嘴角露出一絲微笑：「想想看，男爵，皇上竟然相信他已經把你的香料星球給了公爵，眞是個沉重打擊啊。」

「這種反語太含混了，」男爵低沉地說，「你想把年輕的菲得·羅薩搞糊塗嗎？沒有必要把我侄子搞糊塗嘛。」

陰沉著臉的年輕人在椅子上動了一下，撫平黑色緊身衣上的一處皺摺。這時，他身後那扇門上傳來輕輕的敲門聲。他坐直了身子。

彼得站起身來，穿過廳堂走到門前，把門打開一條縫，僅容來者把一個圓柱形資訊筒遞進來。他關好門，轉開圓筒掃了一眼，再一次低聲笑起來。

「怎麼說？」男爵問道。

「那蠢貨給我們答復了，男爵。」

「亞崔迪家族的人怎麼可能拒絕任何一個裝腔作勢的機會呢？」男爵問，「那麼，他怎麼說？」

「眞是一個最粗魯不過的傢伙，男爵，竟然稱您『哈肯尼』——而不是『閣下』或『親愛的男爵』什麼的，連頭銜都沒加，什麼尊稱都沒有。」

「哈肯尼這個名字很好。」男爵咆哮道，嘴上這麼說，語氣裡卻洩漏了心中的焦躁，「親愛的萊托都說了些什麼？」

「他說：『世人皆知你的兩面三刀、陰謀詭計，我本人也多次見識過。因此拒絕你要求會面的提議。』」

「還有呢？」男爵問。

「他說：『帝國上下仍有不少人尊重立法會有關家族世仇的條例。』他的簽名：『阿拉吉斯的萊托公爵。』」彼得大笑起來，「阿拉吉斯的公爵！哦，上帝！這也太誇張、太可笑了吧。」

「閉嘴，彼得！」男爵說。笑聲戛然而止，像有誰切斷了開關，「『世仇』，對嗎？」男爵問道，「家族世仇，啊？他選了個非常合適的老字眼，簡簡單單一個詞，卻包含了極深的內涵。說得這麼明白，生怕我不懂他的意思。」

「你擺出了和平的姿態，」彼得說，「過場算是已經走過了。」

「身爲門塔特，你的話太多了，彼得。」男爵說。他想：我必須盡快把這傢伙解決掉。他快沒什麼用處了。男爵的眼光越過房間，盯著他的門塔特殺手。他看到的是大多數人一眼就會注意到的特徵：眼睛。一片陰沉沉的藍色，中間是更藍的瞳仁，沒有一絲眼白。

一絲笑容掠過彼得的臉頰，像一張獰笑的鬼臉面具，兩隻眼睛就像面具上的兩個窟窿。「可是，我的男爵老爺，還從來沒有過如此美妙的復仇方式呢。這個計畫天衣無縫，眞是絕佳的陰謀。讓萊托用卡拉丹換沙丘——而且是皇上的命令，他別無選擇。你這個玩笑開得眞絕！」

男爵冷冷地應道：「你太多嘴了，彼得！」

「可我很開心，我的男爵。而你……你是有點妒忌吧。」

「彼得！」

「啊哈，男爵！沒有本事親自定下這麼一條妙計，你是不是有點遺憾啊？」

「總有一天我會讓人勒死你的，彼得。」

「那是必然的，男爵。終會如此，兔死狗烹嘛。但總會來點貓哭耗子假慈悲，做做樣子，對嗎？」

「你一直在吃塞繆塔和維特迷藥嗎，彼得？」

「無所畏懼說出眞理，讓男爵大吃一驚了，對嗎？」彼得說，他的臉一皺，變成了一個皺巴巴的卡通面具，「我猜得一點兒沒錯！可男爵您瞧，身爲門塔特，我當然猜得出你什麼時候才會派出行刑者。只要我還有用，你就會留著我。過早行動是一種浪費，我還頗有用武之地呢。我知道你從那個可愛的沙丘星球上學到了什麼——絕不浪費，對嗎，男爵？」

男爵怒視著彼得。

菲得．羅薩在自己的椅子上如坐針氈。這些好鬥的蠢貨！他想，我叔叔每次和他的門塔特說話，到頭來都是以爭吵收場。他們以爲我沒事可做了還是怎麼？只能聽他們吵吵嚷嚷？

「菲得，」男爵說，「我告訴過你，讓你來就是要你多聽、多學。你在學嗎？」

「是的，叔叔。」他的語氣小心謹愼，略顯阿諛。

「有時候，我眞猜不透彼得。」男爵說，「有時我會帶給他痛苦，這是必要的。可他……我發誓，他卻能從痛苦中找到快樂。就我本人而言，我對可憐的萊托公爵深表同情。岳大夫很快就會背叛他，這將是整個亞崔迪家族的末日。當然，萊托會知道是誰的手控制著那位聽話的大夫……知道這一點，肯定會讓他傷心欲絕。」

「那你爲什麼不乾脆讓那位大夫悄悄地一劍捅進公爵的肋骨裡？神不知鬼不覺，一下子就能解決問題。」彼得問，「總不會是出於同情吧，可——」

「等我把他牢牢攥在掌心時，我一定會讓公爵明白是誰決定了他的命運。」男爵說，「同時也要讓其他各大家族明白。這會讓他們不敢輕舉妄動。這樣一來，我的轉圜空間就更大了。這麼做的必要性是顯而易見的，但我不一定非得喜歡這種做法。」

「贏得轉圜空間，」彼得輕蔑地說，「你已經引起皇上注意了，男爵。你行事太魯莽。總有一天，皇上會把他的薩督卡軍團派一兩個到吉迪普萊姆這兒來。到那時，就是你伏拉迪米爾．哈肯尼男爵的末日。」

「你很希望看到那樣的結局，對不對，彼得？」男爵問道，「你會很高興看到薩督卡軍團在我的城市裡燒殺搶掠，把這座城堡洗劫一空。你準會欣喜若狂的，對吧？」

「男爵，這還需要問嗎？」彼得輕聲說。

「你這麼喜愛血腥和痛苦，」男爵說道，「眞該去當個巴夏軍團統領。我突然想起了即將從阿拉吉斯得來的戰利品，或許我這方面的許諾下得太早了些。」

彼得邁著奇怪的碎步，向房間中央走了五步，在菲得．羅薩身後止步。屋裡的氣氛驟然緊張起來，年輕人抬頭看著彼得，擔心地皺起眉頭。

「別跟彼得開玩笑，男爵。」彼得說，「你答應過給我潔西嘉夫人，你答應過把她給我。」

「爲什麼，彼得？」男爵問，「爲了讓人痛苦嗎？」

彼得瞪著他，以沉默作答。

菲得．羅薩把自己坐的懸浮椅推到一旁說：「叔叔，我非待在這兒不可嗎？您說過您要……」

「我親愛的羅薩有點不耐煩了。」男爵說，他在星球儀旁的陰影裡走動著，「耐心，菲得。」說完又把注意力轉回到那位門塔特身上，「說說那位小公爵吧，我親愛的彼得，就是叫保羅的那個孩子。」

「他會掉進陷阱，落入你手中的，男爵。」彼得嘟噥著說。

「我並不是問這個，」男爵說，「你應該還記得，你曾預言那個比吉斯特巫婆會生一個女兒。看來你是猜錯了，對嗎，門塔特？」

「我出錯的次數並不多，男爵。」彼得說道，他的語氣中頭一次出現了一絲恐懼，「你得承認，我不常出錯。而你自己也知道，比吉斯特幾乎只生女兒。就連皇上的女人也只生女孩兒。」

「叔叔，」菲得·羅薩說，「您說這兒有要務讓我……」

「聽聽我的侄子在說些什麼，」公爵打斷他的話，「他急不可耐地想統治我的領地，可卻連他自己都控制不住。」男爵在星球儀旁動了動，在陰影中投下又一道陰影。

「好吧，菲得·羅薩·哈肯尼，我召你來此，是想教你一點稱得上是睿智的東西。你注意觀察過我們這位好樣兒的門塔特嗎？你應該從我們這番談話中學到不少東西。」

「可是，叔叔……」

「彼得，一個工作效率最高的門塔特。你不這麼認爲嗎，菲得？」

「是的，可……」

「啊！的確如此。可是，他消耗的香料太多了，吃起香料來跟吃糖一樣。瞧他的眼睛！簡直像是直接從阿拉肯勞工營裡逃出來的人物。效率高，但仍然意氣用事，動不動就火冒三丈。高效的彼得，但偶爾也會出錯。」

彼得陰沉沉地低聲說道：「男爵，你把我叫到這裡來，就是爲了用批判的語氣詆毀我的工作效率嗎？」

「詆毀你的工作效率？你應該更了解我的，彼得，我不是這種人。我只希望我的侄子懂得門塔特的局限性。」

「你已經在訓練接替我的人了嗎？」彼得問道。

「接替你？爲什麼，彼得？我上哪兒才能找一個像你這麼陰險狡詐的門塔特啊？」

「去找到我的地方找，男爵。」

「也許我眞該那麼做，」男爵沉吟著，「你近來確實顯得有點不太穩定。還有，你吃的香料也太多了！」

「我的享樂方式破費太多，你是這個意思嗎，男爵？你不喜歡？」

「我親愛的彼得，正是你的享樂方式才把你緊緊地綁在我身邊，我又怎麼會不喜歡呢？我只希望我的侄子能覺察到你身上的這個特點。」

「原來我是站在展示台上任人鑒賞。」彼得說，「我是不是還該跳個舞？是不是該把各種功能都展示出來，讓大家瞧瞧？在菲得．羅薩大人面前演示一番？」

「一點不錯，」男爵說，「你的確是在展示台上。現在給我閉嘴吧。」他瞥了一眼菲得．羅薩。他侄子的嘴唇豐滿突出，這正是哈肯尼家族的遺傳特徵。男爵留意到這雙嘴唇此刻正輕輕抿在一起，一副樂在其中的樣子，「這是一個門塔特，菲得。它受過特殊訓練，經過調教，專門用來履行某些職責。事實上，它並不是眞正意義上的人類，只是個人形機器，裝在人的軀殼裡。這一點是無論如何不能忘記的。其實這應該是個很大的退步。還記不記得那些擁有可思維機器的古人？有時我想，他們那種做法或許更好。」

「跟我比起來，古代的機器人只是玩具而已。」彼得憤怒地說，「男爵，連你本人說不定都比那些東西強點。」

「也許吧，」男爵說，「啊，好了……」他深深吸了一口氣，打了個嗝，「現在，彼得，你簡要地給我侄子介紹一下我們對抗亞崔迪家族作戰計畫的要點。如果可以的話，再展示一下你的門塔特功能。」

「男爵，我警告過你，別太信任這麼年輕的人，別把這麼重要的資訊透露給他。據我觀察……」

「這個由我決定。」男爵說，「我命令你，展示你的一項門塔特功能。」

「那好吧。」彼得說。他站直身體，姿勢透出一種奇特的尊嚴之感，彷彿戴上了另一副面具，但這次是把全身都罩了進去，「幾個標準日後，萊托公爵將舉家乘宇航公會的飛船前往阿拉吉斯。宇航公會的運輸船將讓他們在阿拉肯城著陸，不會去我們的卡塞格城。公爵的門塔特，瑟菲·哈瓦特，必然會得出結論，認爲阿拉肯更易於防守。」

「菲得，仔細聽好了，」男爵說，「注意，計畫之中還有計畫，裡面還套著更深的計畫。」

菲得·羅薩點點頭。這才像話。老鬼終於讓我參與機密要務了。一定是想讓我做他的繼承人。

「還存在其他幾種可能性，」彼得說，「我相信亞崔迪家族會去阿拉吉斯星，但我們也絕不能忽視這樣一種可能性——公爵與宇航公會達成了協定，讓他們把他送到帝國之外的某個安全的所在。在以往的類似事件中，有些家族乾脆叛逃，帶著屬於家族的核武器和遮罩場裝備逃出帝國疆域。」

「公爵是個驕傲的人，絕不可能這麼做。」男爵道。

「但確有這種可能。」彼得說，「不過，即使如此，對我們而言，最終的結果都一樣。」

「不，不一樣！」男爵吼道，「我要他死，要他那一支血脈徹底滅絕！」

「出現這種情況的可能性最大。」彼得說，「一個家族要叛逃，一定會有積極籌措的跡象。可公爵似乎沒在這方面有什麼動作。」

「好吧，」男爵歎了口氣，「繼續說，彼得。」

「到達阿拉肯後，」彼得說，「公爵及其家眷將居住在原芬倫伯爵和夫人的官邸。」

「走私販特使。」男爵笑道。

「什麼特使？」菲得·羅薩問。

「你叔叔在開玩笑，」彼得說，「他把芬倫伯爵稱爲走私販特使，因爲皇帝對阿拉吉斯的走私活動很感興趣。」

菲得．羅薩轉身迷惑不解地看著他的叔叔：「爲什麼？」

「別犯傻，菲得，」男爵厲聲說，「皇帝當然會對這種事感興趣。只要宇航公會事實上沒有控制在帝國手中，這種情況就不會改變。否則，你以爲間諜和殺手們跑來跑去爲的是什麼？」

菲得．羅薩的嘴做了個「噢」的口型。

「我們在阿拉肯的官邸裡做了些安排，吸引他們的注意力。」彼得說，「將會有一次謀殺亞崔迪繼承人的行動——一次大有可能成功的刺殺。」

「彼得，」男爵低聲道，「你是說——」

「我是說會發生某些『意外』。」彼得說，「要讓大家覺得，如果不是因爲這些『意外』，刺殺是可以得手的。」

「可惜不能消滅那具年輕可愛的軀體。」男爵說，「不用說，他以後會比他父親更危險，他有這個潛力……有那個巫婆老媽的調教，什麼都有可能。該死的女人！啊，行了，請繼續，彼得。」

「對方的門塔特哈瓦特將斷定我們在他身邊安插了間諜，」彼得說，「最明顯的懷疑對象是岳大夫，而他也的確是我們的間諜。但哈瓦特早已調查過他，發現我們那位大夫是蘇克學校的畢業生，接受過皇室訓練級別心理訓練。要知道，這種心理訓練的評價極高——受訓者被視爲完全安全型，甚至可以爲皇上服務。據稱，訓練形成的心理定勢是無法消除的，除非你把這個人殺了。然而，正如前人所云，只要有合適的槓桿，你甚至可以撬動星球。而我們就找到了控制大夫的槓桿。」

「怎麼可能？」菲得．羅薩被這番話迷住了。人人都知道，皇室訓練級心理定勢是不可能改變的！

「下次再說吧。」男爵說，「彼得，往下說。」

「有一個人會代岳受過，」彼得說，「我們會在哈瓦特的追蹤路線上放一個最有趣的人物。以她那種大膽的言行，一定會引起哈瓦特的注意。」

「她？」菲得·羅薩問。

「潔西嘉夫人本人。」男爵說。

「這難道不是高明之極的創舉嗎？」彼得問，「哈瓦特的腦子將被這條線索塞得滿滿的，直至妨礙他的門塔特功能。他甚至會試圖幹掉她。」彼得皺了皺眉頭，接著道，「但我不認爲他會成功。」

「你也不希望他成功，對嗎？」男爵問道。

「別讓我分心，」彼得說，「當哈瓦特一心一意盯住潔西嘉夫人的時候，我們要在幾個要塞城鎮策畫幾次暴動，進一步分散他的注意力。當然，這些暴動很快會被平定下來，這樣公爵就會相信他已經取得了某種程度的安全。然後，一旦時機成熟，我們就給岳發信號，我們的主力部隊……這個……」

「繼續，把一切都告訴他。」男爵說。

「我們主力就將在兩個薩督卡軍團的支援下行動。到時候，薩督卡軍人會穿上哈肯尼軍裝。」

「薩督卡！」菲得·羅薩倒抽了一口涼氣。恐怖的皇家軍隊占據了他的腦海。那些士兵是一群無情的殺手，是帕迪沙皇帝的狂熱支持者。

「你瞧我多信任你啊，菲得，」男爵說，「這件事絕不能讓別的任何家族知道。否則，立法會就會聯合起來反對皇室，那樣是會天下大亂的。」

「關鍵在於，」彼得說，「既然皇帝打算利用哈肯尼家族來幹這樁骯髒勾當，我們也就從中贏得了眞正的優勢。當然了，這種優勢也是危險的。但如果我們能善加利用，這會給哈肯尼家族帶來一大筆財富，讓帝國裡任何一個家族都望塵莫及。」

「你絕對想像不出這是一筆多麼大的財富，菲得，」男爵說，「無論如何也想像不出。首先，我們將在宇聯公司取得董事席位，這個席位將是不可撤銷的，永遠屬於我們。」

菲得．羅薩點點頭。財富是根本，而宇聯公司則是取得財富的關鍵。每個家族都靠巴結董事，從公司的金庫裡大把大把地撈錢。但宇聯公司董事會才是眞正掌握帝國大權的政治實體，他們控制了立法會中的大部分選票，因而暗中掌握了實權，可以與皇帝及其支持者分庭抗禮。

「萊托公爵可能會設法逃往沙漠邊緣的弗瑞曼人控制區，」彼得說，「或者將家人送往那個他想像中的安全區域。可通往那裡的道路卻由皇上的一位屬下把守著——那位星球生態學家，凱恩斯。你可能還記得他。」

「菲得記得，」男爵說，「繼續說。」

「你樂得直淌口水的模樣可眞不怎麼樣，男爵。」彼得說。

「繼續，我命令你！」男爵咆哮道。

彼得聳聳肩。「如果一切按計畫進行，」他說，「一個標準年內，阿拉吉斯將會成爲哈肯尼家族的第一個封邑。你叔叔將對該封邑行使管治權。他將可以派出自己的下屬具體管理該地。」

「更多的利潤。」菲得．羅薩說。

「確實如此。」男爵說。豈止利潤。我們會成爲馴服阿拉吉斯的人……除了少數躲藏在沙漠邊緣的弗瑞曼人……還有走私販子，但那些傢伙已經馴化了，跟當地的土著勞工一樣，被牢牢束縛在那顆星球上。

「而各大家族將知道，是男爵摧毀了亞崔迪家族。」彼得說，「他們會知道的。」

「會知道的。」男爵喘了口氣。

「最棒的是，」彼得說，「公爵本人也會知道。其實他現在就知道。他已經能感覺到陷阱了。」

「公爵確實知道，」男爵說著，聲音裡帶著一絲感傷，「但即使知道也沒辦法……這更可悲。」

男爵離開阿拉吉斯星球儀，從陰影裡走了出來，顯出身形——他是個過度肥胖的大塊頭，身穿黑色長袍。從衣服的皺摺上可以看出他身上帶著可攜式懸浮器，以托起身上的脂肪。他可能實際上重達兩百公斤，他的雙腿只能承受其中不到四分之一的重量。

「我餓了，」男爵聲如沉雷，一邊用戴戒指的手擦著突出的嘴唇，肥鼓鼓的雙眼瞪著菲得・羅薩，「叫人送飯來，親愛的。吃了飯睡覺。」

※　※　※

聖・尖刀阿麗亞說過：「聖母必須將妓女的媚惑手腕與聖女高不可攀的威嚴結合起來，只要青春不老，就應該毫不懈怠地運用這些武器。當年華逝去、美貌不再的時候，她會發現，在這兩種角色之間遊刃有餘的經歷使她變得足智多謀、富於策略。」

——摘自伊如蘭公主的《穆哈迪家事記評》

卡拉丹城堡，保羅經受考驗的當天。日落時分，兩個女人單獨待在潔西嘉的晨室裡，而保羅則在隔壁裝有隔音設備的冥想室。

潔西嘉面向南邊的窗戶站著。夜色逐漸降臨，籠罩草地與河水，對這一切她視而不見，對聖母提出的問題也聽而不聞。

多年之前也曾有過一次這樣的考驗。那是在瓦拉赫九號行星上的比吉斯特學校，一個瘦骨嶙峋的小女孩走進了高級學監——聖母凱斯・海倫・莫希阿姆——的書房。她長著一頭青銅色的頭髮，剛剛進入青春期，身體正因此飽受煎熬。潔西嘉低頭看著自己的右手，伸了伸手指，當時的疼痛、恐懼和憤怒歷歷在目。

「可憐的保羅。」她輕聲說。

「我正問妳呢，潔西嘉！」聖母背靠石牆，坐在兩扇西窗之間，不耐煩地厲聲喝道。

「什麼？哦……」潔西嘉把注意力從過去的回憶中拉了回來，面對聖母，「您想要我說什麼？」

「我想要妳說什麼？我想要妳說什麼？」老婦人學著潔西嘉的語氣說，蒼老的聲音裡帶著冷酷與不滿。

「我是生了個兒子，又怎麼樣！」潔西嘉發起脾氣來，她知道對方是故意激怒自己。

「告訴過妳，只能給亞崔迪生女兒。」

「兒子對他太重要了。」潔西嘉懇求道。

「而妳呢，自信滿滿，自以爲能造就出科維扎基·哈得那奇！」

潔西嘉揚起下頦，「我意識到有這種可能。」

「妳考慮的只是妳的公爵想要個兒子，」老婦人厲聲說道，「可他的願望與我們的計畫完全相左。一個亞崔迪的女兒原本可以嫁給一位哈肯尼的繼承人，將兩個家族的血脈融起來。可妳卻使事情更加複雜化，變得難以挽回。現在，我們可能同時失去兩個家族的血緣體系。」

「妳也不見得永遠正確，不會估算錯誤。」潔西嘉說，一邊壯起膽子，眼睛直視那一雙老眼。

片刻後，老婦人突然嘟囔一聲：「算了吧，反正已經發生了。」

「我發過誓，絕不後悔自己所做的決定。」潔西嘉說。

「多麼高尚啊，」聖母嘲諷道，「絕不後悔。當妳成爲被人懸賞捉拿的逃亡者，當所有人都轉而對付妳，想要取妳和妳兒子的性命時，我倒要看看，妳是不是還這麼嘴硬。」

潔西嘉臉色蒼白，「就沒有別的選擇了嗎？」

「選擇？一個比吉斯特也會問出這樣的問題嗎？」

「我只是想知道您以您的超能力預見到的未來。」

「我看到的未來和我看到的過去沒什麼兩樣。潔西嘉，妳很了解我們做事的模式。任何種群，就整體而言，都明白自己的壽命有限，擔心自己的遺傳特徵不能延續。這是凝聚在血脈中的本能，不需要任何人爲的計畫，自然會抓緊時間進行遺傳品系間的基因混合。帝國，宇聯公司，所有的大家族，等等，這一切只是這個洪流中的碎片而已。」

「宇聯公司，」潔西嘉輕聲說，「我猜他們早就定好怎麼瓜分阿拉吉斯的戰利品了。」

「宇聯公司只不過是我們時間表上的風向標，」老婦人說，「現在，皇上和他的朋友們掌握了宇聯公司百分之五十九點六五的股份。他們嗅得出其中的油水。如果其他人也嗅到了，皇上在董事會的力量還會進一步加強。這就是歷史規律，丫頭。」

「眞好，」潔西嘉說，「我現在正需要有人給我上一堂歷史課。」

「別開玩笑了丫頭！妳跟我一樣清楚我們周遭的形勢。我們這兒是三足鼎立的局面：皇室與代表各大家族的立法會勢均力敵，互相對峙，他們之間則是壟斷了星際運輸的該死的宇航公會。就政治而言，三足鼎立是所有局面中最不穩定的。本來這就夠糟的了，采邑式的貿易習俗又使情況更加複雜。要知道，采邑制根本與大多數科學原理相悖。」

潔西嘉用挖苦的語氣說道：「洪流中的碎片——嗯，這兒就有個碎片，萊托公爵，還有他的兒子，還有……」

「哦，閉嘴，丫頭！妳完全知道局勢是多麼微妙複雜，是妳自己一腳踩了進去。」

「我是個比吉斯特：我存在的意義就在於服務。」潔西嘉引用學校的訓誡。

「正確。」老婦人說，「現在我們只能希望可以阻止衝突全面爆發，盡我們最大的努力挽救最重要的血緣體系。」

潔西嘉閉上雙眼，感到眼淚在眼眶裡打轉。她強壓住內心的顫抖、身體的顫抖，盡量調整自己不均勻的呼吸、紛亂的脈搏和汗濕的掌心。她隨即說道：「我自己的錯誤，代價由我自己付出。」

「妳兒子會跟妳一塊兒付出代價。」

「我會盡力庇護他。」

「庇護！」聖母厲聲說，「妳完全知道這麼做的缺陷！潔西嘉，如果過分庇護妳兒子，他就無法眞正茁壯成長，以後無法擔負任何使命。」

潔西嘉轉過身，看著窗外愈來愈濃的夜色。「那個叫阿拉吉斯的星球，眞有那麼糟嗎？」

「夠糟的了，但也並非完全沒有希望。我們的護使團已經去過那兒了，多多少少使局勢緩和了些。」聖母站起身來，撫平衣袍上的一處摺痕，「把那小男孩叫進來。我得馬上走了。」

「非走不可嗎？」

老婦人的聲音變得柔和起來：「潔西嘉，丫頭，我眞希望我能替代妳，替妳承受痛苦。但我們每個人都必須走自己的路。」

「我明白。」

「我愛妳，跟愛我的親生女兒一樣，但我絕不能讓這種愛妨礙我們應盡的職責。」

「我明白……這是必要的。」

「妳做過什麼，潔西嘉，爲什麼那麼做——這些妳我都清楚。但出於好意，我不得不告訴妳：妳家這孩子成爲比吉斯特至尊的可能性很小。千萬不要期望過高。」

潔西嘉生氣地抹掉眼角的淚水，「妳又使我覺得自己像個小女孩了——正在背誦著第一篇課文。」

她咬緊牙關，一字一頓地說，『人類絕不能屈服於獸性。』」潔西嘉一聲哽咽，她頓了頓，低聲說道，「我一直覺得孤獨。」

「這也是考驗之一呀，」老婦人說，「人類幾乎總是孤獨的。現在，去叫那男孩吧。對他來說，這一天一定很長、很恐怖，但給他的時間已經足夠了，夠他思考、記住這一切。我必須再問幾個有關他那些夢的問題。」

潔西嘉點點頭，走到冥想室，打開門，「保羅，請你來一下。」

保羅故意磨磨蹭蹭地走出來。他瞪著母親，就好像她是個陌生人。看到聖母時，他的目光中流露出警惕的神情，但這次他朝聖母點了點頭，就像是在和一個與他身份地位完全相同的人打招呼。他聽到母親在他身後關上了房門。

「年輕人，」老婦人說，「咱們來回顧一下你做過的那些夢吧。」

「你想問什麼？」

「你每晚都做夢嗎？」

「並非所有的夢都值得記住。我可以記住每一個夢，但有些值得記，有些不值得。」

「你怎麼知道這兩者之間的差異？」

「我就是知道。」

老婦人瞥了一下潔西嘉，又把目光轉回保羅身上：「你昨晚做過什麼夢？值得記住嗎？」

「是的，」保羅閉上雙眼，「我夢見一個洞穴……還有水……那裡還有一個女孩——她很瘦，長著一雙大眼睛。她的眼睛全是藍色的，沒有一點眼白。我跟她說話，把妳的事告訴她。我告訴她，我在卡拉丹看見了聖母。」保羅睜開眼睛。

「你告訴那個陌生女孩，說你見過我，那你昨晚告訴她的豈不是今天發生的這些事？」

保羅想了想，然後說：「對。我告訴她妳來了，而且在我身上留下了一個不可思議的印記。」

「不可思議的印記。」老婦人吸了一口氣，向潔西嘉投去一瞥，接著又把注意力轉向保羅，「現在，老實告訴我，你在夢裡看到的事是否經常會眞的發生？一如你夢中所見？」

「是的。我以前也夢見過那女孩。」

「哦？你認識她？」

「我會認識她的。」

「給我講講她。」

保羅又閉上眼睛，「我們在岩石叢中某個很小的隱蔽處。已經快天黑了，但還是很熱。從石縫間可以看見連綿起伏的沙丘。我們在……在等待……好像是要等著與一些人會合。她害怕了，但竭力掩飾，而我卻很興奮。然後她說：『給我講講你家鄉的水吧，友索。』」保羅睜開眼，「眞奇怪，我的家鄉在卡拉丹，我從沒聽說有哪個星球叫友索。」

「還夢見別的什麼了嗎？」潔西嘉迅速問道。

「是的。或許她是管我叫友索，」保羅說，「我也是剛想到的。」他再次閉上雙眼，「她讓我給她講水的故事。於是我握著她的手，說要給她念一首詩，然後我就開始背詩。但我還得不時向她解釋詩中的詞句——像海灘、浪花、海草和海鷗什麼的。」

「什麼詩？」聖母問。

保羅睜開眼睛：「葛尼·哈萊克寫的那些傷感小詩中的一首。」

保羅身後的潔西嘉背誦起來：

還記得海灘上的篝火
那帶著鹹味的輕煙。
松林裡陰翳連綿，
屹然矗立的林木，
全都那麼堅挺，整潔。
海鷗棲息在懸崖之巔，
在綠波中灑下白影點點。
松林中吹來一陣清風，
引得松濤搖曳；
海鷗展開雙翼，振翅高飛，
牠們高聲尖叫，
任那連串的鳴音充斥在空中，不斷蔓延。
我聽到了風聲，
聽牠從海灘上呼嘯而過，一路向前。
還有那拍岸的浪花，
轟轟而來，滾滾而去，從不留連。
我也看見那篝火，
已慢慢把海草烤乾，
空氣中瀰漫著的，
四處是輕煙。

「就是這首。」保羅說。

老婦人緊盯著保羅看了一會兒，然後說道：「年輕人，身為比吉斯特的學監，我一直在尋找科維扎基·哈得那奇，那個能夠眞正成爲我們中一員的男性。你母親從你身上看到了這種可能性，但她是以母親的眼光做出這個判斷的。如今，我也看到了這種可能性，但僅此而已。」

她沉默起來，保羅知道她想讓自己先開口，但終於還是決定等她先說。

過了一會兒，她說：「那麼，就當你是吧。你有潛力，這一點我承認。」

「我可以走了嗎？」保羅問。

「你不想聽聖母給你講講科維扎基·哈得那奇的事嗎？」潔西嘉問。

「她說過，那些試過的人都爲此送了命。」

「但我可以幫你，我可以給你提供一些線索，讓你了解他們爲什麼會失敗。」聖母說。

說什麼線索，保羅想，其實，她知道的並不多。可嘴上卻說：「那就提供吧。」

「然後讓我的線索見鬼去？」她嘲弄地對他笑了笑，蒼老的臉上又多了幾道皺紋，「很好，『服從者方能統治』。」

保羅感到很驚訝：如此鄭重的口氣，說的卻是最基本的概念。難道她以爲母親什麼也沒教他嗎？

「這就是線索？」他問道。

「我們在這兒不是要爭個高下，也不要糾纏於字句。」老婦人說，「柳枝順從風意才能根深葉茂，有朝一日密集成林，形成一堵擋風牆。這就是柳樹的使命。」

保羅盯著她。她在說使命，這個詞使他爲之一震，他再次感覺到自己肩負的可怕的使命。他突然生起聖母的氣來：發昏的老巫婆，滿嘴陳腔濫調。

「妳覺得我有可能成爲那個科維扎基·哈得那奇，」他說，「妳說的是我，但隻字不提怎樣才能幫助我父親。我聽過妳跟我母親說的話。妳說話的樣子好像我父親已經死了似的。哼，他還沒死呢。」

「如果還能爲他做些什麼的話，我們早就做了。」老婦人喝道，「也許我們可以拯救你。沒多大把握，但總有這種可能性。至於你父親，他已經完了。等你學會面對這一現實的時候，你才算眞正上了一堂比吉斯特式的課。」

保羅看得出這些話對她母親的震動有多大。他瞪著這老婦人，她怎麼能這麼說他的父親？是什麼使她如此自信？憤恨的怨氣在他心頭蒸騰著。

聖母看著潔西嘉：「妳已經照我們的方式訓練他很久了——我看得出他受訓的跡象。我要是妳，也會這麼做。去他的清規戒律吧。」

潔西嘉點點頭。

「但現在，我必須提醒妳，」老婦人說，「最好別管訓練的常規了，現在沒時間循序漸進。若想自保，他就需要魔音大法。在這方面他已經有了個良好的開端，但我們都知道，他還需要接受更多的訓練，太多了……而且必須盡快完成。」她走近保羅，俯視著他，「再見，年輕人。我希望你能成功。但即使你失敗了——唔，我們還是會成功的。」

她再次望向潔西嘉，兩人交換了一個心領神會的眼神。隨後，老婦人穿過房間，長袍拖在地上，沙沙作響，卻再也沒有回過頭來看一眼。這個房間和它的主人已經從她的思想中清除出去了。

但潔西嘉在聖母轉身的一瞬間看見了她的臉，乾枯的臉頰上竟有點點淚光。那眼淚比今天她們之間所說過的任何話、做過的任何事都更令人灰心喪氣。

大家都知道穆哈迪在卡拉丹沒有同齡的玩伴，因為多一個人就多一分被出賣、被暗殺的危險。但穆哈迪確實有幾個優秀的同伴兼老師，有詩人武士葛尼・哈萊克，您將在此書中讀到他寫的一些詩歌；老門塔特瑟菲・哈瓦特，刺客團團長，一想起這個人，就連帕迪沙皇帝都膽戰心驚；鄧肯・艾德荷，來自吉奈斯的劍術大師；惠靈頓・岳大夫，他因背信棄義而臭名昭著，可他的聰明才智卻也眾所周知；潔西嘉夫人，她一直用比吉斯特的教育模式引導著自己的兒子。當然，還有萊托公爵。人們常常忽視了這位父親在穆哈迪的教育方面所起的作用。

——摘自伊如蘭公主的《穆哈迪童年簡史》

※　※　※

瑟菲・哈瓦特悄悄走進卡拉丹城堡的訓練室，輕輕關上門。他原地不動站了一會兒，感到自己畢竟老了，身心疲憊，飽經風霜。他的左腿一直在痛，那是效力於老公爵時被人砍傷的。

「到如今已經是整整三代人了。」他想。

他環顧著這間大房子，正午的陽光從天窗上灑進來，照得屋裡亮堂堂的，那男孩背對著門坐著，全神貫注於攤在長桌上的檔和圖表。

跟這小子講過多少回了，一定不要背對著門，我得講多少遍他才能記住啊。哈瓦特咳了一聲，清了清嗓子。

保羅仍舊專心致志地研究著那些檔。

天空中飄過一團烏雲，遮住了照在天窗上的陽光。哈瓦特又輕咳一聲。

保羅挺直身子，頭也不回地說：「知道，我正背對著門坐呢。」

哈瓦特壓住笑意，大步從房間那頭走了過來。

保羅抬起頭來，看著桌旁這位頭髮花白的老人。哈瓦特有一張黝黑的臉，上面布滿深深的皺紋，一雙深邃的眼睛總是充滿警惕。

「我聽見你從大廳走過來，」保羅說，「也聽見你開門了。」

「我發出的聲音有可能是故意做出來的。」

「我分得清。」

他也許眞有這個本事，哈瓦特想，他那個巫婆母親正在對他進行更深層次的訓練，肯定是這樣。我眞想知道她那所寶貝學校對此有何感想。也許這就是爲什麼她們要叫那個老學監跑這一趟的原因——敦促我們親愛的潔西嘉夫人放規矩些。

哈瓦特從保羅面前拖過一把椅子，臉面向房門坐下。他是故意這麼做的。哈瓦特把身體靠在椅背上，四下打量著這間屋子。他突然覺得這地方顯得有點奇怪，屋裡大部分家具都運往阿拉吉斯了，所以看上去很陌生。現在這兒只剩下一張訓練台，一面鑲有水晶稜柱的擊劍鏡，旁邊豎著人形劍靶，靶面上貼著許多補丁，東一塊西一塊的，像一個飽受戰爭摧殘、傷痕累累的古代步兵。

哈瓦特心想，我也和它一樣。

「瑟菲，你在想什麼？」保羅問。

哈瓦特看著男孩說：「我在想，我們大家馬上就要離開這兒，看樣子，再也見不到這地方了。」

「你覺得傷心了？」

「傷心？胡說八道！與朋友分別才令人傷心，地方不過就是個地方。」他看了一眼桌上的圖表，「而阿拉吉斯只不過是另外一個地方。」

「是我父親派你來考我嗎？」

哈瓦特皺起眉頭——這小男孩對他觀察得夠細緻的。他點點頭：「你在想，如果是他本人來該有多好。但你必須明白他現在有多忙，過一陣子他會來的。」

「我一直在研究阿拉吉斯上的沙暴。」

「沙暴嗎，哦——」

「看上去挺糟的。」

「糟？你用詞太謹慎了。沙暴形成於方圓六七千公里的平原上，一路狂吸任何可以助長風勢的力量——季風、其他沙暴，任何有能量的東西。它們的速度可以高達每小時七百公里，只要是在它的前進道路上，任何鬆動的東西都會被席捲一空——沙、土，什麼都跑不了。它甚至能把肉從骨頭上扒下來，再將骨頭削成細長條。」

「他們爲什麼不採取措施控制這種氣候？」

「阿拉吉斯的問題比較特殊，所以費用比別處要高，還有維護啊什麼的。宇航公會爲衛星控制系統開了個天價，而你父親家又不是什麼大富大貴的大家族，小子，這你也知道。」

「你以前見過弗瑞曼人嗎？」

今天這小子怎麼一直想東想西的。哈瓦特想。

「我多半沒見過他們。」他說，「生活在谷地和窪地裡的傢伙長得都差不多，分不大出來。他們都穿著鬆鬆垮垮的長袍。只要是在封閉空間，他們簡直臭氣熏天。那種味道是因爲他們身上穿著一種特殊裝置——他們把那玩意兒叫蒸餾服，用來回收利用自身的水分。」

保羅吞了口口水，突然意識到自己嘴裡的水分，於是回憶起夢中的乾渴。那兒的人一定非常需要水，這才不得不回收自己身體所散失的水分。這個念頭使保羅意識到了那兒的荒涼。

「在那裡，水可眞珍貴啊。」保羅說。

哈瓦特點點頭，心想：也許這也算是給他上上課吧。那個星球充滿敵意，我得讓他明白這一點。沒有警惕性就貿然去那個星球是純粹的發瘋。

保羅抬頭看看天窗，發覺已經開始下雨了。他看著灰色的變色玻璃上漸漸擴散開來的水漬，「水。」

「你會了解他們對水這個問題是多麼關注。」哈瓦特說，「作爲公爵的兒子，你永遠不會有那麼強烈的意識，但你仍舊會發現，你周圍到處是因乾渴而造成的壓力。」

保羅用舌頭潤了潤雙唇，回憶起一周前的那天聖母帶給他的嚴酷考驗。她同樣提過水荒的事。

「你會了解那片死寂的荒原。」她說，「空曠的原野，還有大片大片的荒地，除了香料和沙蟲，那裡完全是一片不毛之地。爲了減少太陽的強光，你的眼睛會逐漸變色。沒有飛行器、陸地車，也沒有馬匹，你只能靠自己的雙腿走路。」

最讓保羅震動的不是她說的內容，而是聲音。像唱歌一樣，還帶著顫音。

「等你開始阿拉吉斯上的生活時，」當時她說，「你會發現大地是多麼空曠，月亮是你的朋友，而太陽是你的敵人。」

保羅感到母親從她剛剛守護著的房門邊走到他身旁。她看著聖母問道：「難道您就看不到一點希望嗎，尊貴的閣下？」

「他父親是沒指望了。」老婦人揮手示意潔西嘉不要開口，低頭看著保羅說，「小傢伙，牢牢記住這句話：一個世界由四樣東西支撐著……」她伸出四根關節粗大的手指，「……智者的不斷進步，偉人的公正嚴明，正義者的祈禱和勇者的勇往直前。但如果沒有一個懂得統治藝術的領袖人物……」她合起手指，握成一個拳頭，「……這一切就毫無用處。把這句話當作你的箴言吧。」

聖母離開已經一周多了。直到現在，保羅才漸漸明白這句話的分量。如今，與瑟菲·哈瓦特坐在訓練室裡，保羅突然感到一陣極度的恐懼。他抬起頭來，看到對面的那位門塔特迷惑不解地皺著眉頭。

「你出神好一陣子了，想什麼呢？」哈瓦特問。

「你見過聖母嗎？」

「那個御前眞言師？」哈瓦特饒有興趣地眨著眼，「見過。」

「她……」保羅猶豫起來，覺得不能把自己受考驗的事告訴哈瓦特。他越想越覺得不合適。

「嗯？她怎麼了？」

保羅做了兩次深呼吸。「她說了一件事，」保羅閉上眼睛，回憶當時的那番話，開口復述時，不由自主地多少帶了些那個老太婆的語氣，「『你，保羅·亞崔迪，君王的後裔，公爵的兒子，必須學會統治的藝術，這是你的祖先從來沒有學過的東西。』」保羅睜開眼說，「那句話讓我很生氣。我說我父親統治著整整一顆星球。可她卻說，『他正在失去它。』我說我父親馬上就要得到一顆更富庶的星球。而她告訴我，『就連那顆星球，他也會失去的。』我想跑去警告父親，但她說已經有人警告過他了——你，我母親，還有其他許多人。」

「這倒是眞的。」哈瓦特輕聲說。

「那我們爲什麼還要去？」保羅問道。

「因爲那是皇上的命令；還因爲不管那個巫婆怎麼說，希望多少還是有的。那位『古老的智慧源泉』還湧出了些什麼？」

保羅低頭看看自己在桌下握成拳頭的右手。慢慢地，他強迫肌肉放鬆下來。*她對我有某種控制力，保羅想，她是怎麼做到的？*

「她讓我告訴她什麼是統治，」保羅說，「我說就是發號施令。於是她說我還需要學習。」

她算是切中要害了。哈瓦特想，一邊點頭示意保羅繼續說。

「她說身為統治者，應該學會說服而不是強制，她說統治者必須擺出最好的咖啡壺，把最優秀的人才吸引到自己桌邊來。」

「你父親吸引到了像葛尼和鄧肯這樣的人才。她以為他是怎麼辦到的？」哈瓦特問。

保羅聳聳肩，「她又說，一個優秀的統治者必須學會他那顆星球的語言，她還說，每個星球的語言都不一樣。我還以為她的意思是阿拉吉斯人不說凱拉奇語，可她說根本不是那麼回事。她告訴我，她指的是岩石的語言、生命的語言，那種不僅僅要用耳朵聽的語言。我說那就是岳大夫所說的——生命的神祕。」

哈瓦特咯咯笑起來，「聽了這話，她怎麼說？」

「我想她差點氣瘋了。她說生命的神祕並不是要解決的問題，而是必須經歷的現實。於是我向她引述了門塔特的第一法則：『阻止某一進程的發展無助於理解其本質，唯有在其發展過程中才能逐漸加深對該進程的理解，必須融入其中，與其一道發展。』這麼說了以後，她才似乎滿意了。」

他似乎已經從最初的震驚中恢復過來了，哈瓦特想，但那個老巫婆那麼嚇唬他，究竟是為什麼？

「瑟菲，」保羅說，「阿拉吉斯真像她說的那麼糟嗎？」

「怎麼可能糟到那個地步。」哈瓦特勉強笑道，「就拿那些弗瑞曼人來說吧，他們是沙漠中的叛匪。根據對第一手資料所做的分析，我敢說他們的數量遠遠超過帝國的估計。夥計，這些人就住在那兒，一大群人，而且……」哈瓦特把一隻粗壯的手指放到眼睛旁邊，「……他們恨透了哈肯尼人，跟哈肯尼人有血海深仇。這話你可一個字也不能洩漏出去，我是把你當成你父親的助手才讓你知道的。」

「我父親跟我講起過薩魯撒．塞康達斯那個地方。」保羅說，「你知道嗎，瑟菲，那地方聽上去很像阿拉吉斯呢……也許沒阿拉吉斯那麼糟，但很相似。」

「我們並不眞正了解如今的薩魯撒．塞康達斯，」哈瓦特說，「只知道很久以前的薩魯撒．塞康達斯大致……大致是個什麼樣子。然而，僅就我們所知道的事來看……你是對的。」

「弗瑞曼人會幫我們嗎？」

「有這種可能。」哈瓦特站起身來，「我今天就要出發去阿拉吉斯。這期間，爲了我這個寵愛你的老頭子，你一定要照顧好自己，行嗎？做個好小子，繞到我這邊來，面對著門坐。我並不是認爲城堡裡有什麼危險，只是想讓你養成習慣。」

保羅站起身來繞過桌子。「你今天就走？」

「就今天，明天就是你。我們下次見面就在新世界的土地上了。」他緊緊抓住保羅的右臂，「隨時注意讓用刀的手空著，嗯？把你的防護盾充滿能量。」他鬆開手，拍拍保羅的肩膀，轉身大步流星地朝門口走去。

「瑟菲！」保羅叫道。

哈瓦特轉過身，站在敞開的門口。

「任何情況下都別背對著門坐。」保羅說。

那張滿是皺紋的老臉上綻開了笑容。「我不會的，小夥子，相信我。」他走出去，輕輕關上房門。

保羅坐在哈瓦特的位置上，把桌上的檔一一展開。再過一天，保羅環顧著這間屋子，我們就要走了。離別之情驟然湧上心頭，比以往任何時候更加強烈。他想起聖母給他講過的另一件事：一個世界是許多東西的集合——人民、土壤、生物、月亮、潮汐、太陽——還有許多不知名的東西，其集合被統稱為自然。在這個模糊的集合中，不存在「現在」這個概念。他想：什麼是現在？

房門砰的一聲開了，一個醜大個勉勉強強擠進門來，懷裡抱著一大堆各式各樣的武器。

「喲，葛尼·哈萊克，」保羅叫起來，「新的兵器師傅就是你嗎？」

哈萊克一抬腿，一邊用腳後跟把門踢上，一邊說：「你倒情願我是來陪你玩的，這我知道。」他打量了一下屋子，察覺到哈瓦特的手下早已來過，進行了例行巡查，以確保公爵繼承人的人身安全。屋子裡到處留著他們微不可察的痕跡。

保羅看著醜大個搖搖晃晃地繼續往前挪，想把那一大堆武器放到桌子上。他肩上還掛著一把巴利斯九弦琴，靠近指板的琴弦上插著撥片。

哈萊克將武器扔在桌上，把它們排成一排，有輕劍、匕首、雙刃刀、震盪槍和防護盾腰帶。哈萊克轉過身，下頜上那道墨藤鞭留下的傷疤擰了起來，臉上浮出一抹笑容。

「不是來陪你玩的，小鬼，你就連一聲早安也不對我說？」哈萊克說，「你是怎麼討好哈瓦特的？他從我身旁跑過去，就像趕著去參加死對頭的葬禮。」

保羅咧嘴笑了。父親的這些部下裡，他最喜歡葛尼·哈萊克。保羅了解哈萊克的脾性、喜怒和詼諧，他把哈萊克當朋友，而不僅僅是雇用的劍客。

哈萊克把巴利斯九弦琴從肩上甩下，開始試音調弦，「不說就不說吧。」

保羅站起來，大步走過去，大聲說：「好了，葛尼，都快開戰了，還要練習樂器嗎？」

「看樣子，今天是你專門頂撞我們這些老頭子的日子囉。」哈萊克說。他試著撥了一個和弦，點點頭。

「鄧肯·艾德荷在哪兒？」保羅問，「不是該他來教我習武的嗎？」

「鄧肯領著第二梯隊上阿拉吉斯去了，」哈萊克說，「留下來陪你的只有可憐的葛尼，剛剛打完仗，正沉浸在音樂裡。」他又撥出另一個和弦，聽了聽，笑著說，「大夥兒已經決定了，由於你是個糟糕的戰士，所以我們最好還是讓你學點音樂，總不能讓你虛度此生吧。」

「那麼，也許你應該給我唱首歌。」保羅說，「只當是個反面教材。」

「哈哈……」葛尼大笑著，彈起了《凱拉奇的姑娘們》。他用撥片在琴弦上撥出一串音符，一邊唱道：

噢，凱拉奇的姑娘們，
如珍珠般美麗動人，
如阿拉吉斯的水一樣珍稀。
但如果你想娶個窈窕淑女，
喜歡火樣的熱情，
那就試試卡拉丹的女兒吧。

「就你那破手，加一個撥片，能彈成這樣已經不錯了。」保羅說，「但如果讓我母親聽到你在城堡裡唱這種淫詞濫曲，她準會把你的耳朵掛在城堡外牆上作裝飾。」

葛尼揪了揪自己的左耳說：「在這兒也是個破爛裝飾品。聽多了某個小傢伙在巴利斯九弦琴上彈出的奇音怪調，它早就飽受折磨了。」

「看來你是忘了在床上發現沙子的滋味了。」保羅說著，從桌上拉下一條防護盾腰帶，迅速地把它扣在腰間，「來，開打吧！」

哈萊克瞪大了眼睛，嘲弄地裝出吃驚的樣子，「哦！原來那件事兒出自你的萬惡之手啊！今天你就給我守好了吧，小少爺——守好嘍。」他抓過一把輕劍，空中揮了幾下，「我是來報仇雪恨的地獄魔鬼！」

保羅也舉起另一把與之相配的輕劍，用手撇了撇，一隻腳朝前邁開一步，站好位置。他模仿岳大夫的樣子，裝出一副格外莊重的神情道：「我父親派了一個多麼愚蠢的人來充當我的兵器教練啊。」保羅拖著長腔，「愚蠢的葛尼．哈萊克啊，竟忘了身為戰士的第一課：要全副武裝。」保羅打開防護盾腰帶上的能量開關，從頭至腳只覺得一陣麻刺感，外面的聲音透入遮罩場後也變得單薄了些，「在有遮罩場的情況下搏鬥，應迅速防守，緩慢攻擊，」保羅說，「進攻的唯一目的是誘使對方步伐混亂、出現空檔，以便一擊即中。快速攻擊會被遮罩場擋住，但遮罩場擋不住輕劍的慢速插入！」保羅輕劍一揚，快速佯攻一劍，嗖地抽回劍鋒，緩緩地向前一刺，以突破沒有智慧的遮罩場。

哈萊克看著保羅的動作，直到最後一刻才一側身，讓保羅沒開刃的劍鋒劃過胸前。「速度，棒極了，」他說，「但你卻門戶大開，對方要是從下向上一劍挑來，你是抵擋不住的。」

保羅懊惱地退後一步。

「這麼粗心大意，我眞該抽你一頓。」哈萊克從桌上拿起一把沒有刀鞘的雙刃刀，拎在手裡，「這東西在敵人手裡，就會讓你的鮮血橫流！你是個身手靈活的學生，但僅此而已。我早就警告過你，即便是玩，也不能讓一個手執致命武器的人進入你的防禦圈子。」

「我看我今天的心情不適合練武。」保羅說。

「心情？」哈萊克的語氣中透著憤怒，即使隔著遮罩場也能聽出來，「心情跟這有什麼關係？只要需要，你就得戰鬥——不管你是什麼心情！心情這玩藝只適合做愛、放牛或者彈彈巴利斯九弦琴什麼的，跟戰鬥毫不相干！」

「抱歉，葛尼。」

「抱歉得還不夠！我來讓你嘗嘗真正抱歉的滋味！」

哈萊克打開自己身上的遮罩場，身體微微下蹲，左手持刀在前，右手握著那把輕劍，擺開架式。

「嘿！這回你可真得守好了！」他高高跳起，躍向一側，然後向前猛撲，向保羅攻去。

保羅向後避開，一擋，兩人的遮罩場相觸，力場互相排斥，喳喳作響。他感覺到電流撫摸著自己的皮膚，又傳來一陣麻刺感。*葛尼怎麼了？保羅自問，來真的了！*保羅左手一抖，腕鞘裡的錐針落入掌中。

「你也覺得有必要加一件武器了，嗯？」哈萊克輕蔑地說。

這是背叛嗎？保羅猜測道，不，葛尼不會！

兩人繞著房間搏鬥——衝刺，格擋，佯攻，反攻。雙方爭鬥激烈，遮罩場內的空氣來不及更新，於是愈來愈混濁，每次遮罩場相撞後，臭氧的味道愈來愈濃。

保羅繼續後退，但他現在是朝長桌的方向退。*如果我能把他引到桌旁，就可以智取了。*保羅想，*再邁一步，葛尼。*

哈萊克向前邁了一步。

保羅向下一擋，轉身，哈萊克的輕劍被桌沿擋住。保羅向旁邊一閃，右手的輕劍向上用力一挑，左手錐針直指哈萊克的頸側。鋒刃停在哈萊克頸靜脈一英寸遠的地方。

「滿意了？」保羅低聲問道。

「看看下邊，小子。」葛尼氣喘吁吁地說。

保羅照做了。只見哈萊克的雙刃刀從桌沿下刺出，刀尖差不多已挨到了自己的大腿內側。

「我們應該算是同歸於盡。」哈萊克說，「但我得承認，逼你一下，你打得更好些。這回你的心情對了吧？」哈萊克如惡狼般咧嘴一笑，臉上的墨藤鞭痕沿著下頜延展開來。

「剛剛你向我撲來的時候，樣子眞凶。」保羅說，「你眞想要我的命嗎？」

哈萊克收回雙刃刀，站直身子，「只要你稍不盡力，我就會好好教訓你一下的。給你留下一塊疤，讓你永遠記住。我絕不會讓我心愛的學生被見到的第一個哈肯尼家的混蛋幹掉。」

保羅關上遮罩場，倚在桌邊直喘粗氣，「受傷的話是我活該，葛尼。但如果你傷了我，我父親會發火的。我絕不會讓你因爲我自己沒做好而受罰。」

「那樣的話，」哈萊克說，「也是我沒做好。不過你用不著擔心訓練時受的傷，一兩個傷疤在所難免。你很少受傷，眞夠幸運的。至於你父親——公爵只會因爲我沒能夠把你培養成一流的戰士而懲罰我。你突然冒出什麼心情不好所以打不好的蠢話來，不糾正這種錯誤的認識，我就不算盡到自己的責任。」

保羅直起身子，將錐針收進腕鞘。

「我們在這兒做的並不全是遊戲。」哈萊克說。

保羅點點頭。哈萊克竟然嚴肅起來了，態度冷峻，這可不是他的個性。保羅覺得很好奇。他看著哈萊克臉上那道泛紅的墨藤鞭痕，想起了它的來歷。那是野獸拉賓用墨藤鞭抽出來的，在吉迪星的哈肯尼奴隸營。保羅突然感到一陣羞愧，自己竟然會懷疑哈萊克，就算只想了一下子也不應該。保羅隨即想到，那道傷疤當初一定痛徹心肺，或許像聖母給他的考驗那樣，銘心刻骨的痛。他搖搖頭，甩開這種想法，回到現實。

「我想今天一開始，我的確是想玩玩的，」保羅說，「最近這段時間，周圍的事都太沉重了。」

哈萊克側過身子，掩飾自己的感情。他眼中一陣發熱，那是內心深處的痛——曾經以爲時間已經使那道傷口癒合了，然而失落的昨日竟又翻上心頭，就像水泡一樣，完好的表面下是潰爛的傷口。

用不了多久，這孩子就得成長起來，像成年人那樣。哈萊克想，用不了多久，他就得養成如野獸般謹慎的習慣，按血統劃分人群，只相信自己的至親。

哈萊克沒有回頭，只是說道：「我知道你還總想著玩兒，小夥子，我當然也願意陪你一起玩。但現在已經不是玩的時候了。明天我們就要出發去阿拉吉斯。阿拉吉斯可是實實在在的，哈肯尼人也不是鬧著玩兒的。」

保羅在身前豎起輕劍，用劍刃觸了觸前額。

哈萊克轉過身，見保羅以劍致意，點了點頭表示接受。他指著人形靶說：「現在，我們按照你的進度來訓練。讓我看看你怎麼制伏那個邪惡的東西。我在這兒控制它，可以看到你的全部動作。我警告你，今天我會用些新招數。在攻擊之前，我會事先給你提個醒，但眞正的戰鬥中是不會有任何預警的。」

保羅抬抬腿，伸了伸腳趾以放鬆肌肉。一種感覺沉甸甸地壓在心頭：他的生活中將充滿突變。他走向人形靶，用輕劍的劍尖在人形靶的胸前拍了一下，隨即感到劍刃被防禦場彈了出來。

「好了，開打！」隨著哈萊克的一聲大喊，人形靶撲向保羅。

保羅打開遮罩場，格擋、還擊。

哈萊克一邊觀察，一邊嫻熟地操控著人形靶。他的意識似乎分成了兩半：一半專注於搏鬥訓練，另一半則神遊物外。

我是一棵精心修剪過的果樹，他想，綴滿精心培育的情感和才幹，以及其他種種嫁接到我身上的東西——只等別人採摘。

不知爲什麼，他想起了自己的妹妹，那張小精靈般的臉清晰地浮現在他的腦海裡。她已經死了——死在哈肯尼軍隊的娛樂室裡。她以前喜歡紫羅蘭……哦不，是雛菊吧？他記不起來了。他煩惱地想，自己怎麼竟然想不起來了？

保羅擋住了人形靶的一次慢攻，然後騰出左手準備偷襲。

這個機靈的小鬼頭！哈萊克想著，開始全神貫注地觀察保羅手上的動作。看樣子他一直在自己練習。這些招數不是鄧肯的風格，更不是我教他的。

這種想法只使他更加傷感。我也受了「心情」的影響，他想，不知這小子晚上是否也像我一樣不能入眠，輾轉反側，整晚聽著枕頭嘎嘎作響。

「如果願望是魚兒，我們大家都會去撒網。」他喃喃地說。

這是他母親的話。在感到自己被未來的黑暗所籠罩時，他也常常會這麼說。隨後他又想到，對一個從不知海和魚爲何物的星球而言，這種表達方式可眞是夠奇怪的。

※　※　※

惠靈頓·岳：（宇航曆一〇〇八二～一〇一九一年）；蘇克學校醫學博士（畢業於：宇航曆一〇一一二年）；其妻為萬娜·瑪庫斯（宇航曆一〇〇九二～一〇一八六年？）。被視為背叛萊托·亞崔迪公爵的叛徒。（其生平參考《皇室訓練營與策反》，附錄七）～一〇一九一年）；蘇克學校醫學博士（畢業於：宇航曆一〇一一二年）；其妻為萬娜·瑪庫斯（宇航曆一〇〇九二～一〇一八六年？）。被視為背叛萊托·亞崔迪公爵的叛徒。（其生平參考《皇室訓練營與策反》，附錄七）

——摘自伊如蘭公主的《穆哈迪詞典》

按摩師剛剛離開，所以，儘管保羅聽到岳大夫走進訓練室，聽出了那呆板卻又從容的腳步聲，但他仍舊臉朝下趴在長桌上。跟葛尼．哈萊克練完後，保羅感到身心鬆弛。

「你看上去很愜意呀。」岳大夫用他一貫冷靜而高亢的音調說道。

保羅抬起頭，看見那竹竿似的身影站在離他幾步遠的地方。大夫穿著皺巴巴的黑色衣服，方方的腦袋，紫色的嘴唇，下垂的八字鬍，前額是標誌皇室訓練級別心理定勢的鑽石狀紋身，長長的黑髮被蘇克學校的銀環束在左肩上。

「今天我們沒時間按常規上課了，聽到這消息你一定很高興。」岳說，「你父親過會兒就來。」

保羅坐起身。

「然而，我還是爲你準備了電影書閱覽器和幾堂課的膠卷，我們可以在前往阿拉吉斯的路上學。」

「哦。」

保羅抓起衣服往身上套。聽說父親要來，他感到非常興奮。自從皇上下令讓他們接管阿拉吉斯以來，父子倆很少有時間待在一起。

岳走到長桌邊，心想，這孩子，幾個月來長大了不少。可憐呀，眞可憐。但他馬上提醒自己：一定不能動搖。我所做的一切全都是爲了我的萬娜，爲了讓她不再受哈肯尼禽獸的殘害。

保羅走到桌旁和他站在一起，一邊扣著外套的鈕扣一邊說：「要我在路上學什麼？」

「啊……學習阿拉吉斯的各種生命形式。對某些生命形式來說，該星球似乎是最理想的生存環境。但具體情況現在還不是很清楚。到了以後，我會找到那兒的星球生態學家——名叫凱恩斯博士——協助他的研究。」

岳想：我在說什麼？我甚至對自己都是這麼虛僞。

「有關於弗瑞曼人的材料嗎？」保羅問。

「弗瑞曼人？」岳的手指敲著桌面，發現保羅正盯著自己這個神經質的動作，於是縮回了手。

「你手頭有沒有阿拉吉斯人口組成方面的資料？」保羅說。

「當然有。」岳說，「那兒的人大致分爲兩類——弗瑞曼人是一類，剩下的則生活在谷地、盆地或窪地裡。據說他們彼此通婚。生活在盆地和窪地村莊裡的女人喜歡弗瑞曼男人做丈夫，那兒的男人也願意娶弗瑞曼人做妻子。他們有一句諺語：『城市表面光鮮，沙漠智慧源象。』」

「你有他們的圖片嗎？」

「我看看能不能給你弄幾張來。當然，最有趣的應該是他們的眼睛——純粹的藍，沒有半點眼白。」

「變異？」

「不，這與血液中的香料含量有關。」

「弗瑞曼人敢生活在沙漠邊緣，一定非常勇敢吧。」

「勇敢到極點。」岳說，「他們在刀刃上做詩，他們的女人跟男人一樣兇猛，就連小孩也非常兇悍危險。我猜想，公爵絕不會允許你跟他們攪和到一起去。」

保羅盯著岳。對弗瑞曼人的這番簡單描述，雖然只有寥寥數語，但已經深深打動了他。一定要爭取他們，讓他們成爲我們的盟友！他想。

「那沙蟲呢？」保羅問。

「什麼？」

「我想多了解了解沙蟲。」

「哦……哦……當然。我的盒裝電影書裡有一本關於沙蟲的，拍到的只是一個小型標本，只有一百一十公尺長，直徑二十二公尺。是在北半球採集來的。根據紀錄，有可靠的目擊者發現過長達四百公尺的沙蟲。而且有理由相信，甚至存在比那更大的沙蟲。」

保羅瞥了一眼鋪在桌上的阿拉吉斯北半球圓錐投影圖，問道：「沙漠地帶和南極地區都標成了非居住區，是因爲沙蟲嗎？」

「還有風暴。」

「但任何地方都可以改造得適合居住。」

「除非經濟上可行。」岳說，「阿拉吉斯上有許多危險，要去除這些危險，必須要付出很高的代價。」他捋了捋自己下垂的鬍鬚，「你父親馬上就到。在離開之前，我要先送你一個禮物，這是我整理行李時發現的。」岳把一個物件放在兩人之間的桌子上——黑色，橢圓形，不比保羅的拇指尖大多少。

保羅看著那東西。岳注意到這男孩並沒有去碰它。眞夠謹愼的，他想。

「這是一部非常古老的《奧蘭治天主教聖經》，專爲太空旅行者製造的。不是電影書，而是眞正印在絲紙上的。配有自己專用的放大器和靜電充電系統。」他拿起《奧蘭治聖經》，演示給保羅看，「靜電使書頁之間相互排斥，但封面彈簧卡把它們壓合在一起。在它的邊緣揿一下——就這樣，你所選的頁面互相排斥，書就打開了。」

「這麼小！」

「可它有一千八百頁。揿一下書的邊緣——這樣，行了……然後，靜電會在你讀書的時候逐頁翻書。千萬不要用你的手指觸碰書的頁面，絲織纖維太脆弱了。」他合上書，把書遞給保羅，「試試看。」

岳看著保羅擺弄頁面調節器。我這是在安慰我自己的良心。在背叛他之前，我先背叛了我自己的宗教信仰。這樣我就可以對自己說，他死後所去的是一個我不能去的地方。因爲，無論如何，我都是要下地獄的了。

「肯定是在有電影書之前製造出來的。」保羅說。

「是有些歷史了。這是咱倆的祕密，好嗎？你父母也許會覺得你太年輕，不該擁有這麼貴重的東西。」

岳心想：他母親肯定會懷疑我的動機。

「那……」保羅合上書，把它握在手裡，「如果這東西那麼貴重……」

「容忍一個老頭子的一時興起吧，」岳說，「這是我很年輕的時候別人送給我的。」我必須引起他的興趣，讓他想要此書。

「翻到卡利瑪章第四百六十七頁，就是那一段，『所有生命均起源於水』。看到嗎？封面的書沿上有個很小的凹痕，標明這句話的位置。」

保羅摸摸封皮，摸到了兩個凹痕，其中一個比另一個淺些。他按下較淺的那個印記。書在他手心裡攤開了，放大器也自動滑到恰當的位置。

「大聲讀出來。」岳說。

保羅用舌頭潤潤嘴唇，讀道：「試想，聾子聽不到聲音。那麼，既然我們沒有聾，又爲什麼會喪失聽力呢？我們究竟缺少什麼，所以才看不見、聽不到我們身旁的另一個世界？而圍繞在我們身旁的是什麼……」

「停！」岳咆哮道。

保羅立即打住，緊盯住他的臉。

岳緊閉雙眼，竭力恢復鎮靜。太怪異了，怎麼會剛好翻到萬娜最喜愛的那一頁？岳睜開眼睛，看到保羅正注視著自己。

「有什麼不對嗎？」保羅問。

「對不起，」岳說，「那是……是我……亡妻最喜歡的一頁。我沒想讓你讀那一頁，會勾起我痛苦的……回憶。」

「書上有兩個凹痕。」保羅說。

當然，岳想，萬娜標出了她喜歡的那一頁。他的手指比我敏感，所以摸到了她的標注。只是個意外，僅此而已。

「你會發現這本書很有意思，」岳說，「裡面有不少眞實的歷史事件，同時闡述了倫理道德和哲學道理。」

保羅低頭看著掌心裡這本小書——眞是個小東西，裡面卻另有玄機……讀這部書的時候，他竟有一種玄妙的感覺，跟他自己肩負的那個可怕的使命有關，讓他心神不寧。

「你父親隨時會來，」岳說，「把書收起來，閒暇之時再讀。」

保羅照岳所教的辦法觸了一下書的邊緣，書自動合上了。保羅把它塞進貼身衣兜裡。岳對他大吼大叫的那一瞬間，保羅還擔心他會把書要回去呢。

「謝謝您的禮物，岳大夫，」保羅鄭重地說，「這是我們倆的祕密。如果我那兒有什麼是您喜歡的，請不要猶豫，直接告訴我，好讓我也能爲您準備一份回禮。」

「我……什麼也不需要。」岳說。

他想：爲什麼我要站在這兒折磨自己？也折磨這可憐的小夥子……盡管他什麼都不知道。哦！那些該死的哈肯尼禽獸！爲什麼要挑選我承擔這份骯髒的工作！

※ ※ ※

我們應該如何著手研究穆哈迪的父親？萊托·亞崔迪公爵同時兼備超乎常人的熱情和令人驚訝的冷靜。有許多事實能夠幫助我們了解這個人：他對那位比吉斯特愛妃忠貞不渝的愛情，為兒子精心設計的遠大前程，還有部下對他的忠心耿耿。從這裡入手，所看到的應該是這樣一個人——一個被命運的陷阱所吞噬的人，一個在兒子的輝煌之下黯然失色的孤獨身影。但是，兒子豈不正是父親的延伸嗎？

——摘自伊如蘭公主的《穆哈迪家事記評》

保羅看著父親走進訓練室，衛兵們各就各位在外面站崗，其中一人關上了門。跟平時一樣，保羅有一種被接見的感覺，但他總算來了。

公爵身材高大，橄欖色的皮膚，瘦削的臉上稜角分明，顯得十分嚴厲，只有那雙深灰色的眼睛讓人覺得溫和些。公爵身穿黑色制服，胸前是家族紋章——紅色鷹飾；腰上繫著閃閃發光的銀色遮罩場腰帶，多半情況下，這根帶子只被用作普通的腰帶。

公爵說：「練得辛苦嗎，兒子？」

他走到長桌前，看一眼桌上的文件，把整間屋子掃視了一遍，視線重新回到保羅身上。他感到很疲倦，又不能露出倦容，只好硬撐著，撐得渾身痠痛。去阿拉吉斯的路上一定得抓住機會好好休息一下，他想，到了那兒可就沒時間休息了。

「不算太辛苦，」保羅說，「一切都那麼……」他聳聳肩。

「是啊。唔，我們明天出發。最好能早點在我們的新家安頓下來，早點擺脫這些麻煩事。」

保羅點點頭，突然想起聖母的話，心裡一陣不安：「……至於你父親，他已經完了。」

「父親，」保羅說，「阿拉吉斯會像大家說的那麼危險嗎？」

公爵勉強做出一副無所謂的樣子，微笑著在桌子一角坐下。他的腦子裡有一整套安撫人的說詞，用來在戰前消除部下的緊張心情。但他什麼都沒有說，那些話僵在舌頭上說不出口，原因只有一個：這可是我兒子。

「會很危險。」他承認。

「哈瓦特跟我說，我們有一個爭取弗瑞曼人的計畫。」保羅說。說到這兒，他自己也覺得奇怪：爲什麼不把那個老太婆的話告訴他？她怎麼就封住我的嘴了呢？公爵注意到兒子的不安，於是說道：「跟往常一樣，哈瓦特看到了最重要的方面，一次重大機遇。但除此之外還有其他方面，比如宇聯公司。皇上把阿拉吉斯給了我，就不得不給我宇聯公司的董事職位……這是個不易察覺的收穫。」

「宇聯公司控制著香料。」保羅說。

「阿拉吉斯和那裡的香料就是我們進入宇聯公司董事會的通行證，」公爵說，「宇聯公司不僅僅是各種政治勢力的大雜燴。」

「聖母警告過你嗎？」這個問題不假思索脫口而出。保羅握緊拳頭，感到掌心因爲出汗變得滑膩膩的。這個問題可眞不容易出口啊。

「哈瓦特告訴我，她跟你講了一些有關阿拉吉斯的事，想嚇唬你。」公爵說，「別讓女人的擔心害怕蒙蔽了我們的心智。沒有哪個女人願意讓自己心愛的人去冒險。這些警告其實是你母親一手搞出來的。就把這看作是她表達愛意的一種方式吧。」

「她知道弗瑞曼人的事嗎？」

「知道。其他的事，她同樣知道得不少。」

「什麼事？」

公爵想：阿拉吉斯的事實可能比他想像的更糟，但只要受過訓練，知道如何面對危險，那麼，就連危險本身也是有價值的。有一樣東西是我兒子無論如何不可或缺的，那就是應付險境的能力——可是，這一切必須循序漸進，他畢竟還太年輕。

「很少有產品能逃出宇聯公司的控制；」公爵說，「木材、驢、馬、奶牛、圓木、糞肥、沙魚、鯨皮——從最普通的本地貨到最不可思議的舶來品……甚至包括我們卡拉丹的龐迪米。同樣，宇航公會什麼貨物都運，從艾卡茲的藝術品到瑞切斯和伊克斯的機械設備。但和香料相比，這一切都黯然無光了。一捧香料就可以買到圖拜星上的一棟房子。這種香料無法人工合成，必須從阿拉吉斯上開採出來。它是獨一無二的，而且確實具有抗衰老功能。」

「現在是我們在控制它嗎？」

「就某種程度而言，是的。但重要的是，必須考慮到依賴宇聯公司盈利的各大家族。你想，公司的盈利絕大程度上依賴於一種產品——香料。要是出於什麼原因，香料的產量減少了，那會怎樣？想像一下吧！」

「誰囤積了香料，誰就掌握了生殺大權。」保羅說，「其他人則不得不立刻出局。」

公爵放任自己享受了一刻心滿意足的成就感，他看著兒子想：他竟能明察秋毫，看來訓練頗有成效。公爵點點頭說：「哈肯尼人已經囤積了整整二十多年。」

「他們想阻止香料的開採，然後將責任歸咎於您。」

「他們想讓亞崔迪家族蒙受恥辱，」公爵說，「你想，代表各大家族的聯合會一直以我馬首是瞻，甚至把我當成他們的非官方發言人。想一想，要是他們的收入嚴重減少，而應該對此負責的人是我，他們會作出什麼樣的反應？人不爲己，天誅地滅。畢竟，自身的利益高於一切。去他媽的大公約！絕不能讓別人卡住你的財路！」公爵的嘴角露出一抹無情的冷笑，「不管我的結局如何，他們自會找到別的生財之道。」

「即使我們受到核攻擊，他們也會聽之任之？」

「沒那麼嚴重，立法會不會採取公開的敵對行爲，但除此之外，什麼卑鄙的動作都有可能……也許會暗箭傷人，甚至投點毒什麼的。」

「那我們爲什麼還要攪進去呢？」

「保羅！」公爵緊皺眉頭看著兒子說，「避開陷阱的第一步——是知道陷阱在什麼地方。這就像一場格鬥，兒子，只是規模更大些——格擋、格擋、再格擋……似乎沒完沒了。我們的任務就是見招拆招。知道哈肯尼人囤積了香料以後，我們還要問自己另外一個問題：還有誰在囤積？誰在囤積香料，誰就是我們的敵人。」

「誰？」

「我們早就知道有幾個家族與我們不和，另外一些是我們認爲還算友好的。但目前我們還不需要考慮他們，因爲還有一個更重要的人物：我們敬愛的帕迪沙皇帝陛下。」

保羅突然感到嗓子發乾，他吞了一口口水，說：「你能不能照會立法會，揭露——」

「讓敵人知道我們已經知道他哪隻手握刀嗎？啊，是的，保羅——我們現在已經看見刀了，可誰知道接下來這把刀會往哪兒揮？如果我們把這件事擺上立法會的檯面，那只會製造一場大亂。皇上會否認一切，誰又能跟他辯駁？我們贏得的只是一點時間，卻要冒天下大亂的風險。誰知道下一次襲擊會來自何方？」

「也許所有家族都開始囤積香料了。」

「我們的敵人已經搶在我們前頭了，領先太多，來不及趕上了。」

「皇上，」保羅說，「那就意味著薩督卡軍團。」

「穿上哈肯尼人的軍服，假扮哈肯尼軍隊，這毫無疑問。」公爵說，「可士兵不管怎麼說還是皇上手下的那幫狂徒。」

「弗瑞曼人怎麼才能幫我們對抗薩督卡？」

「哈瓦特給你講過薩魯撒·塞康達斯嗎？」

「皇上的監獄行星？沒有。」

「如果那不僅僅是顆監獄行星呢，保羅？關於薩督卡皇家軍團，有一個問題你從沒問過：他們從何而來？」

「來自監獄行星？」

「他們一定是有出處的。」

「但皇上徵募的輔助部隊都是來自……」

「正是為了讓我們相信：這些人也只不過是皇上徵募的兵員，只不過從小接受訓練、十分出色而已。只有在極偶然的場合，你才會聽人悄悄說起皇上手下那些軍事教官。不管怎樣，我們的文明社會卻依然保持著它微妙的平衡：一邊是大家族聯合會的軍事力量，另一方是薩督卡軍團及其徵募而來的輔助部隊。保羅，傭兵是傭兵，薩督卡是薩督卡，切莫將二者混為一談。」

「但每份關於薩魯撒·塞康達斯的報告都說那裡是個活地獄。」

「毋庸置疑。但如果想造就堅韌不拔、身強體壯、殘暴兇猛的士兵，你會為他們選擇一個什麼樣的特訓環境呢？」

「可如何才能贏得這些人的忠誠呢？」

「已經有不少行之有效的方法了：讓他們產生某種程度的優越感；身負祕密使命的神祕感；同舟共濟的團隊精神。這沒問題，在很多地方、很多時候都是這麼做的，都沒問題。」

保羅點點頭，將注意力集中在父親臉上。他感到父親馬上就要說到重點了。

「再說阿拉吉斯，」公爵說，「只要你走出城鎮和衛戍區，環境的惡劣程度與薩魯撒．塞康達斯不相上下。」

保羅睜大了眼睛：「弗瑞曼人！」

「我們在那兒有一支潛在的軍團，與薩督卡軍團一樣攻無不克、勇不可擋。這需要有足夠的耐心才能收服他們，還需要足夠的財力才能把他們妥善地武裝起來。但是，弗瑞曼人就在那兒……香料也是。明知山有虎，偏向虎山行。現在你知道我們爲什麼明知有陷阱還要往裡跳了吧。」

「難道哈肯尼人不了解弗瑞曼人的潛力嗎？」

「哈肯尼人看不起弗瑞曼人，以追殺弗瑞曼人取樂，甚至從來沒費心調查一下他們的人口。我們很清楚哈肯尼人對地行星采邑的人口政策——開支越少越好，別的不管。」

公爵胸前鷹徽上的金屬繡線隨著他身體的移動而閃閃發光。「明白了嗎。」

「我們目前正跟弗瑞曼人談判，對嗎？」保羅說。

「我派遣了一個使團，由鄧肯．艾德荷領隊。」公爵說，「鄧肯是個驕傲、無情的人，但崇尙眞理。我想，弗瑞曼人會欽佩他的。如果運氣好，他們會通過鄧肯評估我們。鄧肯，道德高尙的君子。」

「鄧肯，道德高尙的君子，」保羅說，「葛尼，勇敢無畏的猛士。」

「說得好。」公爵答道。

保羅想：葛尼就是聖母所說的那種人，國家的棟梁——「……勇者之中最勇敢者。」

「葛尼跟我說你今天在武器課上表現不錯。」公爵說。

「他跟我可不是這麼說的。」

公爵放聲大笑：「我猜葛尼是吝於表揚吧。他說你感覺敏銳——用他的話說，是懂得刀尖與刀刃的差別。」

「葛尼說用刀尖殺人缺乏藝術氣息，應該用刀刃幹活。」

「葛尼是個浪漫主義者。」公爵哼了一聲。跟自己的兒子討論殺人突然令他不安起來，「我倒寧願你永遠無需殺人……但如果一定要做，無論怎樣都行——刀尖或刀刃都無所謂。」他抬頭望向天窗，雨還在嘩啦啦地下著。

保羅順著父親的視線望去，外邊是漫天的滂沱大雨——阿拉吉斯上無論如何也不會有這番景象。他聯想到那片天空之後遙遠的太空。「宇航公會的太空飛船眞的很大嗎？」保羅問。

公爵看著他。「這是你第一次離開這顆行星。」他說，「是的，他們的飛船很大。這次航程時間很長，所以我們將乘坐巨型運輸艦去。這種巨型運輸船眞是非常之大，只一個角落就可以容納我們所有的護衛艦和運輸船——我們在這艘運輸船的載物清單上只占了很小一部分。」

「航行途中，我們不得離開我們的護衛艦，是這樣嗎？」

「這是爲了得到宇航公會的安全保障而付出的一部分代價。哈肯尼人的飛船也有可能跟我們乘同一艘船。不過這也沒什麼可擔心的。哈肯尼人很清楚，犯不著爲此危及他們的宇航特權。」

「到時候，我要好好盯著我們護衛艦上的監視器，看能不能發現宇航公會的人。」

「你找不到的。即使是他們的代理商都從來沒見過宇航公會的人。宇航公會對自己的隱私權就像對壟斷權一樣看重。千萬別做會影響我們宇航特權的事，保羅。」

「你覺得他們躲起來會不會是因爲他們已經變異了，長得不再像……人類？」

「誰知道？」公爵聳聳肩道，「這個謎我們是不大可能解開的。我們還有更迫切的問題，其中之一就是——你。」

「我？」

「你母親希望由我來告訴你，兒子。唔，你知道嗎，你可能具有門塔特的天賦。」

保羅瞪著父親，一時說不出話來。半晌才問道：「門塔特？我？可我……」

「哈瓦特也認同她的觀點，兒子。眞的。」

「可我想，門塔特的訓練必須從嬰兒狀態就開始，而且不能將這一切透露給受訓者，因爲這會影響早期……」保羅打住了，心念一動，種種往事閃電般出現在眼前，指向同一個結論，「我明白了。」他說。

「對一個潛在的門塔特而言，」公爵說，「總有一天，他會明白自己接受過、正在接受的訓練究竟是什麼性質。從此以後，這樣的訓練再也不可能在他本人懵然無知的情況下灌輸給他。一個門塔特必須自己參與最後的抉擇：是繼續訓練還是放棄。有的人可以繼續，有的不能。只有潛在的門塔特本人才能肯定，他自己到底是不是這塊料。」

保羅摸摸下巴，腦海裡閃過哈瓦特和母親曾經給予他的特別訓練：記憶術、意念集中法、如何控制肌肉、如何增強感官的靈敏度、學習語言、學會區分聲音的細微差別——現在，他對所有這一切都有了全新的理解和認識。

「兒子，有一天你會成爲公爵。」父親說，「一個門塔特公爵是令人生畏的。你現在能決定嗎？……抑或是，再多些時間考慮考慮？」

保羅毫不猶豫地回答：「我會繼續訓練的。」

「是啊，令人生畏。」公爵低聲說。保羅看到父親臉上露出了驕傲的微笑，但這笑容卻令他的內心震動不已：公爵瘦削的臉龐看上去竟然像極了骷髏。保羅閉上眼睛，感到內心深處那可怕的使命感又蠢蠢欲動了。也許，成爲門塔特就是那個可怕的使命吧。保羅想。

但即使他竭力想這樣說服自己，他覺醒的內心意識卻並不相信。

※ ※ ※

比吉斯特姐妹會早就通過護使團播下了孕育著神奇傳說的種子。如今，有了潔西嘉夫人和阿拉吉斯，這顆種子終於開花結果了。長期以來，為了保護比吉斯特成員，她們在已知的宇宙中傳播預言，這種遠見卓識早就令人歎為觀止了。但饒是如此，像阿拉吉斯這樣，預言傳說與事實完全相符的情況卻是前所未見的。在阿拉吉斯，預言式的傳說甚至帶上了具有當地特色的標誌（包括聖母、讚美詩、宗教問答等等），傳說與現實極其完美地嵌合在一起。而且，人們現在已經普遍認識到，潔西嘉夫人的潛能是被大大低估了。

——摘自伊如蘭公主的《分析篇：阿拉肯的危機》

（比吉斯特內部館藏，檔案號：AR-81088587）

到處都是。阿拉肯大廳的一角，攤著一大堆打包裝箱的生活用品。盒子、木箱、板條箱、紙箱，有些已經拆了一半。潔西嘉看著身旁亂七八糟的雜物，聽見宇航公會貨船的運貨車又將另一批貨物卸到了入口處。

潔西嘉走到大廳中央，慢慢地轉動身體，上下左右打量著陰影籠罩下的雕塑、牆上的裂紋，以及深深凹下去的窗戶。這座巨大的古式建築使她想起了比吉斯特學校裡的姐妹廳。只不過姐妹廳給人的感覺是溫暖的，而這兒卻只有黑漆漆的石塊。

爲了設計這些承重牆和黑色懸幔，建築學家一定參考過遠古時代的歷史。潔西嘉想。她頭頂的穹形天花板有兩層樓高，上面橫著巨大的梁木。潔西嘉相信，這些梁木一定是耗費鉅資從外星系運到阿拉吉斯來的。本星系不可能種出可以做梁木的木材——除非這梁木是仿木材料製成的。

她想，應該不是仿木的。

這個地方是舊王朝時代的政府官邸，那時花起錢來多少不像現在這樣謹慎。它早在哈肯尼人到來之前就矗立在這裡了，而哈肯尼人新建的巨大都市卡塞格——一個浮誇、低級的地方——則在此地東北二百公里處。萊托明智地選了阿拉肯作爲新政府所在地。阿拉肯這名字聽起來就很悅耳，充滿了傳統氣息。而這座城市也較小些，易於清除奸細和防衛。

入口又傳來卸箱子的聲音，潔西嘉歎了口氣。

潔西嘉右邊的箱子上靠著一幅公爵父親的肖像畫，包畫用的布條像磨破的飾物般從畫上垂掛下來，還有一縷布條纏在潔西嘉的左手上。畫像旁邊放著一個嵌在裝飾板上的黑色牛頭。牛頭活像一座黑色島嶼，浮在包裝紙的海洋中。裝飾板平放在地上，公牛閃閃發光的鼻子直指天花板，彷彿在喘著粗氣，隨時準備跳進泛著迴音的大堂。

潔西嘉自己也覺得奇怪，不知出於什麼原因，她竟先將這兩樣東西拆開了——牛頭和畫像。她知道，此舉一定有某種象徵意義。自從公爵派人把她從比吉斯特學校買下以後，潔西嘉第一次感到如此恐懼，如此缺乏信心。

牛頭與畫像。

它們使她更加心亂如麻。潔西嘉打了一個寒顫，抬頭瞟了一眼頭頂那狹窄的天窗。剛過正午，在這個緯度，天空顯得既黑又冷，比卡拉丹溫暖的藍天黑得多。潔西嘉的心中湧起一股鄉愁。

多麼遙遠啊，卡拉丹。

「原來妳在這兒啊！」

這是公爵的聲音。

她一個轉身，看見公爵從拱廊出來，大步走向餐廳。他那身胸前佩著紅色鷹徽的黑色制服看上去又髒又縐。

「我還以為妳在這可怕的地方迷路了呢。」他說。

「這是棟冷冰冰的房子。」她說。潔西嘉望著公爵那高大的身材、黝黑的皮膚（常常讓她聯想起藍色大海邊的橄欖林和金色太陽）。他的灰眼睛裡蒙著一層陰雲，但那張臉卻是獵食動物般的臉：瘦削，稜角分明。

潔西嘉突然胸口一緊，有點怕起公爵來。自從決定服從皇上的命令以來，他就變成了一個兇狠殘酷、野心十足的人。

「整個城市都讓人感覺很冷。」她說。

「這是座骯髒的要塞城市，到處是灰塵。」公爵表示同意，「但我們要改變這一切。」他環顧大廳，「這是舉行活動的公共場所，我剛看了南翼的幾處居住區，那邊要好多了。」他走到潔西嘉身邊，撫摸她的臂膀，欣賞著她的雍容華貴。

再一次，公爵對她未知的血統產生了好奇心——也許是某個叛亂家族？或是某個隱姓埋名的皇族後裔？她看上去比皇帝本人的血統更加高貴。

在他的注視下，潔西嘉輕輕地轉了半個身，側對著公爵。他突然意識到，潔西嘉身上沒有什麼地方特別美，但合在一起卻格外引人注目。她有一頭閃亮的青銅色秀髮，鵝蛋形的臉，瞳距稍寬，一雙炯炯有神的眼睛就像卡拉丹清晨的藍天般清澈明淨；小巧的鼻子，烈焰紅唇。她的身材極好，高䠷而苗條，只是略顯瘦削。

他記得學校裡做雜役的修女說她很瘦，他派去的代理人也是這麼告訴他的。但這種描述太簡單了，完全不足以眞正體現她的美麗動人。她將皇室的美麗高雅帶到亞崔迪家族，他很高興保羅繼承了她的優點。

「保羅在哪兒？」他問。

「跟岳在屋裡什麼地方做功課吧。」

「也許在南翼，」他說，「我好像聽見過岳的聲音，可我沒時間去看他。」他低頭看著潔西嘉，猶豫地說，「我到這兒來，只是想把卡拉丹城堡的鑰匙掛在餐廳裡。」

她屏住呼吸，止住自己想伸手抱住他的衝動。掛鑰匙——這個行爲有一種大事已了的意味。但此時此地與安慰親昵的舉動太不相宜了。「我進來的時候看見屋頂上掛著我們的族旗。」潔西嘉說。

他瞥了一眼父親的畫像，「你準備把它掛在哪兒？」

「就在這屋裡，看掛在什麼地方合適。」

「不。」公爵語氣平淡卻不容置疑。她明白，要想讓他改變主意，只能靠自己的特殊技能，公開爭辯是沒用的。可她還是想試試，哪怕只是爲了提醒她自己：她寧願公開爭辯，也不會把這些技能使在公爵身上。

「老爺，」她說，「假如您只是……」

「我的回答還是『不』。大部分事我都讓妳做主，盡管這樣做很不體面。但這次不行。我剛從餐廳來，那兒……」

「老爺！請您聽我說。」

「這是在妳進餐時的胃口和我祖先的尊嚴中間作選擇，我親愛的。」公爵說，「掛在餐廳裡。」

她歎了口氣：「是，老爺。」

「只要有可能，妳可以恢復過去的老習慣，在妳的房間裡用餐。但在正式場合，我希望妳能出席，坐在妳該坐的位子上。」

「謝謝，老爺。」

「還有，別對我那麼冷淡、那麼彬彬有禮！妳得感激我，親愛的，因爲我沒正式娶妳過門。不然的話，陪我就餐就是妳的責任。」

她不動聲色，點點頭。

「哈瓦特已經在餐桌上裝好了我們自己的毒素檢測器，」他說，「妳房裡也有一個可攜式的。」

「你早就預計到了這種……不和……」她說。

「親愛的，還有妳的舒適，這方面我同樣考慮到了。傭人我已經雇好了，都是本地人，但哈瓦特查過他們的底細——都是弗瑞曼人，會一直做到我們自己的人忙完其他事爲止。」

「這兒的人都確實安全可靠嗎？」

「任何仇恨哈肯尼的人都可靠。妳以後甚至可能願意留用大管家夏杜特·梅帕絲。」

「夏杜特，」潔西嘉說，「一個弗瑞曼名字？」

「別人說，它的意思是『汲水人』。在這種場合下，這名字裡隱含的意思倒挺重要的。看了鄧肯的報告以後，哈瓦特對她評價很高。不過妳可能會覺得她不像是做傭人這一行的。他們覺得她想當傭人，特別是當妳的傭人。」

「我？」

「弗瑞曼人知道妳是比吉斯特，」他說，「這兒有不少關於比吉斯特的傳說。」

護使團眞是無處不在啊，潔西嘉想。

「這是否意味著鄧肯成功了？」她問，「弗瑞曼人會成爲我們的盟友嗎？」

「還不能確定，」他說，「鄧肯認爲，他們想再觀察我們一段時間。不過，不管怎麼說，他們已經答應在休戰期間不再襲擊我們的周邊村落。這是一個相當重要的收穫，比預期的還好。哈瓦特告訴我說，弗瑞曼人曾經是哈肯尼人的眼中釘肉中刺，他們對設施的破壞程度曾是哈肯尼人的高度機密。哈肯尼人可不想讓皇上了解他們軍隊的無能。」

「一個弗瑞曼管家，」潔西嘉沉吟著，又把話題扯回夏杜特·梅帕絲，「她應該長著一雙全藍的眼睛吧。」

「別因爲弗瑞曼人的外表而對他們產生偏見。」公爵說，「在內心深處，他們十分堅強，富於活力。我想，他們正是我們需要的人。」

「這是一場危險的賭博。」她說。

「咱們別再談這個話題了。」他說。

她勉強擠出一絲笑容，「反正事已至此，就這樣吧。」她做了兩次深呼吸，澄澈內心。這一套讓身心寧靜的心法得自比吉斯特的訓練。隨後她問道，「我要分配房間了，需要爲您特別預留出幾間來嗎？」

「以後一定得教教我，妳究竟是怎麼做到的。」他說，「居然能把煩惱擱在一邊，然後專心於現實，這一定是比吉斯特的什麼特殊技能吧。」

「這是女人的特殊技能。」她說。

公爵笑道：「那好，分配房間吧。得保證我的臥室旁邊要有一個寬敞的辦公區。在這兒，我要處理的文件比卡拉丹多得多。當然還要有一個警衛室。我想就這些了。別爲這幢房子的安全操心，哈瓦特的人已經徹底檢查過了。」

「這我相信。」

公爵抬手看看手錶，「還有件事也許還得妳看著點，把我們所有的鐘錶調成阿拉肯當地時間。我已經派了個技師去做這件事，他馬上就到。」他一邊把潔西嘉前額的一縷頭髮撥到後面，一邊說，「我現在得去著陸區了，載著後備人員的第二艘飛船隨時可能抵達。」

「不能讓哈瓦特去接船嗎，老爺？你看上去太疲倦了。」

「瑟菲比我還忙。你知道，這個星球上到處都是哈肯尼人的陰謀詭計。此外，我還必須努力說服一些有經驗的香料勘探員別走。你知道，領主變了，他們有權離開。這兒的星球生態學家也允許人們自行選擇去留。這個人是皇上和立法會安插的，是此地專門負責調停接管過程的監察法官，沒辦法收買。大約有八百名熟練工想搭乘運送香料的貨船離開，現在那兒正好有一艘宇航公會的貨船。」

「老爺……」她猶豫起來，沒有說下去。

「什麼？」

爲了我們，他想讓這個星球變得安全太平。任何勸諫都是徒勞無益的。潔西嘉心想，而我又不能對他使出我的技能。

「您希望什麼時間用晚膳？」她問。

這不是她原本想說的話，他想，啊，我親愛的潔西嘉，眞希望我們倆現在身在他鄉，遠遠離開這個可怕的地方，就我們倆，無憂無慮。

「我會在著陸區的官員餐廳吃，」他說，「得很晚才回來。還有……嗯，我會派一輛警衛車來接保羅，我想讓他出席我們的戰略會議。」

他清清嗓子，似乎想說點別的什麼，但卻突然毫無徵兆地一轉身，大步流星地朝大門走去。那兒正在卸箱子，他的聲音從那邊傳來，一副盛氣凌人的口氣。他跟僕人說話的時候，一著急就是這種語氣。「潔西嘉夫人在大廳裡，馬上去她那兒。」

外邊的門砰的一聲合上了。

潔西嘉轉過身，面對萊托父親的畫像。這是著名畫家阿爾波的作品，當時老公爵正值中年，穿著傳統的鬥牛士外套，一件紫紅色披風從他的左肩披下，映襯著他的臉，使他比眞實年齡顯得更年輕些，看上去不比現在的萊托老多少。「他們兩人都有一雙老鷹般敏銳的灰色眼睛。」潔西嘉想。她握緊拳頭，把手垂在身側，直愣愣地瞪著畫像。

「該死的！該死的！該死的！」她輕聲說。

「您有什麼吩咐，血統尊貴的夫人？」

這是一個女人的聲音，尖細而謙卑。

潔西嘉轉過身，低頭望去。眼前是一個骨骼粗大、灰白頭髮的女人，穿著一件奴隸們常穿的鬆鬆垮垮的褐色麻袋服，早晨從著陸區來新家的這一路上，不少當地人夾道歡迎他們的到來。和那群人一樣，這個女人滿臉皺紋，看上去乾巴巴的。潔西嘉想：「在這顆星球上看到的每一個土著都顯得非常缺水，營養不良。可萊托卻說他們十分堅強、富於活力。還有那些眼睛，深邃無比，純粹的藍色，沒有半點眼白，充滿了神祕感。」潔西嘉強迫自己別盯著他們看。

那女人生硬地點點頭說：「人家都叫我夏杜特·梅帕絲，血統尊貴的夫人。您有什麼吩咐嗎？」

「稱我『夫人』就可以了，」潔西嘉說，「我不是貴族出身，是萊托公爵買來的姬妾。」

那女人又一次怪怪地點了點頭，悄悄抬眼偷看著潔西嘉，狡黠地問：「這麼說還有位太太？」

「沒有，從來沒有過。我是公爵唯一的……伴侶，他繼承人的母親。」

這番話一說出口，潔西嘉心裡不由得自豪地笑了起來。聖·奧古斯丁是怎麼說的來著？她問自己。「想控制自己的動作，身體自會是唯命是從；可要說服自己的思想，卻會遇到阻力。」是啊，近來我愈來愈多地遇到這種阻力，眞該找個地方獨自一人靜一靜。

屋外大路上傳來一陣奇怪的吆喝聲，不斷重複著：「欸—欸—欸卡！」然後是：「伊庫特—哎！伊庫特—哎！」接著又是：「欸—欸—欸卡！」

「那是什麼？」潔西嘉問，「今早我們乘車經過大街時聽到過好幾次。」

「不過是個賣水的，夫人。您沒必要理會他們，這兒的水箱足足蓄存了五萬升水，總是滿滿的。」她低頭看看自己的衣服，「哦，您知道嗎，我在這兒甚至用不著穿蒸餾服。」她咯咯地笑著說，「不穿蒸餾服都不會死哎！」

潔西嘉有點猶豫，想問問這個弗瑞曼女人，從她那兒打聽點有用的消息。但恢復城堡的秩序似乎更緊迫。水在這兒是衡量財富多寡的主要標識，可她發覺自己仍未適應這種思維模式。

「我丈夫跟我講過妳的名字，夏杜特。」潔西嘉說，「我記得『夏杜特』這個詞是個非常古老的辭彙。」

「那您知道那些古文方言了？」梅帕絲問，眼裡流露出一種奇怪的期待。

「方言是比吉斯特的基礎課。」潔西嘉答道，「我懂荷坦尼方言、契科布薩語以及所有的狩獵語言。」

梅帕絲點點頭：「跟傳說中的完全一樣。」

潔西嘉心想：我爲什麼要對她說這些？但比吉斯特之道深遠難測，這些話不受她的控制般脫口而出。

「我知道偉大神母的暗黑力量。」潔西嘉說。從梅帕絲的動作和表情中，潔西嘉明白了——她的一些小動作出賣了她。「Miseces prejia,」潔西嘉用契科布薩語說，「Andral t're pera! Trada cik buscakri miseces perakri——」

梅帕絲倒退一步，好像準備逃之夭夭。

「我知道很多事，」潔西嘉說，「我知道妳生過孩子，失去了心愛的人，曾經擔驚受怕，到處躲藏，曾經對別人武力相向，而且還準備更多地使用暴力。是的，我知道很多事。」

梅帕絲低聲說：「我無意傷害別人，夫人。」

「妳提到了傳說，想尋找答案。」潔西嘉說，「可是，小心妳可能會找到的答案，因爲這個答案裡蘊含著妳無法控制的危險。我知道妳有備而來，準備訴諸暴力，緊身胸衣裡還藏著武器。」

「夫人，我……」

「妳確實有可能讓我血濺當場，盡管這種可能性不大。」潔西嘉說，「但是，這麼做所帶來的災難和毀滅是妳無法想像的。要知道，有些事比死亡更可怕——尤其是對一個民族而言。」

「夫人！」梅帕絲哀求道，她幾乎要跪倒在地了，「如果您能證明您就是那個人，這件武器就會成爲呈送給您的禮物。」

「而如果證明我不是的話，它就會成爲結果我性命的兇器。」潔西嘉說。她等待著，表面上似乎很放鬆，其實早就做好了一切準備，這正是受過比吉斯特訓練的人能在戰鬥中擁有強大戰鬥力的原因所在。

現在就看她會做出什麼樣的決定了。她想。

慢慢地，梅帕絲把手伸進衣領，取出一把藏在黑色刀鞘中的刀來，黑色的刀柄上留有深深的指槽。她一手拿刀鞘，一手握刀柄，拔出一把乳白色刀鋒的刀，舉了起來。刀鋒雪亮，熠熠生輝。這把刀兩面開刃，和輕劍一樣，刀鋒長約二十釐米。

「您認識這東西嗎，夫人？」梅帕絲問。

這只可能是一樣東西，潔西嘉很清楚，它就是傳說中的阿拉吉斯嘯刃刀。從來沒人能把這種刀帶離阿拉吉斯，所以她只在傳聞和隨意的閒聊中聽人說起過。

「這是嘯刃刀。」她說。

「提到它時言辭務須鄭重。」梅帕絲說，「您知道它意味著什麼嗎？」

潔西嘉想：這個問題暗藏殺機。這弗瑞曼女人要做我的傭人大概就是爲了這個——爲了問我這個問題。我的回答可能會使她當場動武，但也可能……會怎樣？她來是想問：這刀意味著什麼。她想從我身上找到答案。在契科布薩語中，她名字的意思是『影子』。而刀，用契科布薩語來說就是『死亡製造者』。她愈來愈按捺不住了，我必須立即回答。猶豫跟錯誤的答案一樣危險。

潔西嘉說：「那是製造者……」

「哎嗨——」梅帕絲嚎了起來，聲音聽上去既痛苦又興奮。她渾身劇烈顫抖著，刀刃也因此顫個不停，閃得屋裡一片刀光。

潔西嘉等待著，身體做好了搏鬥的準備。她本來想說的是「死亡製造者」，然後再加上那句古語。可現在，所有的感官都在警告她：不要按她的本意說下去。她受過最嚴格的訓練，能從肌肉最不引人注目的一絲輕顫中發現危險。

關鍵字就是……製造者。

製造者？製造者。

梅帕絲還舉著那把刀，彷彿要揮刀上前。

潔西嘉說：「妳以爲，我，一個知道偉大神母祕密的人，會不知道製造者嗎？」

梅帕絲放下了刀，「夫人，長期生活在預言中的人，一旦預言兌現，反而會震驚不已。」

潔西嘉想著那個預言。許多世紀以前，比吉斯特的護使團在這兒播下了傳說的種子。如今，播種的人無疑早就死了，但目的卻終於達到了。那就是：爲比吉斯特未來某一天的某種需要，向這群人灌輸救世主的傳說。

是啊，這一天來到了。

梅帕絲還刀入鞘，「這是一口不定刀，把它放在您身邊。只要離開人體一周，它就會開始分解。這口刀是您的了——沙蟲之牙，終身伴您左右。」

潔西嘉伸出右手，決定冒險一搏，「梅帕絲，妳的刀還未見血就收起來了。」

梅帕絲倒吸一口涼氣，讓刀落入潔西嘉手中。她扯開棕色的衣服，哀號著對潔西嘉說：「取走我生命中的水吧！」

潔西嘉從刀鞘裡抽出刀來。眞亮啊！她把刀尖直指梅帕絲，看到這女人的臉上流露出深深的恐懼，那種恐懼甚至遠遠超過對死亡的懼怕。

難道刀尖上有毒？潔西嘉想。她刀尖一挑，在梅帕絲左胸靠上的地方輕輕劃下一道，濃稠的鮮血滲出來，但立即止住了。超速凝結，潔西嘉想，以便保持人體的水分，這是人體變異的結果嗎？

她把刀收回刀鞘說：「扣上衣服，梅帕絲。」

梅帕絲服從了，但仍在發抖。她用那雙不帶一點眼白的眼睛看著潔西嘉，說：「您是我們的人，」她喃喃地說，「您就是那個人。」

入口處又一次傳來卸貨聲，梅帕絲迅速抓起入鞘的刀，把它藏到潔西嘉身上。「只有潔淨者才能看到刀，或者死！」她驚慌地說，「您知道的，夫人！」

現在知道了。潔西嘉想。

送貨人沒進大廳就離開了。

梅帕絲盡量讓自己鎮定下來，「如果不潔淨身體，見過嘯刃刀的人絕不能活著離開阿拉吉斯。千萬別忘了，夫人。這把嘯刃刀就託付給您了。」她深深吸了一口氣說，「現在，一切必須按部就班，走上正軌，急不得的。」她瞟了一眼周圍壘起來的箱子和成堆的貨品，「這兒還有一大堆活兒等著我們呢。」

潔西嘉躊躇起來，「按部就班，走上正軌」，這是護使團密語中一句特殊的口號——聖母必將降臨，拯救爾等。

可我不是聖母，潔西嘉想。隨即便想道：神母啊！她們事先便把這些話像種子一樣撒播在這塊土地上了！這兒眞是個可怕的地方。

梅帕絲一本正經地說：「您希望我先做些什麼？夫人。」

本能警告潔西嘉，要注意這種不經意的語氣。她說：「那邊那幅老公爵的畫像必須掛到餐廳去，牛頭要掛在畫像正對面的牆上。」

梅帕絲走到牛頭邊。「眞是頭龐然大物啊，光牛頭就這麼大。」她說著彎下腰，「我得先把這玩藝兒弄乾淨，是嗎？夫人？」

「不用。」

「可它角上落著灰呢。」

「那不是灰塵，梅帕絲，那是老公爵的血。這頭牛要了老公爵的命，事故發生之後幾個小時之內，這對牛角上就被噴了一層透明的定型劑。」

梅帕絲站起身來。「原來是這麼回事！」她說。

「只是血而已，」潔西嘉說，「陳年的血跡。現在，去叫幾個人幫忙把這些東西掛起來。那牛頭很沉的。」

「您以爲血跡會讓我覺得不舒服？」梅帕絲問，「我從沙漠來，血我看多了。」

「我……知道妳見過血。」潔西嘉說。

「有些還是我自己的血呢，」梅帕絲說，「比剛才您劃的那個小口子淌的血多得多。」

「妳寧願我劃得更深些？」

「哦，不！身體裡的水夠缺的了，哪能就那麼噴到空中浪費了。您做得對。」

潔西嘉注意到她的態度和她所用的詞，突然領悟到了其中深刻的內涵，「身體裡的水」，她再一次深深感受到水在阿拉吉斯無可替代的重要性。

「我該把它們掛在餐廳的哪面牆上？」梅帕絲問。

一下子就從預言轉到實務上來了，潔西嘉想。「妳自己決定吧，梅帕絲。其實放哪兒都沒多大分別。」

「就聽您的，夫人。」梅帕絲彎下腰，開始清除牛頭上裹著的包裝紙和線繩，「殺了個老公爵，啊？」她對著牛頭哼哼著。

「要不要我叫人來幫妳？」潔西嘉問。

「我能行，夫人。」

是的，她能行。潔西嘉想，這些弗瑞曼人就是這樣，凡事都寧願自己應付。

潔西嘉感到衣服下那把嘯刃刀發出陣陣寒意，想起了比吉斯特的計畫。剛剛發生的事情也是計畫中的一環。正是因爲那個計畫，她才得以在這次致命的危機中化險爲夷。「急不得的。」梅帕絲這麼說過，然而，千頭萬緒突然湧上心頭，讓潔西嘉產生了一種不祥的預感，彷彿有數噸石塊壓在胸前。即使護使團的準備工作和哈瓦特嚴密的布防都不能排遣這種感覺。

「把那些東西掛好後就來拆箱子，」潔西嘉說，「門口的那些搬運工裡，有一個人拿著所有的鑰匙，他知道什麼東西該放哪兒。去他那兒取鑰匙和貨單。如果有什麼不明白的，就到南翼來找我。」

「如您所願，夫人。」梅帕絲說。

潔西嘉轉過身，心想：哈瓦特可能已經把這地方劃爲安全區了，但還是有點不對勁，我能感覺到。

她突然急著想見兒子，於是開始沿著穹形走廊穿過餐廳走向居住區。快點，再快點！她幾乎跑了起來。

在她身後，正在清理牛頭包裝的梅帕絲停了下來，看著潔西嘉遠去的身影。「沒錯，她就是那個人。」她嘟囔著，「可憐的人兒啊。」

※　※　※

「岳！岳！岳！」歌謠中這樣唱道，「罪該萬死的岳！」

——摘自伊如蘭公主的《穆哈迪童年簡史》

門微敞著，潔西嘉走了進去。這間房間四面牆壁都是黃色的，左邊是一把矮小的黑皮沙發和兩個空書架，凸起的一角掛著一隻落滿了灰的長頸水瓶。在她右手邊還有一扇門，那邊立著更多的空書架，還有一張從卡拉丹帶來的桌子和三把椅子。岳大夫站在她正前方的窗戶旁邊，背對著她，正全神貫注於外面的世界。

潔西嘉又悄悄往屋裡走了一步。

岳的外套皺巴巴的，左肘處一塊白斑，好像剛在白粉牆上靠過。從後邊看，他像一尊乾瘦如柴的雕像，套著一件超大的黑色外套；又像一個正在被人操控著的牽線木偶。似乎只有他那個方方的腦袋上被蘇克學校銀環束在左肩的黑髮，隨著身體的移動輕輕搖擺，還有幾分活氣。

潔西嘉掃視屋內，沒有發現兒子的蹤跡，但她右手邊有一扇關著房的門，她知道門後是一間小臥室，保羅說過他喜歡那兒。

「午安，岳大夫，」她說，「保羅在哪兒？」

他沒轉身，點點頭，像是在對窗外的什麼人打招呼，心不在焉地說：「妳兒子累了，潔西嘉，我讓他去隔壁的房間休息。」

突然，他的身體一僵，旋即轉過身，鬍鬚在他紫色的唇邊飛舞起來：「原諒我，夫人！我走神了，我……我……不是故意要這麼隨便的。」

她笑了，伸出右手，一時擔心他會跪下去：「惠靈頓，別這樣。」

「居然這麼稱呼您，我……」

「我們已經認識六年啦，」她說，「早就不該那麼多禮了——我是指非正式場合。」

岳擠出一絲笑容，心想：行了。現在，她會以爲我的任何失態都是因爲窘迫。只要讓她自以爲知道原因，她就不會深究了。

「恐怕我太愛胡思亂想了。」他說，「每當我……爲您感到難過的時候，心裡就直呼您爲……嗯，潔西嘉了。」

「爲我難過？爲什麼？」

岳聳聳肩。很久以前，他就注意到潔西嘉在分辨眞話假話方面不如他的萬娜有天分。但只要有可能，他依然盡量在她面前說眞話，這是最安全的。

「您已經看過這地方了，夫……潔西嘉，」說出她的名字時，他有點結巴，隨即急忙往下說道，

「跟卡拉丹比起來，這地方眞荒涼。還有那些當地人！我們在路上看到的那些村婦，在面紗之下對我們號叫著，還有她們看我們的那種眼神。」

她兩臂交叉抱在胸前，感覺到衣服下面的嘯刃刀硬邦邦的——如果傳言屬實，這種刀的刀刃是用沙蟲之牙製成的。「只是因爲他們覺得我們很陌生，外邦人，風俗習慣也不一樣。他們只知道哈肯尼人。」她的目光越過他看著窗外，「剛才你盯著外邊在看什麼？」

他轉回身望向窗外：「那些人。」

潔西嘉走到他身邊，看著左邊房前岳注意到的地方。那兒長著一排二十多棵棕櫚樹，樹下的地面掃得很乾淨，顯得光禿禿的，一道柵欄把樹與大路隔開。路上往來的人都穿著長袍，潔西嘉發覺，在她與這些人之間，一道微弱的光帶懸於空中。這是官邸的遮罩場。她繼續觀察著往來的人群，不知岳究竟在他們身上發現了什麼值得注意的東西。

她發現了，不由得抬手撫著面頰。來來往往人們看著棕櫚樹的眼神！她從中看到了嫉妒，仇恨……還有希望。每個人都用複雜的神色瞪著那些樹。

「您知道他們在想什麼嗎？」岳問。

「你會讀心術？」她問道。

「我知道他們的想法。」他說，「他們看著這些樹，然後想：『等於我們一百個人呢。』這就是他們心中所想。」

她皺起眉頭，轉過身迷惑地問：「爲什麼？」

「那些樹是椰棗棕櫚。」他說，「一棵棕櫚樹一天需要四十公升水，一個人卻只需要八公升。那麼，一棵棕櫚樹就等於五個人。那兒有二十棵樹——也就是說，一百個人。」

「但有些人看樹的時候卻滿懷希望。」

「他們只是希望上面掉下椰棗來，可惜不到季節。」

「我們對這個地方的評價未免太苛刻了，」她說，「這兒既有希望也有危險。香料可以使我們富有，有了這筆巨大的財富，我們就可以隨心所欲地重塑這個星球。」

她暗笑自己的敏感：我這是想說服誰呢？她終於忍不住笑出了聲，但笑得很苦澀，毫無歡愉之情。「但安全卻是錢買不到的。」她說。

岳轉開臉，他想：我要是眞能恨他們，而不是愛他們，那該多好啊！潔西嘉的神態舉止有許多地方都和他的萬娜很相像。但是，這種想法本身就很殘酷，而且進一步堅定了他的決心。殘忍的哈肯尼人不值得信任。萬娜或許還活著，他必須弄清楚。

「別為我們擔心，惠靈頓，」潔西嘉說，「麻煩是我們的，不是你的。」

她以爲我在替她擔心！岳眨眨眼，壓住泛起的淚花，心想，我確實替她擔心。當那個黑心腸的哈肯尼男爵達到他的目的時，我會站在他面前，抓住我唯一的機會襲擊他的致命弱點——趁他得意忘形之時幹掉他！

他歎了一口氣。

「我進去看看保羅不會打擾他吧？」她問。

「不會。我給他吃了鎮靜劑。」

「他調整得還好嗎？」她問。

「只是有點太累了。他很興奮。不過，在這種情況下，有哪個十五歲的男孩不這樣呢？」他把門打開，「他就在裡面。」

潔西嘉跟了過去，朝陰暗的屋子裡看了看。

保羅躺在一張窄小的帆布床上，一隻手放在薄薄的被單下，另一隻手放在頭上。日光從床邊百葉窗的罅隙間映射進來，照在他的臉上、被單上。

潔西嘉凝視著兒子，望著那張酷似自己的鵝蛋臉。他的頭髮像公爵，炭黑色，亂糟糟的。長長的睫毛遮住了灰色的大眼睛。潔西嘉笑了，感到自己不再有所畏懼。她突然意識到遺傳基因在兒子臉上留下的痕跡——他的眼角眉梢和臉形都很像她，而神態、輪廓卻跟他父親一樣，看上去很成熟。從小就這樣了。

長相是隨機的，有多種可能性。但兒子的相貌卻綜合了父母雙方的優點。她思索著，想走到床邊跪下，把兒子摟在懷裡，但岳在場，這麼做不大好。她退出來，輕輕合上房門。

岳已經回到窗邊，他受不了潔西嘉凝視兒子的那種神態。爲什麼萬娜就從沒爲我生過孩子？他暗自問道，我是大夫，我知道這不是身體方面的原因。難道是因爲比吉斯特的緣故？也許她另有使命？會是什麼呢？她當然愛我，這是肯定的。

生平第一次，岳感到自己或許只是一場大陰謀中的一部分，這個大陰謀的紛亂繁雜根本不是他所能想像的。

潔西嘉走到他身邊站住，「小孩睡覺時無憂無慮的樣子眞可愛。」

他機械地回應道：「大人要能這麼放鬆該多好！」

「是啊。」

「我們把童眞丟在哪兒了？」岳喃喃地問。

她瞥了他一眼，注意到了那奇怪的語氣，但她心裡掛念著保羅，想著他將在這兒接受全新的、艱苦的訓練——跟他們原來爲他設計的生活大相逕庭。

「是啊，我們喪失了很多東西。」她說。

她望向右邊窗外的一道斜坡，灰綠色的灌木叢在風中掙扎著。葉片上沾滿了灰，枝幹末端都枯萎了。斜坡頂上懸吊著深黑色的天空，像一片污漬。阿拉吉斯的太陽發出乳白色的光芒，給萬物塗上一層銀色的外衣——像她衣服下面藏著的那把嘯刃刀。

「天色眞黑。」她說。

「部分原因是由於這兒的空氣中缺乏水分。」岳答道。

「水！」她叫道，「在這兒，無論你轉到哪兒，都會面臨缺水的難題。」

「這是阿拉吉斯最讓人不解的奇異之處。」他說。

「爲什麼水會這麼少？這兒有活火山，有好多說得上名字的能量源，還有極地冰。他們說不能在沙漠中打井，因爲有沙暴和沙潮，設備還沒安裝好就被毀了——如果你沒先被沙蟲吃掉的話。他們從來沒在沙漠裡找到過水。但是，惠靈頓，眞正奇怪的是他們在盆地和窪地打出的井，你看過那方面的資料嗎？」

「先滲出幾滴水，然後就什麼都沒有了。」他答道。

「然而，惠靈頓，那正是神祕之處。水找到了，但馬上就枯竭了，然後再也看不見一滴水。在那附近再挖井，仍會是同樣的結果：滲出幾滴水，馬上就停了。難道從來沒有人覺得奇怪嗎？」

「是挺奇怪的，」他說，「您懷疑是因爲某種生命體的緣故嗎？眞要是這個原因，岩芯裡總該有些跡象吧？」

「會有什麼跡象？有異星植物，或者異星動物留下的痕跡？就算有，又有誰能分辨出來？」她轉身重新面對著那道斜坡，「水停了，是因爲有什麼東西堵塞了水源，這就是我的想法。」

「也許原因已查明，」他說，「但哈肯尼人封鎖了大量有關阿拉吉斯的資料資訊。或許他們有理由把這也封鎖起來。」

「什麼理由？」潔西嘉問，「此外，空氣中有水分，當然很少，可還是有的。這是當地的主要水源，靠風濾器和凝水裝置來收集。那些水分又是從哪兒來的？」

「極地？」

「冷空氣帶出的水分很少，惠靈頓。哈肯尼人在這裡布下了重重迷霧，背後隱藏著許多祕密，需要進一步調查。另外，這些祕密並不一定都與香料有直接聯繫。」

「我們的確是在哈肯尼人的迷霧裡，」他說，「也許，我們……」

他突然停下來，發覺潔西嘉正專注地盯著他。「有什麼不對嗎？」

「你說『哈肯尼』時的語氣。」她答道，「就是公爵在說到這個令人痛恨的名字時，語氣中的怨毒也沒你那麼深。我不知道你有什麼個人原因這麼恨他們，惠靈頓？」

神母啊！岳想，我已經引起她的懷疑了！我必須用上萬娜教我的一切技巧。只有一個解決辦法：盡我所能地講眞話！

他說：「您不知道我妻子，我的萬娜……」他聳聳肩，嗓子裡一緊，竟說不下去了，半晌才接著說，「他們……」岳說不出話來。痛苦襲來，他緊緊地閉上眼睛，默默忍受胸口傳來的陣陣劇痛，直到一隻手輕輕觸了一下他的手臂。

「原諒我，」潔西嘉說，「我不是故意要揭舊傷疤。」

她想：那些禽獸！他的妻子是個比吉斯特——他身上到處都是她留下的痕跡。很顯然，哈肯尼人殺了她。又是一個可憐的犧牲品，因爲共恨而向亞崔迪家族效忠。

「對不起，」他說，「我不能談這事。」他睜開眼，讓自己完全沉浸在內心的悲痛中。至少，這是眞的。

潔西嘉仔細觀察著他，看到他那上揚的眉梢，一雙杏眼裡黑色的瞳仁，奶油色的皮膚，紫紅色嘴唇周圍一圈彎彎曲曲的細長鬍鬚，瘦削的下頜。她還看見了他兩頰和前額的皺紋，歲月和痛苦在上面留下了印跡。潔西嘉深深同情起岳來。

「惠靈頓，很抱歉我們把你帶到這麼危險的地方來！」她說。

「我是自願來的。」他答道。同樣，這也是事實。

「可是，這整顆星球就是哈肯尼人的一個陷阱，你必須明白這一點。」

「要對付萊托公爵，單單一個陷阱是不夠的。」他說。這也是眞話。

「也許我該對他更有信心些，」她說，「他是個出色的戰略家。」

「我們遠離故土，被人連根拔起，」他說，「這就是我們感到不安的原因。」

「除掉被連根拔起的植物易如反掌，」她說，「尤其是當你把它放在一片充滿敵意的土壤中時。」

「我們能肯定這片土壤充滿敵意嗎？」

「發生過幾場水騷亂，因爲有消息說，公爵帶來的人大大增加了這顆星球的人口總量。」她說，「我們正在安裝新的風濾器和沉澱裝置，以保持供耗水量的平衡。知道這一點之後，騷亂才平息下來。」

「在這兒，維持人們生命的水只有那麼多。」他說，「大家都知道，在水量有限的情況下，人口增加意味著水價上漲，窮人就死定了。但公爵已經把問題解決了，因此，動盪不安並不一定意味著對我們長時間的敵視。」

「還有衛兵，」她說，「到處都是衛兵，再加上遮罩場保護。隨便你往哪兒瞧，到處都是他們跑來跑去的身影。我們在卡拉丹可不是這樣過日子的。」

「別這麼沒信心，給這顆星球一個機會吧。」他說。

但潔西嘉的目光仍舊緊緊盯著窗外。「在這裡，我能嗅出死亡的味道。」她說，「哈瓦特派了整營整營的先遣特工來這兒。外邊那些警衛就是他的人，運貨的也是他的人。可國庫庫存莫名其妙地大幅減少。這麼巨大的下降，只能說明一件事：高層賄賂。」她搖搖頭，「哪裡有瑟菲．哈瓦特，哪裡就有死亡和欺詐。」

「您在責備他。」

「責備？我是在讚美他。死亡和欺詐是我們現在唯一的希望。我只是不想自欺欺人，假裝自己不知道他那些手段罷了。」

「您應該……讓自己忙碌起來，」他說，「讓自己沒時間注意這些可怕的……」

「忙起來！不忙的話，惠靈頓，我的時間都上哪兒去了？我是公爵的祕書，每天都忙得昏天黑地，天天都有令人擔憂的新消息……甚至那些他以為我不知道的消息。」她緊閉雙唇，輕聲說，「有時我想，他之所以會選上我，是不是因為我受過的比吉斯特教育？」

「您這是什麼意思？」他發覺自己被她那玩世不恭的語氣吸引住了，他從來沒見過她如此酸澀的表情。

「惠靈頓，一個以愛相許的祕書會更加安全些，」她問，「你不這麼想嗎？」

「這樣想沒什麼意思，潔西嘉。」

責備的話自然而然地脫口而出。公爵對自己愛妃的感情是毋庸置疑的。只要有可能，公爵的眼睛時時刻刻都盯在她身上，分分秒秒追逐著她的身影。只需留意一下公爵的眼神就會明白他愛得有多深了。

她歎口了氣：「你說得對，確實沒什麼意思。」

她再次雙手交叉抱在胸前，把衣內的嘯刃刀緊貼在肌膚上，想著它中途變更的目的。

「不久就會有更多的流血衝突。」她說，「哈肯尼人不會善罷甘休，不是他們死，就是公爵亡。

男爵不會忘記公爵是皇室的血親——無論是多遠的遠親，總是血濃於水；而哈肯尼的封號僅僅來自公司的帳本。他內心深處有一股怨毒，因爲在柯瑞諾戰役後，有個哈肯尼人因臨戰畏縮而遭到亞崔迪的流放。」

「家族世仇。」岳喃喃地說。一瞬間，他心頭湧起一股酸澀的怒火。他自己也陷入家族世仇的迷網中不能自拔，愛妻萬娜因此被殺——也許更糟，正在哈肯尼人手中飽受折磨，直到她丈夫履行了對男爵的承諾。家族世仇使他深陷泥淖，而這些人也同樣是這場怨毒悲劇的一部分。可笑的是，如此致命的搏殺將在香料的唯一產地——阿拉吉斯——開花結果，而香料卻是用以延續生命的精華，是健康的保障。

「你在想什麼？」潔西嘉問。

「我在想，現在公開市場上每十克香料要賣六十二萬陽幣，這筆財富可以買到不少東西了。」

「惠靈頓，就連你也逃不過貪欲的誘惑嗎？」

「不是貪欲。」

「那是什麼？」

他聳聳肩。「無奈。」他瞥了一眼潔西嘉，「您還記得第一次吃香料時的感覺嗎？」

「嘗起來像肉桂。」

「但每次吃味道都不一樣，」他說，「它就像生活本身，每一回都呈現出不同的面貌。有人堅持認爲，香料的味道因人而異。身體知道哪種東西對它有好處，而香料就會詮釋出那種味道，讓人感到愉悅——但只是些微的欣快感。它跟生活還有另一個相同之處：絕不可能被人工合成。」

「我想，我們或許應該乾脆叛逃，逃到帝國勢力範圍以外的地方去。」她說。

他看出來了，潔西嘉根本沒在聽他說話。聽到她這麼說，他心中暗想：對啊，爲什麼不讓公爵這麼做呢？事實上，她可以讓他做任何事。

他加快了語速，一方面是因爲他要說的是眞心話，另一方面，他也想借此改變話題：「潔西嘉，如果我冒昧問一個私人問題，您會不會覺得……我太無禮？」

一陣難以名狀的不安。她倚在窗沿上，「當然不會，你是我的……朋友。」

「爲什麼不讓公爵正式娶您過門？」

她轉過身，昂首怒目：「『讓』他娶我？可——」

「我不該問這個。」他說。

「不，」她聳聳肩說，「這裡面有一個很好的政治理由——只要我的公爵保持單身，一些大家族就仍會希望能聯姻結盟。再說……」她歎了口氣道，「……使用手腕推動人們，讓他們遵從你的意願，這樣做會漸漸使你蔑視人類。這種手腕用在什麼地方，便會使那裡腐壞墮落。如果是我『讓』他……這麼做的，那又怎麼知道他本人的意願如何？我希望他自己做出決定。」

「我的萬娜也會這麼說。」他喃喃自語道。而這，同樣是眞話。他把手放到嘴邊擦了擦嘴，神經質地吞了一口口水。他從來沒像今天這樣，差一點就把一切都說了出來，坦白承認自己在這陰謀中所扮演的祕密角色。

潔西嘉又開始說話，替他解了圍。「另外，惠靈頓，公爵實際上是雙重性格的人：一個他愛我至深，有迷人的魅力，詼諧、體貼而……溫柔，擁有女人夢寐以求的一切；而另一個他卻……冷漠，無情，嚴苛而自私，像冬天的寒風般嚴酷無情。他父親塑造的就是這一個他。」她的臉扭曲起來，「要是公爵出生時那老頭就不在了，那該多好！」

沉默中，通風機吹出的陣陣微風撥弄著百葉窗，發出細微的聲音。

她突然深吸一口氣：「萊托是對的，這些房間比大屋裡其他地方舒服得多。」她轉過身，仔細打量了一遍屋子，然後說，「請原諒，惠靈頓，我想把這一翼再好好查看查看，然後分配房間。」

他點點頭說：「當然。」心想：要是能有什麼辦法，讓我不必做那件事該多好！

潔西嘉放下手臂，走到廳門前站了一會，猶豫片刻，走了出去。潔西嘉想：我們說話的時候，他一直吞吞吐吐的，像是在隱瞞著什麼，壓抑著什麼。可她轉念又想：省省吧。毫無疑問，他是個好人。幾度反復，她又有些猶豫不決起來，幾乎要轉回身，直接和岳面對面，把他隱瞞的心事統統挖出來。可那只會讓他感到屈辱，會嚇著他，讓他知道自己的心思那麼容易被人看透，我應該對朋友更有信心才是。

※　※　※

許多人都發現，穆哈迪學習有關阿拉吉斯的一切必要資訊時速度驚人。比吉斯特當然清楚這種速度的基礎是什麼。對於比吉斯特之外的人，我們只能這麼解釋：穆哈迪之所以進步神速，是因為他最初受到的訓練就是如何學習，他的第一課就是樹立一個根本信念：他能夠學會一切。這一信念是今後一切學習的基礎。許多人不相信自己有學習的能力，更多的人則認為學習很困難。這種人數量之多，到了令人震驚的地步。而穆哈迪卻知道如何從每一次經歷中汲取知識。

——摘自伊如蘭公主的《穆哈迪之人性》

保羅躺在床上，假裝睡著了。把岳大夫的安眠藥藏在掌心是很容易的事，只要做一個吞藥的假動作就行了。保羅忍住笑意，連媽媽都相信他睡著了。他本想跳下床，請母親允許他在大宅子裡四處查探一番，但又知道她是不會同意的，因爲這兒的一切還沒安頓下來。不，不能去請求她同意！

雖然沒徵得同意，但也沒遭到駁回，所以溜出去也算不上違規。何況我只在安全的宅邸裡轉轉，不溜出門去。

他聽見母親和岳大夫在另一間屋子裡說話，但模模糊糊地聽不眞切——是關於香料……還有哈肯尼什麼的。對話的聲音時高時低。

保羅的注意力轉到雕花的床頭板上。其實那是嵌在牆上的假床頭板，裡面藏著控制這屋裡所有設施的機關。木板上雕著一尾躍起的魚，下邊是重重棕色浪花。保羅知道，按一下魚眼就會打開屋頂的吊燈；而浪花中的一朵，擰一下就能調控通風設備；另一朵浪花則可以調控溫度。

保羅輕輕從床上坐起。左邊靠牆處有一排高高的書架，書架可以推到一邊去，露出一個帶抽屜的壁櫥。通往客廳的門上有個很特殊的門把手，形狀像撲翼機上的推力桿。

這間屋子似乎是專門用來誘惑保羅的。

這間屋子，還有整個星球。

他想起岳給他看過的電影書，《阿拉吉斯：皇帝的沙漠植物研究實驗站》，那是一本發現香料之前的老電影書。書上各種各樣的名詞在保羅腦海裡一一閃過，在那本書的記憶庫裡，每個詞都配有一張圖片：仙人掌、菊科灌木、椰棗樹、沙地馬鞭草、晚櫻草花、桶狀仙人掌、熏香灌木、煙樹、石碳酸灌木、沙鷹、有袋田鼠、坑狐……

這些名字與照片都是過去地球人生活的寫照，其中許多只存在於阿拉吉斯，在宇宙任何別的地方都已不復存在。

有那麼多新東西要學——還有香料。

還有沙蟲。

外面房間的門關上了，保羅聽到母親的腳步聲，沿著走廊漸行漸遠。至於岳大夫，保羅知道，他會找點東西來讀，但依然會待在外面那間屋子裡。

現在正是出去冒險的好機會。保羅溜下床，朝通向壁櫥的書架走去。身後突然一聲響，保羅停下腳步，轉過身來。雕花床頭板掉了下來，正好落在他剛才睡覺的地方。保羅一愣，僵在當場。這個完全出於本能的動作恰恰救了他的性命。

從床頭板後面滑出一具微形尋獵鏢，不到五公分長。保羅一眼便認出了它。這是一種常見的暗殺武器，每個皇室後代從兒時起就學過這種武器的相關知識。這種尋獵鏢是窄窄的一道金屬條，由人近距離操作，全靠人工瞄準，手眼結合，打入移動的人體，沿明點上行，破壞最近的要害器官。

尋獵鏢抬起頭，在屋裡左右掃視著，尋找目標。

保羅腦中立即閃過相關的知識，想起了尋獵鏢的弱點：它的微形懸浮場會使飛鏢感測器傳送出去的圖像發生扭曲；屋裡光線又這麼暗，尋獵鏢的操控者很難找到目標，只能靠物體的運動進行判斷，任何移動中的物體都可能成爲它的目標。遮罩場可以減緩尋獵鏢的飛行速度，讓人有機會打落尋獵鏢。但保羅把遮罩場落在床上了。雷射槍也可以擊落尋獵鏢，但雷射槍太貴，而且出了名的難以控制——如果雷射光束切入高熱的遮罩場，就會有起火爆炸的危險。亞崔迪人向來只靠護體遮罩場和智慧戰勝尋獵鏢。

現在，保羅一動不動，非常緊張。他知道，能應付眼前危機的只有他的頭腦。

尋獵鏢又抬高了半公尺，借助從百葉窗間透過的光一點點搜尋。它前後移動著，慢慢搜索過四分之一個房間。

我必須設法抓住它，保羅想，懸浮場會使它下半部很滑，所以我一旦得手就必須牢牢抓住它不放。

這東西下降了半公尺，側向左側，繞了一圈又轉回床前。保羅能聽到它發出的微弱的嗡嗡聲。是誰在操控它？保羅想，一定是附近的什麼人。我可以叫岳，可他一開門就會被擊中。

保羅身後的廳門吱呀一響，接著傳來一記敲門聲。門開了。

尋獵鏢嗖的一聲，飛向發出動靜的地方，掠過保羅頭頂。

保羅右手閃電般用力一抓，隨即向下一按，死死扣住那個致命的鬼東西。它嗡嗡叫著，在他手裡不斷扭動，但保羅拚盡全力，牢牢地把它抓在手裡。他猛然用力一翻，向前一送，狠狠地把尋獵鏢撞在門把手上。咔嚓一聲，他感到飛鏢前端的感測器碎了，手裡的尋獵鏢頓時一動不動。

保羅依然抓住它不放，以防萬一。

他抬眼望去，正碰上夏杜特·梅帕絲那雙瞪得大大的純藍色的眼睛。

「您父親派我來叫您，」她說，「廳裡有人等著護衛您過去。」

保羅點點頭，眼睛和注意力都集中在這個奇怪的女人身上。她穿著一件奴隸們常穿的褐色麻袋服，正盯著保羅手上抓著的東西。

「我聽說過這種玩意兒，」她說，「要不是被你抓住了，它會要了我的命。對不對？」

保羅咽了一口口水，這才能開口說話：「我……才是它的目標。」

「可它剛才卻是衝著我來的。」她說。

「那是因爲妳在動。」保羅一邊說一邊心想：這人是誰？

「您救了我的命。」

「我救了我們倆的命。」

「照我看，您原本可以讓那玩意兒結果我的性命，您自己趁機逃走。」她說。

「妳是誰？」他問。

「夏杜特．梅帕絲，我是管家。」

「妳怎麼知道我在這兒？」

「您母親告訴我的。走廊那兒有個通往神奇屋的樓梯，我在樓梯旁邊遇見她了。」她向右一指，「您父親的部下正等著您呢。」

哈瓦特的人。他心想，我們必須把這東西的操控者找出來。

「去告訴我父親的部下，」保羅說，「告訴他們我在屋裡抓住了一隻尋獵鏢。讓他們分散搜查，找到操控者。告訴他們立即封鎖官邸和周圍地區。他們知道該怎麼做。操控者肯定是我們中間的哪個生人。」

他又想：會不會是她呢？當然，他知道這是不可能的。她進來時，尋獵鏢還在動。換句話說，飛鏢當時還處於操控者的控制之下。

「小少爺，在執行您的命令前，」梅帕絲說，「我必須明確地告訴您。您讓我欠了您一筆水債，我也不知道該怎麼報答您的救命之恩。但我們弗瑞曼人有債必還，不管是明債還是暗債。我們知道，你們中間出了個叛徒。究竟是誰，我們還不知道，但肯定是有的。也許那人就是操縱這把屠刀的黑手。」

保羅默默記下了這番話：一個叛徒。他還沒來得及開口，那個奇怪的女人突然一轉身，朝門口跑去。

他想叫她回來，但看她的舉止，肯定不會樂意——她已經把她知道的一切都告訴保羅了，現在正要去執行他的命令。一分鐘內，房子裡就會到處都是哈瓦特的人。

保羅的腦子開始思索起這番奇特對話的其他部分：神奇屋。他望了望自己的左邊，也就是梅帕絲剛才所指的方向。我們弗瑞曼人。這麼說她是個弗瑞曼人。保羅頓了頓，運用記憶術，眨眼間便把她的臉儲存在腦海中：深棕色的皮膚，滿臉皺紋，藍上加藍的眼睛不帶一絲眼白。然後，他加上了標注：夏杜特．梅帕絲。

手裡仍然緊緊攥住散了架的尋獵鏢，保羅轉身回到自己房裡，用左手從床上撈起遮罩場腰帶，把它繞在腰間扣好，然後回頭衝出房門，沿著走廊向左邊跑去。

她說過，母親就在這兒下面什麼地方——樓梯……神奇屋。

※　※　※

面對考驗時，潔西嘉夫人為什麼能度過險境？仔細想想下面這句比吉斯特諺語，你或許會有所領悟：「毫無偏差通向終點的路必定使行路者毫無所得。要證明這裡有一座大山，只需向上稍稍攀爬即可。站在山頂的人是看不見山的。」

——摘自伊如蘭公主的《穆哈迪家事記評》

在官邸南翼的盡頭，潔西嘉發現了一截金屬螺旋樓梯，通往一道橢圓形小門。她回頭向下望望走廊，又朝上看了看那扇門。

「橢圓形？」她覺得很奇怪。屋裡的房門很少見到有這種形狀的。

透過螺旋梯下面的視窗，潔西嘉可以看到阿拉吉斯巨大的白色太陽正漸漸西沉，走廊裡映滿了長長的影子。她把注意力轉回樓梯。刺目的夕陽射在空曠的樓梯上，照出了上面沾著的點點乾泥塊。

潔西嘉伸出一隻手，抓住樓梯扶手，開始向上爬。手掌下的扶手涼颼颼的。她停在門前，發現門上沒有門把手，原應安裝門把的地方隱約有一個壓痕。

應該不會是掌紋鎖。潔西嘉告訴自己，掌紋鎖必須依據個人的手掌形狀和掌紋才能設置。可它看上去卻像掌紋鎖。任何掌紋鎖都有辦法打開，她在學校裡學過。

潔西嘉向後望了望，確信沒人注意她，這才把手掌放在壓痕上。輕輕一壓，用最輕的力量，剛好使掌紋變形——手腕一轉，再轉，掌心沿門邊橫向滑動旋轉。

喀嗒一聲，她感覺到了。

可就在這時，下邊走廊裡傳來一陣匆忙的腳步聲。潔西嘉把手從門上拿開，轉過身，看見梅帕絲向樓梯下邊走來。

「大廳裡來人說，公爵派他們來接小少爺保羅。」梅帕絲說，「他們有公爵的印鑒，衛兵已經驗過他們的身份了。」她瞟了一眼門，又把目光轉回潔西嘉身上。

潔西嘉想：這個梅帕絲是個謹慎的人，這是個不錯的徵兆。

「從走廊這頭數過去，保羅在第五間房裡，那間小臥室。」潔西嘉說，「如果妳叫不醒他，就請隔壁的岳大夫過去。保羅剛服過藥，也許需要打一針清醒劑。」

梅帕絲再一次瞟了一眼那扇橢圓形的門，潔西嘉覺察到她的臉上帶著一絲厭惡的神情。潔西嘉正想問她這門是怎麼回事，門裡又有什麼東西，但還沒來得及問，梅帕絲已經轉身匆匆走開了。

哈瓦特檢查過這地方，潔西嘉想，裡面不可能有什麼太可怕的東西。

她推了推門，門朝裡打開，露出一間小屋，對面又有一扇橢圓形的門。這一回，門上是一個輪式把手。

氣密門！潔西嘉想。她低頭一看，發現小屋地上有一根撐門桿，上面還留著哈瓦特的私人印鑒。有這根撐門桿支著，這扇門原本是開著的。她想，可能有人不小心碰倒了桿子。又沒意識到外面的門會被自動關上。

她跨過門檻，走進小屋。

爲什麼在屋裡還要安裝氣密門？她暗自問道，突然驀地想到被密封在模擬氣候環境中的異星生物。

特殊氣候環境！

在阿拉吉斯，這麼做很有道理。即使最耐旱的外星植物，到了這裡也需要人工澆灌。

她身後的門開始合攏。潔西嘉抓住門邊，拿起哈瓦特留下的支撐桿，把門牢牢頂住。她再次打量起裡屋裝有輪式鎖的內門，發現門把上方的金屬上有一行蝕刻的模糊字跡。她認出那是凱拉奇語：「進入此地的人，這裡是上帝創造的一份美好禮物，請佇立於此，學會熱愛這位良友的盡善盡美吧。」

潔西嘉把全身重量壓在轉輪上，向左轉動輪軸。門開了，一陣如羽翼般輕柔的微風拂過她的臉頰，揚起她的頭髮。她感到空氣發生了變化，有一種更爲濃郁的氣息。她敞開門，看到裡面竟是大片大片的綠，黃色的陽光洋洋灑灑鋪了一地。

黃色的陽光？她問自己，隨即想道：過濾玻璃！

她跨過門檻，門在她身後自動合上了。

潔西嘉深吸了一口氣：「模擬濕潤星球的溫室。」

到處是盆栽花草和修剪得整整齊齊的灌木。她認出了含羞草、榲柏樹、鬱金香、開著綠花的普拉尼聖塔花、白綠色條紋的阿卡索，還有……玫瑰。

居然還有玫瑰！

一朵巨大的粉紅色玫瑰花盛開著，潔西嘉低下頭，深深嗅著沁人心脾的芬芳。她直起身，在屋裡繼續觀賞。

一陣有節奏的雜音侵入她的耳際。

她撥開一株枝葉繁茂的灌木，向溫室正中望去。那兒有一處低矮的噴泉，很小，幾根噴嘴向上噴出數彎細流，在空中畫出道道弧線，飛濺在中央一個金屬製成的碗裡。那有節奏的聲響就是水流落下時發出的嘩嘩聲。

潔西嘉迅速讓意識進入空明狀態，系統地勘察整個溫室。看樣子，這兒大約有十平方公尺，建在走廊盡頭的樓頂上，與其他房間的建築風格略有不同。由此判斷，當初整棟建築物完工時並不包括這個溫室，應該是很久以後才在這一翼的房頂上增添的。

她在溫室的南牆邊停下，面前是寬大的濾光玻璃。她仔細環顧四周，這裡的每一處可用空間都栽滿了富於異星情調的濕地植物。一片綠色中突然傳來一陣沙沙聲，潔西嘉警覺起來，結果發現只是一個裝有導管和噴嘴的簡單定時灌溉系統。一個支臂抬起，噴嘴裡灑出一片水霧，淋濕了她的臉頰。隨後，支臂自動收起，這時潔西嘉才看見它澆灌的對象：一株蕨樹。

這間溫室裡到處都是水——而在這顆星球上，水是最值得珍視的生命之源。這種超奢侈的浪費深深震撼著潔西嘉，使她久久不能平靜。

她抬頭望著窗外低懸天邊的黃色太陽，天邊被群峰分割得犬牙交錯，林立的懸崖構成了那邊巨大岩壁的一部分，人們把那片陡立的山體稱爲遮罩牆山。

濾光玻璃，潔西嘉想，用以弱化白熾的陽光。是誰修了這麼一個地方？萊托？也許他想把這當成禮物，給我個驚喜。但他不可能有這個時間，再說他一直忙於處理更重要的事。

她記起了讀過的有關報告。在阿拉肯，許多住宅的門窗都有用於密閉的氣密裝置，以保存、回收室內的水分。萊托曾說過，爲了炫耀權力與財富，這幢府邸卻並沒有採取這種措施，僅在門窗上做了防塵密閉。

但是，這間小屋卻比不用氣密裝置的整幢府邸更能顯示權力與財富。潔西嘉估計，這間純粹用於娛樂的溫室所耗費的水足夠一千個阿拉吉斯人過活，也許還不止。

潔西嘉沿窗走著，繼續觀察溫室裡的陳設，漸漸走到噴泉旁邊，突然發現近半人高的地方有個金屬檯面。她看了一眼，上面有一本白色記事簿和一枝筆，被扇形樹葉半掩著。她走到桌旁，注意到上面有哈瓦特留下的印跡。記事簿上有一段留言：

親愛的潔西嘉夫人：

這地方曾給我帶來無限歡愉，願它也將這份幸福帶給您。願這間溫室能向您傳達我們共同的師長當年對我們的教誨：越接近所欲之物，人便越容易放縱自己的欲望。走上這條道路，一路危機四伏。

我最衷心的祝福

芬倫夫人，瑪格特

潔西嘉點點頭，她想起來了。萊托說過，芬倫伯爵曾是皇上在阿拉吉斯的前任代理人。但這段留言暗含深意，要潔西嘉立即留意身邊；同時還告訴她，留言者也是比吉斯特。嗯，芬倫伯爵已經正式娶他的愛妃爲妻了。潔西嘉一時有些難過起來。

就在這個念頭閃過腦海的一瞬間，潔西嘉已經開始尋找隱藏的訊息。肯定有，因爲放在明處的留言中含有一句暗語：「一路危機四伏」。只要有可能，一個比吉斯特向其他比吉斯特傳遞祕密訊息時都會加上這句暗語，除非被學校禁止。

潔西嘉摸摸留言條的背面，又擦了擦正面，想找出點狀密碼，可什麼也沒找到；手指撫過記事簿的邊緣，也沒有。她將記事簿放回原處，心中焦灼難安。

難道在放記事簿的地方？潔西嘉想。

可哈瓦特已經遍查此屋，肯定動過這本子。她抬頭看看記事簿上方的樹葉。樹葉！她用手指觸摸葉子的葉表、葉脊和葉脈。找到了！手指觸到了點狀密碼。只有一段，手指輕拂，她迅速讀了起來：

「妳兒子和公爵現在身處險境。一間臥室經過專門設計，以吸引妳兒子。哈肯尼人在裡面設下了一批死亡陷阱。有些在明處，有意讓人發現，但還有一個隱藏極深，很有可能逃過偵測。」

潔西嘉強壓住自己想跑回保羅身邊的衝動。必須先把情報讀完。她的手指飛快地摸索著點狀密碼：「我不知道這個陷阱具體是什麼，但與某一張床有關。對公爵的威脅則源自親信或部將的變節。哈肯尼人準備把妳當成禮物送給一個寵臣。就我所知，這間溫室是安全的。請原諒我無法提供更多的資訊。因為伯爵不是哈肯尼人收買的對象，所以我的情報來源有限。ＭＦ於匆忙中。」

潔西嘉把樹葉扔到一旁，急忙轉身，衝回去找保羅。就在此時，氣密門被猛地撞開，保羅跳進門來，右手舉著一件東西，用力一甩將門關上。他看見母親，於是分開樹葉衝到她面前。一見噴泉，保羅當即將手和手上抓著的東西一起按在水裡。

「保羅！」她抓住他的肩膀，盯著他手上的東西問，「那是什麼？」

「尋獵鏢，」保羅說得隨便，但潔西嘉卻從他說話的口氣裡聽出了異樣，「在我房間裡抓住的。我弄砸了它的感測器，但還是想更謹慎些，水應該能使它徹底短路。」

「把它全浸下去！」潔西嘉命令道。

保羅照做了。

過了一會兒，她又說：「把手拿出來，讓那東西留在水裡。」

保羅縮回手，把水甩乾，眼睛盯著那金屬，看著它靜靜地躺在水底。潔西嘉折了一根樹枝，戳了戳那可怕的窄窄一條金屬。

這回它徹底完蛋了。

她將樹枝扔進水裡，看著保羅。他的雙眼正打量著這間溫室，她認出了保羅眼神中的那種警覺，比吉斯特式的警覺。

「這地方什麼東西都可以藏得下。」保羅說。

「我有理由相信這裡很安全。」潔西嘉說。

「大家也都覺得我的房間是安全的，哈瓦特說過……」

「這是尋獵鏢，」她提醒兒子，「意味著操縱它的人就在宅子裡。尋獵鏢的操控半徑很有限，可能是在哈瓦特搜索以後才裝上的。」

但她想起了樹葉上的情報，「……一個親信或部將的變節」，不會是哈瓦特，肯定不會。哦，絕不會是哈瓦特。

「哈瓦特的人正在重新搜查整幢宅子，」保羅說，「尋獵鏢差點擊中那個來叫我起床的老太婆。」

「是夏杜特．梅帕絲。」潔西嘉說，想起了在樓梯旁相遇時的情景。「你父親召你去……」

「那可以等等，」他說，「妳爲什麼覺得這個房間是安全的？」

她指著留言簿，向他解釋了一番。

保羅稍稍鬆了一口氣。

但潔西嘉內心依然十分緊張，她想：尋獵鏢，仁慈的神母啊！全靠受過的嚴格訓練，她才沒有歇斯底里地顫抖起來。

保羅就事論事地說：「不用說，是哈肯尼人幹的。我們必須消滅他們。」

門外傳來敲門聲——從敲門暗號上聽，是哈瓦特的人。

「進來。」保羅叫道。

門大敞開來，走進一位身材高大、身穿亞崔迪軍服的人，帽沿上還有哈瓦特特工部隊的徽章。

「原來您眞在這兒，少爺，」他說，「管家說您會在這兒。」他四下打量著這間溫室，「我們在地下室裡發現一個石塚，抓住了藏在裡面的人。他有尋獵鏢的遙控器。」

「我希望能參加對他的審訊。」潔西嘉說。

「對不起，夫人，我們抓他的時候手腳重了些，他死了。」

「沒有任何可以證明他身份的東西嗎？」她問。

「我們還沒找到什麼，夫人。」

「他是阿拉吉斯當地人嗎？」保羅問。

這問題提得好，十分精明。潔西嘉頷首稱讚。

「長相是當地人的長相，」那人說，「一個多月前就進了石塚，然後一直藏在裡面等我們來。昨天我們檢查地下室的時候，石塚是封死的，泥灰原封未動。我以名譽擔保。」

「沒人質疑你們搜查得不夠徹底。」潔西嘉說。

「但我們確實搜查得不夠徹底，夫人。應該在那下面使用聲納裝置。」

「我猜你們現在用的就是那東西吧。」保羅說。

「是的，少爺。」

「傳個口信給我父親，說我們有事要耽擱片刻。」

「遵命，少爺。」他瞥了一眼潔西嘉，「哈瓦特命令我們，鑒於目前的局勢，小少爺應留在安全的地方，受到嚴密的保護。」他掃了一眼溫室，「這地方安全嗎？」

「我有理由相信這地方是安全的，」潔西嘉說，「哈瓦特和我都檢查過。」

「那麼，我在屋外安排警衛，夫人，重新檢查過整幢宅子以後再撤除。」他彎腰致意，舉手觸了觸帽沿向保羅敬禮，然後退出去，在身後把門關好。

屋裡頓時安靜了，保羅打破沉寂：「待會兒，我們是不是應該親自檢查整幢宅子？妳的雙眼可能會發現別人沒注意到的東西。」

「這一翼是我唯一沒親自檢查的地方，」她說，「我把它留到最後是因爲……」

「因爲哈瓦特親自檢查過。」他說。

她飛快地掃了他一眼，問道：「你不信任哈瓦特？」

「不是，可他歲數大了……又過度操勞。我們這樣做可以幫他分擔一些工作。」

「那樣做只會讓他臉上無光，影響他的工作效率。」潔西嘉說，「他知道這件事以後，就連迷途的蒼蠅也休想飛進來。他肯定覺得很沒面子，因爲……」

「我們自己也得有自己的措施。」他說。

「哈瓦特已經是三朝元老了，爲整整三代亞崔迪人出過力，忠心耿耿。」她說，「他理應受到尊重，值得我們完全信賴……無論怎麼尊重信賴都不爲過。」

保羅說：「當妳做了什麼讓父親煩心的事時，他總是說『又是比吉斯特！』就像在詛咒一樣。」

「我有什麼地方讓你父親煩心了？」

「當妳跟他發生爭執的時候。」

「你又不是你父親，保羅。」

保羅想：那個叫梅帕絲的女人說，我們中間有個叛徒。現在說這個會讓她擔心的，但我必須告訴她。

「你想說什麼？怎麼話到嘴邊又不說了？」潔西嘉問，「這可不像你，保羅。」

他聳聳肩，把與梅帕絲的對話告訴了她。

而潔西嘉想的卻是樹葉上的消息。她當機立斷，讓保羅看了那片樹葉，把上面的訊息告訴了她。

「父親應該立即知道這件消息，」保羅說，「我用密碼加密，然後發給他。」

「不行。」她說，「你最好等到你們倆單獨見面時再告訴他。知道的人越少越好。」

「妳是說我們誰也不能信任嗎？」

「還有另一種可能，」她說，「這件消息是故意傳給我們的。傳遞情報的人或許自以為是眞的，其實是上了敵人的當。敵人的目的就是把這件假情報傳給我們。」

保羅堅毅的臉上表情陰沉，「嗯，在我們中間散布疑雲，讓我們互不信任，以達到削弱我們的目的。」

「你必須私下裡告訴你父親，提醒他對這方面多加留意。」她說。

「我明白。」

潔西嘉轉身面對高處的濾光玻璃，注視著西南方向。阿拉吉斯的太陽正在下沉，山崖上懸著一顆黃色的光球。

保羅也跟著她轉過身：「我也不認爲是哈瓦特。會不會是岳？」

「他既不是部將，也不是親信。」她答道，「而且，我可以向你保證，他跟我們大家一樣切齒痛恨哈肯尼人。」

保羅望著遠山，心想：也不可能是葛尼……或者鄧肯。會不會是再下一級的什麼人呢？不可能，他們祖祖輩輩都忠於亞崔迪家族，而且有充分的理由效忠於我們。

潔西嘉擦擦前額，感到疲倦不堪。這裡眞是危機四伏啊！她看著外面被濾光玻璃濾成的黃色風景，研究著。公爵府邸遠處是一列圍著高欄的倉儲地，裡面是一排排香料倉庫，倉庫周圍是一座座用支撐柱撐起的哨塔，像一群群警惕的蜘蛛。她至少可以看見二十個滿是香料倉庫的倉儲地，一個接一個，一路延伸到遮罩牆山的山崖下。有多少香料倉庫啊，連綿不絕，散布在整個盆地。

濾光玻璃外，太陽慢慢消失在地平線下，星星一顆一顆地跳了出來。她看見一顆特別明亮的星星，低垂在地平線邊緣，正有節奏地閃閃發光——發光的間隔清晰精準，像在發抖一樣：一閃，一閃，一閃……

朦朧中，身旁的保羅不安地動了一下。

但潔西嘉的注意力集中在那顆孤獨的亮星上，她意識到這星星太低了，一定來自遮罩牆山那邊的山崖上。

是有人在發信號！

她想弄懂其中的內容，但她從來沒學過這種密碼。

已是掌燈時分，其他光點陸續出現在山崖下面的平原上。藍黑色的背景上，到處是點點黃光。突然，他們左邊有一個光點變得特別明亮，一閃一閃，回應著山崖上的信號。閃爍速度極快，像一道顫動的光流，閃爍，再閃！

熄滅。

山崖那邊的假星星立即隨之熄滅。

是信號……潔西嘉的心裡充滿不祥的預感。

*爲什麼要用可見光越過盆地發信號？*她自問，*爲什麼不用通訊網路？*

答案很明顯：阿拉吉斯的通訊網路肯定已經被公爵的特工全面監聽了。可見光信號只可能說明一件事：公爵的敵人——哈肯尼間諜們——正在互相傳遞資訊。

身後傳來一陣敲門聲，哈瓦特的一個部下道：「徹查完畢，少爺……夫人。現在該送小少爺去他父親那兒了。」

人們說萊托公爵沒有覺察到阿拉吉斯的危機，貿然走進了哈肯尼人設下的陷阱。但也許應該這麼說：他長期身處極度危險的環境，因而誤判了這次危機的危險程度。或者，他是故意犧牲自己，以便讓兒子找到更美好的生活？一切證據都顯示出，公爵並不是一個輕易上當的人。

——摘自伊如蘭公主的《穆哈迪家事記評》

※　※　※

萊托·亞崔迪公爵斜靠在阿拉肯城外著陸區導航塔台的圍欄上。阿拉吉斯有兩個月亮，現在正是一號月亮劃過天際的時刻。一輪明月，像一枚圓圓的銀幣，高懸在南方的地平線上。月光下，遮罩牆山那犬牙交錯的山崖隔著沙塵顯得有幾分朦朧，就像融化的糖衣般閃閃發光。

他左面是阿拉肯的滿城燈火——黃……白……藍，在一片薄霧中交相輝映。

由他簽署的通告如今貼滿了整個星球上各個人口密集的場所。通告上寫著：「我們聖明的帕迪沙皇帝陛下已授權我接管這個星球，由此結束一切有關本星球所有權的爭議。」

通告拘謹的外交辭令讓他覺得有點孤苦無告的味道。如此愚蠢的表面文章，誰會上當？當然不會是弗瑞曼人，也不是控制著阿拉吉斯內部貿易的那些小家族……對了，還有哈肯尼人，但他們還算是人嗎？

居然想要我兒子的命！

他難以抑制內心的憤怒。

只見一輛車亮著燈由阿拉肯城方向朝著陸區開來。他希望那是護送保羅來此的衛兵和運兵艦。護送隊延誤了許久，他心急如焚，但他也知道，哈瓦特的那位副手這麼做是出於謹慎。

居然想要我兒子的命！

他搖搖頭，想擺脫這個憤怒的念頭，一回頭，只見著陸區上自己的五艘護衛艦沿著跑道一字排開，像一排身形巨大的衛兵。

因謹愼而延誤總比……

他提醒自己，那個副手是個厲害的角色，出了名的能幹，忠心耿耿。

「我們聖明的帕迪沙皇帝……」

這是一座衰落的要塞城市，如果這裡的居民看了皇上寫給他這位「高貴的公爵」的私人便條，眞不知會作何感想。提及這些蒙面的男男女女時，皇上的語氣極其輕蔑：「……但對野蠻人還能指望些什麼呢？他們最大的夢想就是生活在沒有秩序、沒有家族統治、毫無安全可言的世界裡。」

此時此刻，公爵感到自己最大的夢想就是結束一切等級制度，永遠拋棄這種死一般的秩序。他抬起頭，越過滿天沙塵，望向天空中靜謐的群星，心想：「這群小星星裡，有一顆就是我的卡拉丹……可我卻再也見不到我的家鄉了。」對卡拉丹的思念使他突然間胸口發痛。他覺得這痛並非出自他的體內，而是由卡拉丹傳來的，直抵他心靈深處。他無法讓自己把阿拉吉斯這片荒涼的沙漠稱爲家鄉，他懷疑自己永遠都做不到。

他想：爲了兒子，我必須隱藏自己的眞實感情。如果有朝一日他眞的能夠擁有自己的家，這個家只能是在這顆星球上。我可以把阿拉吉斯當成臨死前遭遇的人間地獄，但他必須在這裡找到足以激勵他的東西，阿拉吉斯上肯定會有這種東西的。

自傷自憐的惆悵潮水般湧上心頭，但他立即將這種情緒輕蔑地拋到腦後。不知爲什麼，他突然想起葛尼·哈萊克常哼的兩句詩來：

我胸中品嘗著時間的輕風
穿過紛揚落沙一路吹送……

「這回可好，葛尼在這兒會看見無數落沙的。」公爵想。月光籠罩的山崖之後：荒瘠的岩石、沙丘，飛揚的沙塵，漫無盡頭的一片瀚海；其邊緣地帶零零散散地散布著一個個弗瑞曼人聚居地，也許就連沙漠中心也有他們的蹤跡。如果說還有什麼能給亞崔迪家族帶來一線希望，也許只有這些弗瑞曼人。

前提條件是，哈肯尼人還沒能用他們的惡毒腐蝕這些人。

居然想要我兒子的命！

一陣金屬摩擦的尖利的噪音響徹整座高塔，震撼著他手臂下的圍欄。一道防爆門在他面前落下，擋住了他的視線。

交通艇進場了，他想，該下去幹活了。他轉身走下身後的樓梯，向集散大廳方向走去。他一邊下樓一邊盡量讓自己冷靜下來，調整好表情，準備迎接來人。

居然想要我兒子的命！

公爵走進那座黃色穹頂大廳時，裡面早就人聲鼎沸了。他們肩上背著自己的行李，吵鬧著，喧嘩著，像剛剛放假歸來的學生。

「嗨，感覺到下邊那東西了嗎？那就是重力！夥計！」

「這地方的重力有多大？行李掂起來很沉哩！」

「書上說是標準地球重力的十分之九。」

偌大的屋子裡到處充斥著閒談的聲浪。

「你下來時仔細看過這個鬼地方嗎？這兒的好東西都跑哪兒去了？」

「哈肯尼人帶走了吧！」

「我只想沖個熱水澡，再加一張柔軟舒適的床！」

「沒聽說嗎，笨蛋？這下面沒地方洗澡。用沙擦屁股吧！」

「嘿！行了！公爵來了！」

屋裡立刻安靜下來，公爵走下樓梯邁進大廳。

葛尼・哈萊克從人群中大步走來。他一邊肩膀上掛著行李，另一隻手握住巴利斯九弦琴的琴把。他的手指修長，拇指又夠大，靈巧的雙手足以在琴弦上撥弄出美妙的音樂。

公爵看看哈萊克，欣賞著這個醜陋的大塊頭，注意到他那雙碎玻璃一樣閃閃發光的眼睛裡隱約透著一股子蠻勁。這人曾經放蕩不羈，只按自己的原則處世。保羅叫他什麼來著？「猛士。」

葛尼用一縷束起的金髮蓋著頭上的幾處禿斑；一張大嘴咧著，像是在嘲笑著什麼；下顎那道墨藤鞭留下的疤痕似乎有了自己的生命般鮮活地跳躍著。舉手投足間自然透露出老兵的隨便、自如之意。他走到公爵面前，彎腰致意。

「葛尼。」公爵說。

「老爺，」他用巴利斯琴指著屋裡的人說，「這是最後一批了。本來我打算跟第一批人來的，可是……」

「別急，我們還剩了些哈肯尼人給你。」公爵說，「葛尼，跟我一起走走，咱們談談。」

「遵命，老爺。」

他們走進供水機旁的一間凹室裡，大廳裡的人們又無休無止地喧嘩起來。哈萊克把行李扔在角落裡，巴利斯琴卻始終握在手中。

「你能撥給哈瓦特多少人？」公爵問。

「瑟菲那兒出麻煩了嗎，殿下？」

「他損失了兩名特工，可他的先遣特工讓我們全盤掌握了哈肯尼人在這兒的部署。只要我們能迅速行動，就能獲得一定程度的安全保障，贏得喘息時間。你能撥出多少人，他就要多少，要那種不會一動刀子就往後縮的人。」

「我可以撥給他三百名最棒的戰士，」哈萊克說，「把他們派到哪兒？」

「去大門口，哈瓦特的一名手下在那兒接應。」

「要我馬上安排嗎？」

「先等一會兒，還有件麻煩事。我已經讓著陸區的司令官找了個藉口，在天亮前扣住這艘交通艇，不放它飛走。運送我們的宇航公會巨型運輸艦馬上就要駛離這裡，繼續做它的生意。這艘交通艇打算前往一艘裝載香料的貨船。」

「我們的香料嗎，殿下？」

「我們的香料。但這艘交通艇還將運走一批勘探員，他們都是舊領主的人。領主換了，所以他們選擇離開，專門調停接管過程的監察法官也批准了。他們都是有價值的工人，葛尼，大約有八百人。交通艇起飛前，你必須設法說服其中一部分工人留下來，幫我們工作。」

「您想讓我用多大力度來『說服』他們，殿下？」

「我想要他們心甘情願地合作，葛尼。那些人有我們需要的經驗和技術。他們想離開，這本身就意味著他們不屬於哈肯尼陣營。哈瓦特覺得，這夥人裡可能有安插進來的壞傢伙。但他那個人你也知道，在他看來，每個死角裡都藏著刺客。」

「公爵殿下，哈瓦特確實發現過不少藏汙納垢的死角。」

「而且還漏掉了有些暗角。不過我想，要是哈肯尼人真的在這些打算動身離開的人中安插了間諜，那他們未免也太有想像力了。」

「可能是這樣，殿下。那些人在什麼地方？」

「再下面一層，在一間候機廳裡。我建議你下去彈一兩首曲子，讓他們放鬆一下，然後再施加壓力。如果你看哪些人合適，可以答應讓他們當頭兒，不管他們在哈肯尼人手下幹活的時候工資是多少，一律加薪百分之二十。」

「就這些嗎？我知道哈肯尼人給他們發多少工資。這些人本來就是喜歡到處跑的浪子，加上口袋裡裝著大把大把的解聘金……這個，殿下，加薪百分之二十恐怕很難誘使他們留下來。」

萊托有點不耐煩地說：「那就靈活些，特殊情況特殊處理，你看著辦吧。但要記住，開支是個無底洞。盡量別超過百分之二十。我們特別需要香料機車駕駛員、氣象員、沙丘員——任何有沙漠野外經驗的人。」

「明白了，殿下。『他們都爲行強暴而來，定住臉面向前，他們將聚集擄獲，多如塵沙』。」

「很有感染力，」公爵說，「把你的手下交給一名副手，讓他簡要說明一下用水紀律，然後安排這些人在著陸區隔壁的兵營裡就寢。著陸區工作人員會照看好他們的。還有，別忘了給哈瓦特增派人手。」

「三百名最棒的戰士，殿下。」他拿起行李，「做完這些活兒後去哪兒向您彙報？」

「我在頂樓有了一間會議室。我們會把參謀人員安置在那兒。我想疏散部隊，全星球鋪開。讓裝甲分隊做先導。」

哈萊克正轉身離開，一聽此言，停下腳步，望著萊托的眼睛：「您預計會有這麼大的麻煩嗎？我還以爲這兒有監察法官在，應該不會有什麼問題的。」

「公開和祕密的戰鬥都會有，」公爵答道，「我們站穩腳跟前會有大量的流血犧牲。」

「『你從河裡取的水必在旱地上變作血。』」哈萊克說。

公爵歎了口氣說：「快去快回，葛尼。」

「遵命，老爺。」他咧開嘴笑了起來，傷疤隨之上下抽動，「『看啊，我是沙漠中的野驢，義無反顧地向前衝。』」葛尼轉身大步走到大廳正中，轉達公爵的命令，然後匆匆穿過人群離開了。

萊托看著葛尼遠去的背影搖了搖頭。哈萊克總是這麼讓人驚奇：滿腦子歌謠、引言和鮮花般的詩句……可面對哈肯尼人的時候，他又是一名無情的殺手。

過了一會兒，公爵從容不迫地兜了個圈子，向電梯走去。眾人紛紛敬禮致意，他不經意地揮揮手以示回禮。他認出一個宣傳員，於是停下腳步，告訴那人一些資訊，讓他通過宣傳管道轉告大家：帶著家眷來的人大概想知道家人是否平安，在哪兒能找到他們的家人；另外，這兒的人口比例女人比男人多，有些人可能會對此很感興趣。

公爵拍了拍那位宣傳員的胳膊，示意他立即把這些消息傳播出去，這才繼續前行。他對著人群點著頭，微笑著，還和一個下級軍官互相開了幾個玩笑。

統帥必須永遠是一副充滿自信的樣子，他想，哪怕即將大難臨頭也必須扮出信心十足的模樣，不能在人前流露出半點焦慮。

電梯門緩緩合上，他轉過身，面對牆壁，長長地吐出一口氣，放鬆下來。

他們竟然想要我兒子的命！

※　※　※

阿拉肯著陸區的出入口處有一塊碑銘，製作得十分粗劣，像是用最簡陋的工具刻成的。以後，穆哈迪將多次引述這段銘文。來到阿拉吉斯的第一晚，他便見到了這段碑文。當時他被送到公爵的指揮所，參加父親召開的第一次全體軍事會議。碑文原本是對那些即將離開阿拉吉斯的人所作的懇求，但在這個剛從死亡邊緣逃脫的男孩看來，卻有了另一層深不可測的沉重內涵——「哦，知道我們在此飽受煎熬的人，別忘了在祈禱詞中提到我們的名字。」

——摘自伊如蘭公主的《穆哈迪手記》

「所謂戰爭理論，一句話，就是經過計算的冒險。」公爵說，「但如果危險涉及你自己的家人，單純的計算就會受到……其他因素的干擾。」

應該遏制怒氣，但他知道自己沒做好。他轉過身，沿著長桌走了幾步，又再折回。

公爵和保羅單獨坐在著陸區的會議室裡。房間裡空蕩蕩的，只有一張長桌，周圍是老式的三腳椅。桌子一頭擺放著一塊地圖板和一台三維立體投影儀。保羅緊靠地圖板坐在桌邊。他把尋獵鏢的事告訴了父親，還報告說家裡出了個叛徒，正威脅著他的安全。

公爵在保羅對面停下，拍著桌子說：「哈瓦特跟我說那幢房子是安全的！」

保羅遲疑地說：「開始我也很生氣，也怪罪哈瓦特。但刺客隱藏得實在太好了，刺殺計畫也非常好：簡單、聰明、直接。陰謀本來很可能得逞，之所以失敗，全靠您和其他許多人對我的嚴格訓練，這些人中也包括哈瓦特。」

「你是在替他辯護嗎？」公爵質問道。

「是的。」

「他老了，就這麼回事。他應該……」

「他很睿智，經驗豐富。」保羅說，「哈瓦特犯過的錯誤，您能想起多少？」

「爲他說話的人應該是我，」公爵說，「而不是你。」

保羅笑了。

萊托在桌前坐下，把手放在兒子手上：「兒子，最近，你……成熟了很多。」他抬起手，「我很欣慰。」他也笑了，回應著兒子的笑容，「哈瓦特會自責的。他對自己發火，火氣比我們倆加在一起還大。」

保羅抬起眼睛，向地圖板後黑漆漆的窗子望去。窗外夜色如墨，陽台上的欄杆反射著屋裡的燈光。保羅發現外面有什麼東西在移動，隨即認出那是身著亞崔迪制服的警衛。保羅回頭看看父親身後的白牆，再低頭看看閃亮的桌面，發覺自己的雙手早已握成了拳頭。

公爵對面的門砰的一聲打開，哈瓦特大步走了進來，看上去從未這麼蒼老、這麼疲倦過。他繞過桌子，在公爵面前立正站好。

「老爺，」他說，「我剛知道發生了意外。我辜負了您對我的信任，罪不容恕。我認爲我有必要請辭……」

「哦，坐下，別說傻話。」公爵說。他擺擺手，指著保羅對面的椅子說，「眞要說你犯了什麼錯誤的話，那就是你高估了哈肯尼人。他們頭腦簡單，所以設計了一個簡單的陰謀。而我們根本沒考慮到那些簡單的小把戲。我兒子剛剛非常努力地向我指出，他這次能逃出來，主要是靠了你對他的嚴格訓練。在這方面，你並沒有辜負我！」他拍拍空椅子的椅背，「坐下！」

哈瓦特倒進椅子裡：「可……」

「我不想再聽人談這件事，」公爵說，「事情已經過去了，我們還有更緊迫的事要處理。其他人都在哪兒？」

「我讓他們在外邊等著，我……」

「叫他們進來。」

哈瓦特看著公爵的眼睛說：「殿下，我……」

「我知道誰是我眞正的朋友，瑟菲，」公爵說，「讓他們進來。」

哈瓦特把要說的話咽了回去。「是，殿下。」他在椅子上轉過身，對著敞開的門叫道，「葛尼，叫他們進來。」

哈萊克領著一隊人走進屋內，每個軍官的表情都十分嚴肅，身後跟著各自的助手和專家。人人都滿懷熱忱。眾人紛紛落座，會議室裡迴盪起一陣窸窸窣窣的聲音。這時，一股淡淡的阿卡索咖啡香沿著桌子飄送過來。

「這兒有咖啡，誰想要就自己拿。」公爵說。

公爵的目光掃過自己的部下，心想：他們都是優秀的軍人，在這種戰爭中，沒人能比他們做得更好。公爵等著咖啡從隔壁房間端進來，送到每個人面前。他發現不少人臉上都掛著倦容。

過了一會兒，公爵站起身來，裝出鎮定自若、精神抖擻的神情。他用指關節敲敲桌子，引起大家的注意。

「先生們，」他說，「我們的文明似乎總擺脫不了攻城掠地這個老毛病，就算執行皇帝陛下最簡單的命令，這個老習慣也免不了會冒出來。」

桌邊響起一陣乾笑。保羅意識到，父親的語調、措詞無一不是恰如其分，正好能振作大家的情緒，就連他聲音裡流露出的幾分倦意也配合得天衣無縫。

「我想，我們最好先聽聽瑟菲對弗瑞曼人的情況還有什麼要補充的。」公爵說，「瑟菲？」

哈瓦特抬起頭來。「殿下，在全面報告之後，我還要彙報幾個經濟問題。但現在我要說的是，弗瑞曼人愈來愈像我們所需要的同盟軍了。他們目前持觀望態度，看我們是否值得信任。跟我們打交道時，他們似乎沒什麼顧忌，完全是公開的。他們送來了一些禮物，有他們自己製作的蒸餾服……一些沙漠地區的地圖，這些沙漠環繞著哈肯尼人留下的要塞……」他低頭看了一眼桌子，接著說道，「他們的情報經證實完全可靠，在我們與監察法官打交道時幫了大忙。他們還送來了一些小東西，有香料酒、糖果、藥品，還有給潔西嘉夫人的珠寶。我的人正在檢查這堆東西，看樣子沒什麼問題。」

「看樣子你喜歡這些人，瑟菲？」桌旁的一個人問道。

哈瓦特轉身面對提問的人：「按鄧肯．艾德荷的說法，這些人值得欽佩。」

保羅瞟了一眼父親，然後把視線轉回哈瓦特身上，鼓起勇氣問：「弗瑞曼人的人數有多少？你有相關的最新情報嗎？」

哈瓦特看著保羅答道：「根據他們加工食物的數量和別的一些證據，艾德荷估計他拜訪的那個穴地裡可能有一萬人左右。他們的首領說他統領的這個部落有兩千個家庭。我們有理由相信，這樣的穴地還有許多。他們似乎都效忠於一個叫列特的人。」

「這是個新情報。」萊托說。

「我過去疏忽了，殿下。有跡象表明這個列特可能是當地人所信奉的神。」

桌旁另一個人清了清嗓子問：「能確定他們與走私販子有來往嗎？」

「艾德荷在那個部落時，正好碰上一個私販商隊帶著大量香料離開。他們用牲口運貨。從種種跡象分析，他們的行程需要十八天。」

公爵說：「看樣子，在這段不穩定的時期，走私販子把他們活動的頻率提高了一倍。這個問題值得我們深思。我們不必過分擔心這顆星球上的非法香料走私活動，這種事總是不可避免的。但要對他們的行動完全置之不理——那也不太好。」

「您已經有計畫了，殿下？」哈瓦特問。

公爵看著哈萊克說：「葛尼，我想讓你帶領一個代表團，如果你願意，叫外交使團也行，去跟這些浪漫的商人接觸一下。告訴他們，只要他們交納百分之十的公爵稅，我就對他們的走私活動不聞不問。哈瓦特估算過，他們用於買通關節的賄金和雇用打手的費用是這個數字的四倍。」

「要是皇上聽到風聲怎麼辦？」哈萊克問，「他一向把宇聯公司的利潤看得很緊。」

萊托微笑道：「我們將把全部稅務所得以沙德姆四世的名義公開地存進銀行，然後從中扣除我們用於徵稅的合法費用。讓哈肯尼人抓我們的把柄去吧！我們會搞垮一堆在哈肯尼時期發了橫財的人。再也不會有賄賂這種事了！」

哈萊克的臉一擰，露出了笑容，「啊，老爺，眞是一記漂亮的陰招，剛好打在敵人的腰眼上。眞想看看男爵聽到這個消息時的臉色！」

公爵轉身對哈瓦特說：「瑟菲，上次你說你能買到那些帳本，弄到手了嗎？」

「是的，老爺。我的人直到現在還在那兒仔細研究呢。我大概瀏覽了一下，可以先大致說一說。」

「那就說吧。」

「哈肯尼人每三百三十個標準日便能從這個星球掙到一百億陽幣。」

在座眾人無聲地倒吸一口冷氣，連那些已經露出厭煩情緒的年輕助手們也坐直了身子，相互交換著驚訝不已的眼神。

哈萊克輕聲嘟囔道：「『不管是藏在海裡的財富，還是埋在沙中的珍寶，他們統統掠奪一空。』」

「你們瞧，先生們，」公爵說，「在座諸位還有誰會那麼天眞，認爲哈肯尼人只因皇上的一紙空文就會乖乖捲起鋪蓋，一聲不響地離開這個星球嗎？」

大家都在搖頭，輕聲贊同公爵的觀點。

「我們只能用利劍奪取這個地方。」公爵轉向哈瓦特，「現在該說說裝備的情況了。他們留給我們多少設備？香料機車和附屬設備之類？」

「一大堆，老爺。監察法官審核了他們遞交的清單，只要是上面開列出來的設備都在。」哈瓦特打了個手勢，示意助手遞給他一個檔夾，然後把檔夾放在他面前的桌上打開，「可他們故意漏報，沒跟我們說只有不到一半的香料機車可以運轉，只有三分之一的運載器還可以飛到香料開採地去。哈肯尼人留下的每樣設備不是已經壞了，就是隨時都可能解體。這些設備中有一半能運轉就是我們的運氣了，這一半設備中，如果有四分之一能繼續運轉六個月，那我們的運氣眞可以說好到天上去了。」

「比我們原先預計的好多了。」萊托說，「固定資產方面，基礎設備的情況如何？」

哈瓦特瞟了一眼文件夾說：「幾天內可以派出大約九百三十來個香料機車。用於勘探、偵察和氣象觀測的撲翼機六千二百五十架……運載器接近一千架。」

哈萊克說：「要是重新與宇航公會談判，讓他們同意發射一艘護衛艦到軌道上去充當氣象衛星，這樣是否會便宜些？」

公爵看著哈瓦特：「這方面沒有新消息嗎，瑟菲？」

「現階段我們必須尋找別的途徑，」哈瓦特說，「宇航公會的代理人並非眞的想跟我們討價還價。他只是想通過另一種方式變相地讓我們明白，他們的要價絕對在我們的支付能力以外，無論我們怎麼努力，都不會有所改變。換句話說，他們根本不打算賣給我們。而我們的任務則是在重新跟他們接觸之前找出他們拒絕的原因。」

哈萊克的一個副手在椅子上轉動著身體，忿忿地說：「簡直沒有公理可言！」

「公理？」公爵看著說話的人，「誰要在這兒找公理？強權就是公理，而我們要做的就是建立自己的公理，就在阿拉吉斯——要麼贏，要麼死。你後悔跟我到這兒來了嗎，先生？」

那人望著公爵，說道：「不，殿下。您不能回頭了，我同樣別無選擇，只有繼續追隨您。請原諒我一時衝動，可是……」他聳聳肩，「……誰都免不了偶爾會覺得不爽。」

「心裡不爽，這我理解，」公爵說，「但只要咱們手裡握著槍桿子，而且可以自由使用，那也就不必抱怨有沒有公理了。還有誰心裡憋著怨氣的？如果有就發洩出來。在座的都是朋友，大家都可以暢所欲言。」

哈萊克動了動，說：「老爺，我認爲引起抱怨的原因是，我們沒有任何來自其他大家族的志願軍。他們把您稱做『公正的萊托』，承諾說永遠都是您的朋友，但那只是在不損害他們自己利益的前提下。」

「他們還不知道這次交鋒誰會取勝，」公爵說，「大部分家族之所以發了大財，原因就是盡可能少冒風險。我們可以鄙視他們這種做法，但卻無法譴責他們。」他看著哈瓦特說，「既然我們在討論設備，可不可以放幾張相關的幻燈片？讓咱們熟悉一下這些機器。」

哈瓦特點點頭，對投影儀旁的助手打了個手勢。

桌面上出現了一個三維立體投影，就在距離公爵三分之一的地方。有些離得較遠的人乾脆站了起來，以便看得更清楚些。

保羅傾身向前，盯著那架機器。

從投影上看得出機器周圍站著幾個人，相比之下，那台機器顯然是個龐然大物，大約有一百二十公尺長、四十公尺寬，簡直像一隻長長的蟲子。

「這就是香料機車，又稱爬行機車。」哈瓦特說，「我們挑了一台修復狀況良好的機車來製作投影。我們還發現了一整套牽引裝置，是這兒的第一批皇家星球生態學家帶來的。雖然時代久遠，但還可以用。我本人完全不知道它是怎麼撐下來的，爲什麼能撐下來。」

「如果這套設備就是大家所說的『老瑪麗』，那它其實應該是博物館的館藏。」一個助手說，「我認爲哈肯尼人把它當成一件懲罰工具，是懸在工人頭上的警鐘：好好幹活，要不就會被分到『老瑪麗』上去。」

桌邊一陣哄笑。

保羅沒有笑，他的注意力完全集中在投影上，腦子裡充滿了疑問。他指著桌上的影像說：「瑟菲，有大到可以把整台機車吞下去的沙蟲嗎？」

大家頓時不作聲了。公爵暗暗罵了一句，轉念一想：不——他們必須面對這裡的現實。

「沙漠深處確實有那種巨型沙蟲，可以把這一整套機器一口吞進肚子裡。」哈瓦特說，「至於遮罩牆山附近，也就是大部分香料開採出來的地方，那兒有許多沙蟲可以先將整台機車毀掉，然後再慢條斯理吞下去。」

「爲什麼我們不能給香料機車裝上遮罩場呢？」保羅問。

「根據艾德荷的報告，」哈瓦特答道，「在沙漠上安裝遮罩場是很危險的。即使個人使用的小遮罩場都會招來方圓數百公尺內的沙蟲。看樣子，遮罩場會使沙蟲狂性大發。關於這一點，弗瑞曼人警告過我們。沒有理由對此表示懷疑。艾德荷在弗瑞曼人穴地裡也沒有發現任何遮罩場設備的蹤跡。」

「一點都沒有？」保羅問。

「讓數千人對這種設備緘口不言，這是相當困難的。」哈瓦特說，「艾德荷可以到弗瑞曼人穴地的各個地方隨意走動。他沒看見遮罩場，也沒發現任何使用過遮罩場的跡象。」

「眞讓人猜不透。」公爵說。

「但哈肯尼人卻在這裡使用了大量的遮罩場設施，」哈瓦特說，「他們在每個駐軍所在地都設有維修倉庫，而他們的賬目也顯示出更換遮罩場及其零配件的巨額開銷。」

「會不會是因爲弗瑞曼人有某種方法可以使遮罩場失靈？」保羅問。

「不太像。」哈瓦特回答說，「理論上有這種可能，當然，只要有一個作用面積極大的靜電反相裝置，就能破壞遮罩場。但從沒有誰做過這樣的實驗。」

「如果弗瑞曼人眞的有這種設備，我們肯定早就聽說了。」哈萊克說，「私販們與弗瑞曼人有密切聯繫，如果這種設備眞的存在，他們早就弄到手了，而且早就把它賣到其他星球上了。」

「我不喜歡讓如此重要的問題懸而未決。」萊托說，「瑟菲，我希望你把它列爲首要任務，盡快找到答案。」

「我們已經開始打探了，老爺。」哈瓦特清清嗓子說，「對了……艾德荷確實說過一件事，他說弗瑞曼人對遮罩場的態度一目了然，他說他們覺得遮罩場這種東西很可笑。」

公爵皺起眉頭，「我們正在討論的是開採香料的設備。」

哈瓦特朝投影儀旁的助手做了個手勢。

龐大的香料機車被一個帶機翼的裝置取代了，那個裝置同樣很龐大，相比之下，它周圍的人簡直成了侏儒。「這是一架運載器，」哈瓦特說，「基本上就是一架大型撲翼機，它唯一的作用就是將香料機車送到香料儲量豐富的沙漠地帶、沙蟲出現時再把機車撤出來。沙蟲無處不在。開採香料就是一系列的出出進進，盡量多跑幾趟。」

「這倒很符合哈肯尼人的道德觀。」公爵說。

全場哄堂大笑。

投影儀又投下一架撲翼機的圖像，取代了原先的運載器。

「這是傳統的撲翼機，」哈瓦特說，「運載器主要的改動是增大了航程，此外還增加了防沙的密封裝置。三十艘運載器中大約只有一艘裝有遮罩場，也許是爲了減輕重量、增大航程，這才放棄了遮罩場發生器。」

「如此忽視遮罩場，這可不是什麼好消息。」公爵喃喃地說，他心想：難道這就是哈肯尼人的祕密？這是否意味著，如果事態的發展對我們不利，我們乘著帶遮罩場的護衛艦，連逃跑的機會都沒有？他猛地搖搖頭，想甩掉這種念頭。他說：「讓我們進行工作評估吧。我們能有多少利潤？」

哈瓦特翻了兩頁筆記說：「在估算了維修和可運行設備的開銷後，我們已經初步算出了運行成本。爲了保證盈餘的準確度，計算還考慮了折舊因素。」哈瓦特閉上眼睛，進入門塔特的半入定狀態，然後接著說，「在哈肯尼統治時期，維護費與薪金開支控制在百分之十四以內。至於我們，開始階段，如果能把這個比率控制在三成的話，我們就已經算是夠走運的了。考慮到追加成本和其他可能出現的因素，包括宇聯公司的抽成和軍事支出，我們的利潤率會降低到百分之六到七。這種情況將一直持續到我們將陳舊的設備更新換代，這樣利潤才能回升到百分之十二到十五的正常水準。」他睜開雙眼，「除非老爺願意採用哈肯尼人的做法。」

「我們的目的是建立一個永久性的行星規模的基地，」公爵說，「所以必須努力使這裡的大多數人安居樂業——尤其是弗瑞曼人。」

「對，弗瑞曼人是關鍵中的關鍵。」哈瓦特附和說。

「我們在卡拉丹之所以能保持絕對優勢，」公爵接著說，「靠的是海軍和空軍。在這兒，我們也要發展出某種優勢，就叫它沙漠軍吧。這裡面也許可以包括空軍，也可能沒有。我請你們注意一個問題，本地撲翼機大都缺乏遮罩場的保護，這裡面似乎另有文章。」他搖搖頭，接著又說，「哈肯尼人雇用外星專業人才，把他們放到關鍵崗位上，以此提高產量和利潤。但我們不敢，每一批新人裡都會有不少奸細。」

「那麼，在相當長的一段時間內，咱們的利潤和產量都會很低。」哈瓦特說，「最初兩季的產量可能要比哈肯尼人低三分之一。」

「正是如此，」公爵說，「正如我們所預料的。我們必須加快與弗瑞曼人的談判。在宇聯公司第一次審計工作開始之前，我希望得到整整五個弗瑞曼軍團。」

「時間太緊了，閣下。」哈瓦特說。

「但大家知道得很清楚，我們本來就沒有多少時間。只要一有機會，僞裝成哈肯尼人的薩督卡軍團就會出現在這個星球上。瑟菲，你估計他們會運來多少人？」

「了不起四五個軍團，不會再多了。宇航公會收的運費相當昂貴。」

「那麼，五個弗瑞曼人軍團再加上我們自己的軍隊，應該足以應付了。我們只要弄些薩督卡俘虜在立法會上亮亮相，形勢就能大有改觀。至於香料開採的利潤，那倒無關緊要。」

「我們會盡力的，閣下。」

保羅看了看父親，又回頭看著哈瓦特，突然注意到這位門塔特畢竟已經上了年紀，意識到這位老人已是亞崔迪家族的三朝元老。混濁的棕色眼睛，飽經風霜、滿是皺紋的臉頰，駝下來的雙肩，薄薄的嘴唇上還沾著服用沙佛汁留下的青紫色殘漬——這一切都顯示出他已經老了。

這麼重大的責任，卻要壓在一個老人肩上。保羅想。

「我們正進行著一場刺客戰爭，」公爵說，「但現在戰爭還沒達到高潮。瑟菲，哈肯尼人留下的暗殺組織情況如何？」

「我們已經清理出了二百五十九名哈肯尼核心間諜，老爺，剩下的哈肯尼刺殺小組不會超過三個，可能一共也就一百人左右。」

「你們清理的這些哈肯尼人都是有產階級嗎？」公爵問。

「大多數人生活富裕，老爺，屬於承包商階層。」

「我要你給他們每個人僞造一份效忠書，上面加上他們的簽名，」公爵說，「整理好，然後送給監察法官。我們要採取法律行動，證明他們的效忠是假的，然後沒收他們的財產，剝奪他們的一切權利，把他們全家驅逐出境，讓他們一無所有。注意，一定要分給皇室百分之十的好處。務必要讓全部行動合法化。」

瑟菲笑了，深紅色的嘴唇下露出染上了沙佛汁紅斑的牙，他說：「絕妙的一步棋，不愧是老謀深算啊，老爺。很慚愧我沒能先想到。」

哈萊克在對面皺起眉頭，滿臉詫異地瞪著保羅。其他人卻都在點頭微笑。

錯了，保羅想，這只會將敵人逼上絕路。他們投降卻得不到什麼好處，就會跟我們拚命。儘管在這種因爲世仇而爆發的家族戰爭中，無論使出什麼手段來都不算過分，但這樣一步棋，就算可以給我們帶來勝利，最終還是會引著大家走向滅亡。

「『我曾是異鄉異客。』」哈萊克引述道。

保羅盯著他，知道這句話引自《奧蘭治聖經》，心想：難道葛尼和我一樣，也不希望再搞那些不光明正大的手段了嗎？

公爵望了一眼漆黑的窗外，回頭看著哈萊克說：「葛尼，你說服了多少沙漠工人留下來幫我們做事？」

「總共二百八十六人，閣下。我認爲應該接受他們，這是我們的運氣。他們都是很有用的人。」

「就這麼點人嗎？」公爵不高興地撇撇嘴說，「好吧，傳達我的命令……」門旁一陣騷動，打斷了公爵的話。鄧肯．艾德荷穿過衛兵，沿著長桌疾步走到公爵身邊，俯身在他耳旁說了幾句什麼。

公爵朝他一揮手，說：「大聲講出來，鄧肯，在座的都是高級軍官，沒什麼不放心的。」

保羅仔細觀察著艾德荷。他的一舉一動很像貓科動物，身手矯健，反應敏捷，沒人能比他更適合做武器教官了。艾德荷黝黑的圓臉轉向保羅，深邃的目光中沒有任何神情，但保羅能察覺出他沉靜的外表下隱藏著興奮。

艾德荷望著桌邊眾人：「我們制伏了一隊偽裝成弗瑞曼人的哈肯尼雇傭軍。弗瑞曼人自己派了一個信使，向我們報告敵人喬裝改扮的情報。但在戰鬥中，我們發現哈肯尼人伏擊了弗瑞曼信使，他受了重傷。我們本想把那個弗瑞曼人帶到這兒來救治，但他在送醫途中不治身亡。我當時便發現信使傷勢過重，馬上盡力搶救。也許是我的動作嚇到了他，他竟想扔掉一件東西，結果被我發現了。」艾德荷看了一眼萊托，「是一把刀，老爺。一把您前所未見的刀。」

「嘯刃刀？」有人問。

「沒錯，」艾德荷回答，「乳白色，寒光閃閃，彷彿它自己就能發光似的。」他把手伸進外衣裡，拿出一柄刀鞘，露在外面的刀柄上刻著黑色的紋路。

「別把刀拔出來！」

聲音尖厲，從屋子盡頭敞開的房門處傳來，震撼人心。大家都站了起來，朝門口望去。一個身材高大、穿著長袍的人站在門口，被警衛交叉的利劍攔在外面。淺棕色的長袍把他從頭到腳裹得嚴嚴實實，只在頭罩上留出一道縫，黑色的面罩後露出一雙藍藍的眼睛，一點眼白也沒有。

「讓他進來。」艾德荷輕聲耳語。

「別攔他！」公爵說。

警衛們猶豫一下，放下手中的劍。

那人走了進來，站在公爵對面。

「這是史帝加，是我拜訪的那個部落的首領，假弗瑞曼軍隊的事就是他派人前來警告我們的。」艾德荷介紹說。

「歡迎，先生，」萊托說，「爲什麼不能拔刀？」

史帝加望著艾德荷道：「你知道我們有豪爽果決、注重名譽的風俗，此刀的主人已是你的朋友，我這才允許你看這把刀。」他的眼光掃過屋內其他人，「可我不認識其他人，你就這樣讓他們褻瀆這把榮耀的利刃嗎？」

「我是萊托公爵，」公爵說，「您能允許我看這把刀嗎？」

「我同意給予您拔出此刀的權利。」史帝加說。桌邊傳來一陣不滿的嘟囔聲。他舉起一隻瘦削、青筋綻露的手，說：「我提醒你們，這把刀的主人將你們視爲他的朋友。」

大家安靜下來，耐心等待著。保羅仔細觀察著來人，感到他身上散發著威嚴的氣勢。他是一個首領，弗瑞曼首領。

坐在保羅對面、靠近桌子中間的一個人輕聲道：「他以爲自己是什麼人？竟要他來告訴我們在阿拉吉斯上享有什麼權利？」

「據說亞崔迪的萊托公爵受命統治這裡，」那個弗瑞曼人說，「正因如此，我必須把我們的原則告訴您：見過嘯刃刀的人必須承擔一定的後果。」他意味深長地看了一眼艾德荷，「看過嘯刃刀後，他們就是我們的人，未經我們允許絕不能離開阿拉吉斯。」

哈萊克和另外幾個人站起身來，臉上露出憤怒的神情。哈萊克說：「只有萊托公爵才有權決定是否……」

「請等一下。」萊托說，溫和的語氣使眾人冷靜下來。絕不能讓局面失控。他想。他對弗瑞曼人說：「先生，維護我尊嚴的人，我也會尊重他、維護他的尊嚴。我確實欠了你的情，而我向來有恩必報。如果按照你們的風俗，這口刀不能在此出鞘，那麼，它絕不會出鞘——這是我的命令。這位朋友爲我們而死，我們對他深感敬意。如果還有什麼我們可以做的，只需講一聲，我們一定照做。」

弗瑞曼人盯著公爵，然後緩緩拉開面罩，露出一張長滿鬍鬚的臉。他的鬍鬚黝黑發亮，鼻孔細小，嘴唇豐滿。他不慌不忙地彎下腰，在明亮的桌子上吐了一口口水。

桌旁眾人勃然大怒正準備一躍而起，艾德荷大喝一聲：「別動！」吼聲響徹整間會議室。

大家一怔，誰也沒動。艾德荷接著說：「我們感謝您，史帝加，感謝您把生命中的水贈給我們。您的心意我們欣然接受。」隨即，艾德荷也在公爵面前的桌子上吐了口口水。

他站在公爵身旁說：「殿下，還記得水在這兒有多珍貴嗎。這是尊敬的表示。」

萊托這才在椅子上坐定。他的視線與保羅相交，見兒子懊悔地笑了笑，意識到手下眾人已經理解了弗瑞曼人的舉動，桌旁的氣氛漸漸緩和下來。

弗瑞曼人看著艾德荷說：「我的穴地對你評價很高，鄧肯．艾德荷。你是否身負契約，必須效忠公爵？」

「他這是要我加入他們的部落，殿下。」艾德荷說。

「他接受雙重效忠嗎？」萊托問。

「您希望我跟他去嗎，殿下？」

「這件事我希望你自己做決定。」公爵嘴裡這麼說，語氣中卻流露出迫切之意。

艾德荷注視著弗瑞曼人說：「史帝加，你能接受我現在這種身份嗎？有的時候，我得回來爲我的公爵效力。」

「你作戰勇猛，也爲我們的朋友盡了最大的努力。」史帝加說，他看著公爵，「就這樣決定吧：此人，艾德荷，可以保留這把嘯刃刀，作爲他效忠我們的標誌。當然，他必須潔淨身體，還要舉行效忠儀式，但這件事可以留待日後再做安排。他將同時成爲弗瑞曼人和亞崔迪的戰士。這種事是有先例的，列特就效忠於兩個主人。」

「鄧肯？」萊托問。

「我懂您的意思，殿下。」艾德荷回答說。

「那好，同意。」萊托說。

「你的水是我們的了，鄧肯．艾德荷，」史帝加說，「我們朋友的遺體留給你的公爵，他的水就是亞崔迪的水。這就是我們之間的契約。」

萊托歎了口氣。他看了一眼哈瓦特，兩人視線相交，哈瓦特點點頭，一副很高興的樣子。

「艾德荷要跟朋友們道別，」史帝加說，「我會在下面等著。杜羅克是死去那位朋友的名字，在安息儀式上，你們需要這個名字，讓他的靈魂重獲自由。你們現在都是杜羅克的朋友。」

史帝加轉身準備離開。

「你不願意再待會兒嗎？」萊托問。

弗瑞曼人轉回身，手一抬，蒙好面紗，同時把面紗後面什麼東西調整了一下。在面紗落下之前，保羅瞟了一眼，看上去像是一根細管。

「有什麼理由要留下來？」他問。

「我們想向你表達敬意。」公爵回答。

「但我必須馬上到另一個地方去，否則也就不值得尊敬了。」說完，他又看了一眼艾德荷，迅速轉身，大步流星地從衛兵身旁走過。

「如果別的弗瑞曼人都能跟他一樣，我們就能相輔相成。」萊托說。

艾德荷淡淡地說：「弗瑞曼人都跟他差不多，殿下。」

「鄧肯，你知道以後要怎麼做嗎？」

「我是您派到弗瑞曼人那兒的大使。」

「全靠你了，鄧肯。在薩督卡軍團來犯之前，我們至少需要五個弗瑞曼軍團。」

「這需要花些功夫才行，殿下。弗瑞曼人相當獨立，喜歡各自為營，」艾德荷有些猶豫，隨即又說，「殿下，還有一件事。我們幹掉的那隊雇傭軍中，曾有人想從死去的那個弗瑞曼朋友身上奪走嘯刃刀。那雇傭兵說，哈肯尼人為得到嘯刃刀懸賞一百萬陽幣。」

萊托的下頜一抬，顯然非常吃驚，「他們為什麼如此渴望得到嘯刃刀？」

「這刀是用沙蟲之牙打磨而成，它是弗瑞曼人的身份標誌。有了它，隨便哪個藍眼睛的人都可以滲入任何一個弗瑞曼部落。如果是我前往別的弗瑞曼穴地，因為我長得不像弗瑞曼人，所以他們會盤問我，除非我們早就認識。可如果換一個人……」

「你說的是彼得·德·佛瑞斯，哈肯尼的門塔特殺手。」公爵說。

「一個魔鬼般狡詐的傢伙，老爺。」哈瓦特說。

艾德荷把帶鞘的刀塞進衣服裡。

「看好這把刀。」公爵說。

「我明白，老爺。」他拍拍掛在皮帶上的無線電收發機說，「我會盡快向您彙報的。瑟菲有我的呼叫代號，讓他用戰時密碼呼叫。」他敬了個禮，轉身急匆匆追趕那個弗瑞曼人。

他們聽著他咚咚的腳步聲在走廊裡漸行漸遠。

萊托和哈瓦特心領神會地交換了一個眼神，微笑起來。

「還有很多事要談，殿下。」哈萊克說。

「對不起，我老打岔。」萊托說。

「我這兒有前哨基地的報告，」哈瓦特說，「是否下次再談，殿下？」

「需要很長時間嗎？」

「簡單講講的話，不會太久。在弗瑞曼人中間流傳著這樣一種說法，說在沙漠植物實驗站運行時期，阿拉吉斯上曾經建有二百多個這樣的前哨基地。到現在，所有前哨基地應該都已經廢棄了，但有報告說這些基地在廢棄之前已被封存。」

「裡面有設備？」公爵問。

「根據鄧肯的報告，是這樣。」

「它們都分布在什麼地方？」哈萊克問。

哈瓦特回答說：「這個問題的答案嘛，無一例外全都是：『列特知道。』」

「上帝知道，等於『天曉得』。」萊托輕聲道。

「或許不完全是這樣，殿下，」哈瓦特說，「那位史帝加剛才也提起過這個名字，他指的會不會是個實實在在的人？」

「『列特效忠於兩個主人，』」哈萊克說，「這話聽上去像引述的宗教語言。」

「說起引述，你應該最清楚不過。」公爵說。

哈萊克笑了。

「這位監察法官，」萊托說，「那位星球生態學家，凱恩斯……他會不會知道這些基地在哪兒？」

「殿下，」哈瓦特謹慎地說，「這個凱恩斯是皇室的人。」

「但天高皇帝遠。」萊托說，「我需要那些基地，那裡面一定會有大量物資，我們多少可以撈上一筆，來修復現有的設備。」

「殿下！」哈瓦特說，「從法律上說，那些基地仍然屬於皇上。」

「這兒的氣候太惡劣，足以毀掉任何東西。」公爵說，「我們完全可以把責任推卸到惡劣的氣候上。找到這位凱恩斯，至少打探清楚這些基地是否存在。」

「強行徵用這些基地會有危險，」哈瓦特說，「有件事鄧肯說得很明白：這些基地或有關基地的傳說對弗瑞曼人有某種特殊意義。如果奪走這些基地，就有可能與弗瑞曼人產生隔閡。」

保羅觀察著周圍人們表情，發覺大家十分緊張，專注地聆聽著每一個字。看上去，他們對父親的態度深感不安。

「爸爸，聽他的吧，」保羅壓低聲音說，「他講的都是眞的。」

「殿下，」哈瓦特接著說，「那些基地裡的物資確實可以讓我們修好所有的設備，但從戰略的角度講，這種做法不妥。在沒有進一步情報之前貿然採取行動，未免太過草率了。我們不該忘記，這個凱恩斯是皇上授權的監察法官。弗瑞曼人也敬重他，對他敬若神明。」

「那就來軟的，手法溫和些。」公爵說，「我只想知道那些基地是否眞的存在。」

「遵命，殿下。」哈瓦特坐回到座位上，垂下眼簾。

「好吧，」公爵說道，「我們都知道等在我們前面的是什麼了——那就是工作。養兵千日，用在一時，何況我們早已身經百戰。我們很清楚戰利品是什麼，也明白失敗的後果。你們領命之後就各自行動去吧。」他看著哈萊克，「葛尼，首先處理走私販的事。」

「『我將深入乾涸大地上叛軍的營地。』」哈萊克吟誦道。

「總有一天，讓我抓住他不掉書袋的時候，看他會不會跟沒穿衣服一樣無地自容。」公爵說。

桌旁響起一陣笑聲，但保羅聽得出來，笑聲十分勉強。

公爵轉向哈瓦特說：「瑟菲，在這層樓上再設立一個情報中心。一旦準備妥當就來見我。」

哈瓦特站起身來，在屋裡四下打量著，好像在找幫手似的，然後轉過身，帶頭走出了房門。其他人也匆匆忙忙站起來，紛紛推開椅子，一起向門口擁去，弄得有點亂哄哄的。

會議就這樣亂哄哄地結束了。保羅一邊想，一邊看著最後幾個人離去的背影。以前，會議總是在昂揚的氣氛中結束。但這一次似乎有些散亂，又因爲準備不充分顯得拖拖拉拉的，最後還出現了爭執，但沒等得出確切的結論，會議就草草結束了。

生平第一次，保羅允許自己認眞考慮失敗的可能性——並不是因爲害怕，也不是由於老聖母等人的警告，而是由於自己對形勢的分析。

父親很絕望。他想，局勢對我方很不利。

保羅想起哈瓦特在會議期間的行爲舉止，這位老門塔特似乎有些不安。

某件事讓哈瓦特坐立不安。

「後半夜你最好待在這兒別走了，兒子。」公爵說，「反正馬上就要天亮了。我會通知你媽的。」他站起身來，動作顯得緩慢而僵硬，「你可以把這些椅子拼起來，躺在上面睡一會兒。」

「我並不覺得特別累，父親。」

「隨便你。」

公爵雙手背在身後，沿著長桌來回踱步。

像籠中困獸。保羅想。

「您準備與哈瓦特談談叛徒的事嗎？」保羅問。

公爵在兒子對面停住腳步，面對黑漆漆的窗口說：「出現叛徒的可能性，我們已經討論過好幾次了。」

「那老太婆似乎相當自信，」保羅說，「母親的情報也……」

「已經採取了防範措施。」公爵說著，在屋裡四下打量了一番。保羅注意到父親眼中困獸般絕望的神情，「待在這兒別走。我要去跟瑟菲談談建立指揮所的事。」他轉身大步走了出去，輕輕向警衛點了點頭。

保羅瞪著父親剛才站過的地方，公爵出門前那地方就已經空了，他只是移不開眼睛。保羅想起了那個老婦人的話：「……至於你父親，他已經完了。」

※　※　※

穆哈迪抵達的第一天，當他與家人駛過阿拉肯街道時，有人想起了那些傳說與預言，便斗膽呼喊道：「穆哈迪！」但他們的呼喊與其說是宣告，不如說是疑問，因為人們此時僅僅希望他就是預言中所說的利山·阿蓋博——來自天外的綸音。與此同時，他們也十分注意他母親，因為他們已經聽說她是個比吉斯特。很明顯，對他們來說，她似乎是另一個天外綸音。

——摘自伊如蘭公主的《穆哈迪手記》

一個衛兵把公爵領到耳房，裡面只有瑟菲·哈瓦特一個人。隔壁房間傳來人們安裝通訊設備的聲音，但這邊卻相當安靜。公爵四下打量著，哈瓦特則從一張攤滿紙張的桌子旁邊站起來。四壁綠色的房間裡除了那張桌子，還有三把彈簧椅，椅子上代表哈肯尼人的「H」字母剛剛被抹掉，留下一塊不甚美觀的斑點。

「椅子本來是哈肯尼人的，被我們弄來了。很安全。」哈瓦特說，「保羅在哪兒，殿下？」

「我把他留在會議室了。沒有我在那兒打擾他，但願他能睡一會兒。」

哈瓦特點點頭，走到連接隔壁房間的小門旁，關上門，隔壁的靜電聲、電火花的劈叭聲頓時消失。

「瑟菲，」萊托說，「我很關注皇室和哈肯尼人囤積的香料。」

「老爺？」

公爵的嘴唇綳得緊緊的，「倉庫很容易被摧毀。」哈瓦特正準備開口，公爵抬手打斷他，繼續往下說道，「別管皇上的香料儲備。如果哈肯尼人遇上了麻煩，他只會暗自高興。至於男爵，他不可能公開承認自己囤積了大量香料，那麼，連他自己都不承認有的東西，就算被毀了，又能怎樣？」

哈瓦特搖搖頭，「我們人手不夠，閣下。」

「抽調艾德荷的一部分人馬，弗瑞曼人中間或許也有人樂意來一趟星際旅行。突襲吉迪普萊姆。這樣做好處很多，瑟菲，能夠牽制哈肯尼人，讓他們無法騰出手來對付阿拉吉斯。」

「遵命，老爺。」哈瓦特轉過身去。公爵發現這位老人明顯有些緊張，心想：他也許懷疑我不信任他。他一定知道我那兒有些關於叛徒的私家密報。嗯，最好立即打消他的疑慮。

「瑟菲，」他說，「你是我能完全信賴的少數幾個人之一，所以，還有件事想跟你談談。我們倆都清楚，爲了防止敵人的滲透，必須保持高度警惕……最近我得到兩個新情報。」

哈瓦特轉回身看著公爵。

萊托把保羅講的話都告訴了他。

老人卻沒有以門塔特的專注考慮這兩份情報，他似乎更加不安了。

萊托仔細觀察著老人，接著說：「老朋友，你心事重重啊。開戰略會議時我就注意到了，你在全體會議上顯得有點緊張。什麼事那麼嚴重，不能在會上講出來？」

哈瓦特緊閉雙唇，被沙佛汁染紅的嘴唇拉成了一條整整齊齊的直線，周圍一圈全是細小的皺紋。他癟著嘴，僵硬地說：「老爺，我不知道該如何開口。」

「你我身上都有不少爲救對方的命留下的傷疤，瑟菲。」公爵說，「你心裡清楚，無論什麼事，都可以跟我說。」

哈瓦特凝視著公爵，心想：我最喜歡他的就是這一點。他如此高尚，完全值得我忠心耿耿爲他效力。眞不想傷害他呀。

「如何？」萊托問。

哈瓦特聳聳肩：「一小段信函，是我們從一個哈肯尼信使身上搜到的。這封信原本是要交給一個名叫帕迪的人。我們有理由相信，這個帕迪是哈肯尼人地下組織的最高負責人。這封信函——可能很重要，也可能無足輕重，幾種解釋都能成立。」

「信上什麼內容如此敏感？」

「只剩下部分片段，老爺，很不完整。信的內容印在縮微膠卷上，和平時一樣附有自毀膠囊。我們沒能及時阻止酸液腐蝕信函，只剩下一小段話。可這段話……仍然非常引人深思。」

「是嗎？」

哈瓦特擦擦嘴唇，繼續說：「上面寫著：『……萊托永遠不會懷疑，而當他的摯愛出手打擊他時，僅僅這個事實本身就足以毀掉他。』信上有男爵本人的私人印鑒，我查證過，印鑒是眞的。」

「你懷疑的對象很明顯。」公爵說著，聲音突然間變得冷冰冰的。

「我寧願砍掉自己的雙臂也不願意傷害您，」哈瓦特說，「老爺，可如果……」

「潔西嘉夫人。」萊托說，只覺得胸中怒火熾燃，「會不會是你對那個帕迪逼供時，他受刑不過，屈打成招了？」

「不幸的是，我們截獲信使時，帕迪已經死了。而我可以肯定，信使本人並不知道自己傳遞的是什麼。」

「我明白了。」

萊托搖搖頭，心想：眞棘手啊，不可能有什麼，我了解自己的女人。

「老爺，如果……」

「不！」公爵厲聲喝道，「這裡肯定出了什麼差錯……」

「但我們不能忽視這個情況，老爺。」

「她已經跟了我整整十六年！這期間她有無數機會——你自己也曾親自調查過那所學校、那個女人。」

哈瓦特恨恨地說：「要知道，我也犯過錯誤。」

「告訴你，不可能！哈肯尼人的目的是掐斷亞崔迪家族的血脈——也就是保羅。他們已經試過一次了。一個女人怎麼可能會對自己的兒子下毒手？」

「也許她下手的目標並不是她自己的兒子。昨天的事可能只是個狡猾的煙霧彈。」

「不可能是煙霧彈。」

「先生，按說她不會知道自己的父母是誰。可如果她知道呢？如果她是個孤兒，比如說，某個因亞崔迪人而失去父母的遺孤，那又會怎樣？」

「那她應該在這之前就採取行動。在我的杯子裡下毒……晚上用匕首。誰能比她更有機會下手？」

「哈肯尼人的目的是要徹底摧毀您，老爺。他們不僅僅滿足於暗殺了事。殺人的方法有很多，這裡面也是有高下之分的。如果成功，可能成為家族世仇戰爭史上的傑作。」

公爵的雙肩一沉，他閉上眼睛，看上去蒼老而疲憊。這不可能，他想，那女人早已向我敞開心扉了。

「讓我猜疑自己心愛的女人。要毀掉我，還有比這更好的辦法嗎？」公爵問。

「這種解釋我也考慮過，」哈瓦特答道，「可還是……」

公爵睜開眼睛，盯著哈瓦特，心想：就讓他懷疑去吧。懷疑是他的職責，與我無關。也許，如果我表現得深信不疑的話，那個潛藏的敵人就會放鬆警惕。

「你有什麼建議？」公爵輕聲問道。

「從現在開始，全天候監視她。老爺，要一刻不停地看牢她。我看，最好是能暗地裡執行。這件事艾德荷是最好的人選。也許，我們可以在本周內把他召回來。我們訓練了一個來自艾德荷部隊的年輕人，是派往弗瑞曼人那兒替代艾德荷的理想人選。他很有外交天分。」

「千萬不能危及我們在弗瑞曼人那兒的地位。」

「當然不會，閣下。」

「保羅怎麼辦？」

「也許我們應該警告一下岳大夫。」

萊托轉身背對著哈瓦特，「交給你全權處理吧。」

「我會謹愼從事的，老爺。」

至少這一點我還可以放心。萊托想。他說：「我要出去走走，如果你有什麼事，盡管來找我好了，我就在院子裡。可以叫衛兵……」

「老爺，您走之前，我有一張膠卷想讓您看一下，這是對弗瑞曼人宗教信仰的初步分析。您還記得嗎？是您讓我向您彙報的。」

公爵頓了一下，卻並沒轉過身來，只是說道：「不能等等嗎？」

「當然可以，老爺。當時您問我當地人在歡呼什麼。是『穆哈迪』！他們是在叫小少爺。當他們——」

「保羅？」

「對，老爺。這裡有一個傳說，一個預言：有一天，某個領袖人物將來到他們中間，他是一位比吉斯特的兒子，將領導他們獲得眞正的自由。這個預言中的人物與人們熟知的救世主是一個意思。」

「他們認爲保羅就是這個……這個什麼……」

「僅僅是希望，老爺。」哈瓦特說，遞過一個膠卷膠囊。

公爵接過膠囊，順手塞進口袋。「我等會兒再看。」

「好的，老爺。」

「現在，我需要時間……想一想。」

「是，老爺！」

公爵深深歎了口氣，大步走出房門。他向右一轉，沿著走廊向前，雙手背在身後，全不在意自己走到了什麼地方。一路走過無數走廊、樓梯、陽台和大廳……人們紛紛敬禮，然後閃到一邊爲他讓路。

走著走著，他又回到了會議室。屋裡沒開燈，保羅睡在桌子上，身上蓋著衛兵的外套，枕著一個小盒子當枕頭。公爵輕輕穿過屋子，走到陽台上看風景。遠處的著陸區亮著燈，微弱的光線映在公爵臉上。站在陽台一角的衛兵認出了公爵，立刻啪的一聲立正敬禮。

「稍息。」公爵輕聲說。他倚在陽台冰冷的金屬欄杆上。

黎明前的寂靜籠罩著這片沙漠盆地。他抬起頭仰望天空，頭頂的星星像藍黑色幕布上一塊亮閃閃的輕紗。南方地平線上，低垂的二號月亮透過一層薄薄的沙幕，疑心重重地窺探著人間，灑下嘲弄的月光。

公爵正凝望著月亮，它卻沉了下去，落在遮罩牆山後面，山崖的輪廓上籠上了一層光暈。一片突如其來的黑暗，公爵只覺得一陣寒意，禁不住打了個冷顫。

憤怒如電流般衝擊著他。

哈肯尼人一直在騷擾我，暗算我，打擊我——這種事到此為止了。他想，這些狗東西，論智力只配到鄉下當村長！我不會再逃避了，就在這兒對抗他們！忽然間，他有些悲哀。只能用銳眼和利爪來統治，像雞群中的雄鷹一樣。他下意識地抬起手來，摸了摸胸前的鷹徽紋章。

東方，夜色染上了一層明亮的灰白，隨即又變成貝殼般的乳白色，星星黯淡下來了。黎明漸漸撕裂了地平線，把晨曦灑向天際。

面對著如此美景，公爵深深地沉醉了。

真是無與倫比的壯觀景象。他想。

他從未料到這裡也會有如此美妙的奇景：紅色的地平線與紫紅色的山岩交織著，散落在天邊；著陸區遠處的夜色中，閃著微光的露珠滋潤著阿拉吉斯上生命短暫的種籽，大片大片的紅花盛開著，花間清晰地印著一團團紫羅蘭色，像巨大的腳印。

「眞是個美麗的早晨，殿下。」衛兵說。

「是啊，眞美。」

公爵點點頭，心想：或許，這個星球會愈來愈吸引人；或許，它能成爲我兒子的美好家園。

就在這時，他看見一些人影走進花田，用一種像鐮刀一樣的東西掃來掃去。露水採集員。這裡的水太珍貴了，就連露水也必須收集起來。

或許，是個最可怕的地方。公爵想。

※ ※ ※

發現自己的父親是個普通人，同樣是血肉之軀——這也許是世上最可怕的覺醒。

——摘自伊如蘭公主的《穆哈迪語錄》

公爵說：「保羅，我要做一件令人厭惡的事，可我必須這麼做。」他站在可攜式毒物探測器旁，這台機器剛被搬到會議室裡，檢測他們的早餐。探測臂軟綿綿地懸掛在桌子上方，保羅不由得聯想起某種剛死掉的怪蟲。

公爵望著窗外，看著著陸場和晨曦中飛舞的沙塵。

保羅面前放著一個閱讀器，裡面是有關弗瑞曼人宗教習俗的短片。片子是哈瓦特手下一個專家整理出來的，保羅不安地發現裡面竟然提到了自己。

「穆哈迪！」

「天外綸音！」

他一閉上眼就能回憶起當時人群裡傳來的呼喊。原來他們盼望的是這個，保羅想。他想起了那位年邁的聖母提到的科維扎基·哈得那奇。這些回憶讓保羅不由得想起了那種可怕的使命感，這個陌生的世界也似乎因此籠上了一層說不清道不明的熟悉之感。

「令人厭惡！」公爵說。

「您這是什麼意思？父親大人？」

萊托轉過身，俯視著兒子說：「哈肯尼人想誘使我懷疑你母親。可他們不知道，我寧願懷疑自己也不會懷疑她。」

「我不明白您的意思，父親大人。」

萊托再次望向窗外。白色的太陽已升上半空，乳白色的陽光映照下，只見沙潮湧動，灌入貫穿遮罩牆山的陰暗峽谷。

公爵按捺住心頭的憤怒，用低緩的聲音向保羅解釋了那封神祕的信函。

「這封信並不能證明什麼，您也一樣可以懷疑我啊。」保羅說。

「我要讓他們覺得自己成功了。」公爵說，「要讓他們覺得我是個大傻瓜。必須讓這看起來像眞的一樣，甚至連你母親也要瞞住。」

「可是，父親大人！爲什麼？」

「如果告訴你母親，她就只能靠演戲來配合我們。哦，她確實有能力演一齣好戲……但這件事太重要了，不能把希望全寄託在她的演技上。我希望能借此引出內奸。一定要讓人覺得我完全被蒙在鼓裡了。她會很傷心，但這樣做的目的是保護她，不讓她受到更大的傷害。」

「爲什麼要告訴我這些，父親？也許我會走露風聲的。」

「在這件事情上，他們不會盯住你不放。」公爵說，「你一定要嚴守機密，切記。」他走到窗戶旁邊，背對著保羅說，「這樣一來，如果我出了事，你就可以把眞相告訴她——告訴她，我從未懷疑過她，一絲半點都沒有。我想讓她知道這一點。」

保羅從父親的話裡聽出了死亡的氣息，馬上說道：「您不會有事的，父親大人。那……」

「別說了，兒子！」

保羅望著父親的背影，他的頸項、他的雙肩、他遲緩的動作，無一不透著疲倦。

「您太累了，父親。」

「我是累了，」公爵道，「我的心累了。或許是受各大家族讓人傷感的日益衰落的影響吧。我們曾經是多麼強大啊。」

保羅氣憤地反駁道：「我們的家族沒有衰落！」

「沒有嗎？」

公爵轉身面對兒子，銳利的雙眼周圍是一圈黑青，嘴角自嘲地一撇。「我本應娶你母親進門的，讓她做我的公爵夫人。可是……我的未婚身份能讓一些家族存有一線希望——可以利用他們待嫁的女兒與我聯姻。」他聳聳肩，「所以，我……」

「母親跟我解釋過。」

「身爲領袖人物，沒有什麼比英勇威武的氣概更能贏得屬下的忠誠，」公爵說，「因此，我有意培養了自己的這種氣質。」

「您領導得很好啊，」保羅說，「統治有方。人們心甘情願地追隨您，愛戴您。」

「那是因爲我有第一流的宣傳機構。」公爵說著，又轉過身看著盆地，「我們在阿拉吉斯這兒還是有機會的，這一點，皇上絕對沒有想到。但有時我還是會想，如果我們一走了之，乾脆叛逃，機會說不定更大。有的時候，我眞希望我們只是不起眼的平民百姓，不再爲人所……」

「父親！」

「是啊，我的確累了。」公爵說，「你知道嗎？我們已經建起了自己的工廠，正利用香料殘渣作爲原料製造膠卷。」

「父親大人？」

「膠卷的供應絕不能出現短缺，」公爵說，「否則，我們怎麼才能把自己的宣傳資訊鋪天蓋地送往鄉村、城市？必須讓這裡的人民知道我統治有方。如果我們不宣傳，他們怎麼可能知道呢？」

「您應該休息一下。」保羅說。

公爵再一次面對兒子，「阿拉吉斯還有一個優勢，我差點忘了說。在這兒，香料無處不在。你呼吸的空氣裡，吃的食物裡，幾乎都有香料。而我發現，它能形成一種天然免疫力，會使《暗殺手冊》裡一些最常見的毒藥失去效用。還有，因爲必須珍惜每一滴水，所以食物加工中的每一道工序，一切都受到最嚴格的監控。這樣一來，我們無法用毒殺的方法大批消滅這裡的人口，別人也同樣不可能用這種辦法對付我們。阿拉吉斯使我們變成了道德高尚的人物。」

保羅剛要開口，公爵便打斷他說：「這些事，我總得找個人聊聊吧，兒子。」他歎了口氣，回頭看看窗外乾涸的大地。現在就連花兒也不見了——先被露水採集員踐踏了一番，剩下的又在烈日下枯萎了。

「在卡拉丹，我們有占絕對優勢的海空軍，足以統治一切。」公爵說，「而在這兒，我們必須從零開始，努力組建一支沙漠軍。這是留給你的遺產，保羅。如果我發生意外，你會變成什麼樣的人？你領導的家族將不會變成一個叛逃家族，它將成爲一個游擊家族——不斷逃亡，不斷被人追殺。」

保羅搜腸刮肚地想說些什麼，可又無從說起。他從未見過父親這麼沮喪。

「要保住阿拉吉斯，」公爵說，「有時必須做出有損自己尊嚴的決定。」窗外，著陸區邊上有一根旗竿，代表亞崔迪家族的綠黑旗懶洋洋地在上面飄動著。他指著那面旗幟，「這面旗代表著榮耀，但最後，除榮譽之外，它也可能代表許多邪惡。」

保羅咽了一口口水，父親的話有一種一切終將徒勞無益的意味，一種宿命之感。男孩覺得心裡空蕩蕩的。

公爵從口袋裡掏出一片抗疲勞藥片，也不喝水，直接把藥片乾咽下去。「權力和恐懼，」他繼續說，「是管理國家的工具。我要下令調整你的課程，把重點放在游擊戰上。那邊那張膠卷——他們叫你『穆哈迪』，『天外綸音』。這些是你最後的手段，你很可能需要把它變成可以利用的資本。」

保羅盯著父親，公爵的雙肩重新挺直起來——藥片開始起作用了。但保羅仍然想著父親那些充滿恐懼和疑慮的話。

「那個生態學家怎麼還不來？」公爵喃喃地說，「我告訴瑟菲讓他早點來的。」

※　※　※

有一天，我的父親帕迪沙皇帝拉著我的手，把我領到畫廳裡亞崔迪·萊托公爵的自成畫像前。憑藉母親教我的方法，我覺察到他有心事。我發覺他們倆驚人地相像：父親和這個畫中人都有一張瘦削、高貴的臉，一雙冷峻的眼睛鑲嵌在輪廓分明的面龐上。

「公主啊，朕的女兒，」我父親說，「當年，這個男人選妻之時，朕多希望妳的年紀能再大一點啊。」我父親那時七十一歲了，看上去卻並不比畫像上的那個人老。雖然我只有十四歲，但我依然記得，當時我就推斷出，父親私下裡多麼希望公爵是他的兒子，對兩人由於政治的緣故成為敵人是多麼痛心疾首。

——摘自伊如蘭公主的《我父親的家事》

給凱恩斯博士的命令是要出賣這些人，可第一次見面，他就被這些人所震撼。他以自己是一名科學家而自豪，對他來說，傳說只是有趣的線索，可以據此尋找文化的根源。然而這個男孩竟與古老的預言如此驚人地吻合。「探詢的眼睛」、「含而不露的率直」，無一不符。

當然，傳說也留有餘地，沒有說明「天外綸音」是聖母帶來的，還是在此地降生的。不過，傳說與現實如此吻合確實已經夠奇怪的了。

上午晚些時候，他在阿拉肯城外著陸區的行政樓外見到了他們。附近停著一艘沒有標誌的撲翼機，隨時待命準備起飛。發動機嗡嗡作響，像昏昏欲睡的昆蟲。一名亞崔迪衛兵手握出鞘的利劍站在一旁，身上的遮罩場使周圍的空氣微微有些扭曲。

凱恩斯對防護盾這種防衛模式嗤之以鼻，心想：這方面，阿拉吉斯會讓他們大吃一驚的。

行星生態學家舉起一隻手，示意他的弗瑞曼衛士們退後。他大步走向大樓入口——一個開在鍍塑岩石上的黑洞。建築雖然龐大，卻如此暴露，他想，眞還不如住山洞呢。

大樓裡的動靜引起了他的注意。他停住腳步，整理一下罩袍和蒸餾服。

大門豁然洞開，一批亞崔迪士兵出現在門口，全都全副武裝：發射低速子彈的震盪槍、佩劍、防護盾。從他們身後走出一位身材高大的男人，長著一張鷹臉，黝黑的皮膚，滿頭黑髮。他穿著一襲寬大的笠巴斗篷，胸前印著亞崔迪鷹徽紋章。看得出來，他對這種斗篷並不熟悉，斗篷一側緊貼著蒸餾服的腿部，沒有弗瑞曼人穿著時那種和諧的飄灑擺動。

他身旁跟著一位年輕人，同樣是一頭黑髮，但臉龐顯得更圓些。凱恩斯知道這年輕人應該有十五歲了，可他看上去卻似乎還要小些。這位年輕人身上散發著威嚴的領袖氣度和氣定神閒的自信心，彷彿對周圍的一切瞭若指掌，能一眼看穿別人看不見的東西。他穿著跟他父親相同式樣的長袍，但穿在他身上卻顯得如影隨形，讓人覺得他慣穿這種衣服。

預言說：穆哈迪能夠洞悉別人難以察覺的東西。

凱恩斯搖搖頭，告訴自己，他們不過是普通人。

凱恩斯認出了另一個人，葛尼．哈萊克，和公爵父子倆一樣，穿著沙漠服裝。凱恩斯深吸一口氣，壓下對哈萊克的不滿。這傢伙曾再三叮囑凱恩斯，在與公爵及其繼承人見面之時要注意禮節。

「你要稱呼公爵爲『大人』或『殿下』，也可以稱他『血統尊貴的大人』，但這個稱呼通常適用於更正式的場合。對公爵的兒子，可以稱之爲『少爺』或『大人』。公爵爲人寬和，但不喜歡與人過分親近。」

凱恩斯看著這群人越走越近，心想：他們馬上就會知道誰才是阿拉吉斯的主人。竟然讓那個門塔特盤問了我半個晚上！憑什麼？指望我指導他們檢查香料開採情況？

哈瓦特的眞正意圖沒能瞞過凱恩斯——他們想得到皇家基地。顯然是從艾德荷那兒聽說的。

我要讓史帝加把艾德荷的腦袋送給這位公爵。凱恩斯告訴自己。

公爵一行離他只有幾步遠了，腳下的沙靴踩得沙子咯吱作響。

凱恩斯彎腰致意：「公爵殿下。」

萊托走向獨自站在撲翼機旁的生態學家，同時仔細地打量著凱恩斯：高個子，瘦削的身材，寬鬆外袍、蒸餾服、短統靴，一身沙漠人的打扮；帽子甩在身後，面罩掛在一旁，露出沙黃色的長髮，稀疏的鬍鬚。濃濃的睫毛下是一雙藍中透藍的眼睛，眼窩裡殘留著幾處黑斑。

「你就是那位生態學家吧。」公爵說。

「大人，我們在這兒更習慣於舊式的頭銜：行星生態學家。」凱恩斯說。

「悉聽尊便。」公爵低頭望著保羅，「兒子，這位就是監察法官，解決爭執的仲裁人，受命監督這兒的一切，保證我們的接管過程符合規定。」他看著凱恩斯說，「這是我兒子。」

「大人。」凱恩斯說。

「你是弗瑞曼人嗎？」保羅問。

凱恩斯笑道：「這兒的部落和村莊都把我當成他們的自己人，小少爺。但我是爲皇上辦事的，是皇家行星生態學家。」

保羅點點頭，此人渾身上下透著一股不怒自威的氣勢，給他留下了深刻印象。哈萊克剛才站在行政樓的窗前把凱恩斯指給保羅看，說：「就是那個帶著一隊弗瑞曼衛士的人，正朝撲翼機走去。」

保羅用雙筒望遠鏡很快地瞧了瞧凱恩斯，留意到他稜角分明的嘴唇和高高的額頭。哈萊克在保羅耳旁低聲嘀咕道：「是個怪人，說話像剃刀——簡潔明瞭，直截了當，從不模稜兩可。」

而站在他們身後的公爵則說：「典型的科學家。」

現在，保羅就站在距離此人幾步遠的地方。他感到凱恩斯身上有一股力量，一種人格魅力，彷彿出身皇家，生來就是統領他人的。

「我知道，這些蒸餾服和斗篷是你送來的。謝謝你。」公爵說。

「希望它們能合身，大人。」凱恩斯說，「是弗瑞曼人製作的，盡可能按你手下哈萊克所提供的尺寸加工的。」

「有件事我很感興趣。你說過，如果不穿這些服裝，你就不能帶我們去沙漠。」公爵說，「但我覺得，我們可以帶上大量的水。本來就沒打算去很久，再說還有空中掩護，就是現在在我們頭頂飛行的護衛隊。我想不會發生迫降著陸的事吧。」

凱恩斯盯著公爵，看著他那水分充足的身體，冷冷地說：「在阿拉吉斯，你不能說什麼會還是不會，你只能說有沒有這種可能。」

哈萊克臉一板：「稱呼公爵要用『大人』或『殿下』！」

公爵一揮手，示意哈萊克別開口，「我們的方式這兒的人還不習慣，葛尼，應該允許例外。」

「遵命，殿下。」

「我們欠你的情，凱恩斯博士。」萊托說，「你送的衣服，你對我們人身安全的考慮，我們是不會忘記的。」

保羅突然想起一句《奧蘭治聖經》中的話，衝動之下，朗聲念道：『禮物就像河流的祝福。』

一片寂靜中，這句話迴盪不已。凱恩斯帶來的弗瑞曼衛隊正蹲坐在行政大樓的陰影裡休息，聽到這句話，全都跳了起來，激動地嚷嚷著。其中一人高聲叫道：「利山·阿蓋博（天外綸音）！」

凱恩斯迅速轉過身，做了一個簡短的向下劈的手勢，示意弗瑞曼人散開。衛士們繞著大樓退開了，一邊互相嘀咕著。

「眞有意思。」萊托說。

凱恩斯嚴厲地掃了一眼公爵和保羅，說道：「這兒的大多數沙漠土著都非常迷信。別理他們，他們沒有惡意。」但他心中卻在想著傳說中的句子：他們將用聖語問候你們，而你們的禮物將是對他們的祝福。

在此之前，萊托對凱恩斯的印象只來自哈瓦特的報告。哈瓦特對此人十分提防，戒心重重。此刻，萊托對他的看法一下子明確了：凱恩斯完全成了個弗瑞曼人。他帶來一支弗瑞曼衛隊，目的只可能有一個：想試探一下，在新領主的統治下，弗瑞曼人進入城區的自由度有多大——但這隊人馬似乎只是儀仗隊。從他的言談舉止上看，他是個高傲的人，自由自在慣了，談吐舉止只在心存戒備時才有所收斂。保羅問他是不是弗瑞曼人，這個問題眞可謂一語中的。

凱恩斯已經徹底本土化了。

「我們可以出發了嗎，殿下？」哈萊克問。

公爵點點頭：「我乘自己的撲翼機去，凱恩斯可以跟我一起坐在前排，給我指指路。你和保羅坐後排。」

「請等一等，」凱恩斯說，「如果您允許的話，殿下，我必須檢查一下您的蒸餾服。」

公爵正想開口，但凱恩斯已經搶先接著道：「我和您一樣關心自己的性命……大人。你們倆是在我的看顧下出發的，如果你們遇到任何意外，掉腦袋的是誰我知道得很清楚。」

公爵皺起眉頭，心想：這可眞難辦！如果我拒絕，就可能開罪於他，而這個人對我而言可以說是無價之寶。然而……我對他知之甚少，若讓他進入我的防護盾，觸摸我的身體，這……

這些念頭迅速閃過腦海，公爵心一橫，下了決心：「聽你的。」他向前跨出一步，敞開自己的長袍。只見哈萊克一個箭步趕到他身邊，蓄勢待發，隨時準備出手。公爵不動聲色地說：「呃，如果可以的話，能否請你爲我們解釋一下蒸餾服的原理，我們將不勝感激。這種裝備你天天要用到，由你來解釋最合適不過。」

「當然。」凱恩斯說。他的手伸到長袍下，向上摸到肩上的密封閥。他一邊檢查一邊向公爵解釋說，「蒸餾服基本上是個微形複合結構，一種高效的熱交換過濾系統。」他調整了一下公爵肩上的密封閥，繼續說，「與皮膚接觸的那一層由多孔、易滲透的材料製成，汗水易於由此滲透出去，體表也就因此涼爽下來……和普通的蒸發過程很相似。外面兩層……」凱恩斯替公爵緊了緊胸帶，接著道，「……是絲狀熱交換材料和鹽的析出裝置。這鹽是可以回收的。」

公爵抬起胳膊，方便凱恩斯的動作。「很有意思。」

「深呼吸。」凱恩斯說。

公爵照做了。

凱恩斯檢查著腋下密封閥，調整了其中一個。「身體的運動直接爲裝置提供動力。」他又把胸帶稍稍鬆了鬆，「回收的水分流入儲水袋。你脖子旁夾著一根管子，直通儲水袋，你可以用這根管子吸水喝。」

公爵低下頭，看到了凱恩斯所說的管子一端。「高效便捷，」他說，「設計得眞好。」

凱恩斯跪下來，開始檢查腿部密封閥。「尿液和糞便由大腿襯墊處理。」他說著站了起來，摸摸衣領合不合適，然後從衣領附近翻起一片，「在開闊的沙漠裡，你要把這個過濾面罩戴在臉上。這根管子插在鼻孔裡，管子上還有塞子，可以保證鼻孔和管子間不留縫隙。記住，通過口腔篩檢程式吸氣，用鼻管吐氣。一套狀態良好的弗瑞曼蒸餾服可以使你每天只損失一丁點兒水分，即使大量消耗體能時也一樣。」

「每天一丁點兒。」公爵說。

凱恩斯用手指壓了壓蒸餾服的前額墊說：「這東西可能會有點摩擦皮膚。如果不舒服就請告訴我，我可以往裡面塞點東西，把它弄緊些。」

「多謝。」公爵說。他晃了晃蒸餾服裡的雙肩，感覺確實好了許多，比較貼身了，不那麼惱人。

凱恩斯轉身對保羅說：「小夥子，咱們再來瞧瞧你穿得如何。」

人是不錯，但必須讓他學會適當的稱謂。公爵想。

保羅順從地站著，讓凱恩斯檢查自己的蒸餾服。頭一次穿上這套表面光滑、裡面皺巴巴的怪衣服時，他便產生了一種異樣的感覺。他明明知道自己以前從未穿過這種衣服，然而，在葛尼笨手笨腳的指點下，他覺得自己出於本能，自然而然地就知道該怎麼穿，該怎麼調節。保羅收緊了胸甲，利用呼吸運動以獲取最大的泵壓動力。他不僅清楚應該怎麼做，還知道爲什麼要這麼做；第一次收緊項圈和前額墊時，保羅便知道這是爲了防止擦傷。

凱恩斯直起身體，後退了一步，臉上帶著迷惑不解的神情。「你以前穿過蒸餾服嗎？」

「這是第一次。」

「那，是有人幫你嘍？」

「沒有。」

「你的沙地靴沒在踝骨處扣死，很容易脫下穿上，誰告訴你這麼做的。」

「這……我覺得應當這麼做。」

「當然應該。」

凱恩斯擦著自己的臉頰，想到了那個預言：他將知道你們的生活方式，彷彿生來如此。

「我們別浪費時間了。」公爵指指等在一旁的撲翼機，帶頭走了過去，對一個敬禮的衛兵點了點頭。他爬進機艙，繫緊安全帶，開始檢查控制器和儀表盤。其他人也尾隨公爵上了撲翼機。在眾人的體重下，飛船吱嘎作響。

凱恩斯繫好安全帶，注視著舒適的機艙。柔軟豪華的灰綠色內壁，閃閃發光的儀表盤。艙門一關，通風扇開始轉動，機艙裡瀰漫著過濾後的清新空氣。

軟弱！他想。

「一切正常，殿下。」哈萊克說。

萊托開始向機翼輸送動力。機翼上下撲動著，一下、兩下，離開地面至十公尺高度。機翼有力地揮動著，尾翼發動機一加力，嗖地一聲，他們陡直地升上高空。

「往東南方向越過遮罩牆山，」凱恩斯說，「我已經讓你的香採工頭把設備集中在那兒了。」

「好。」

公爵傾斜船身，轉彎飛入空中護衛隊中，護衛機立即改變隊形，緊隨其後，一起向東南方飛去。

「這些蒸餾服的設計和製造顯示出了極高的工藝水準。」公爵說。

凱恩斯應道：「哪天我帶你去參觀一個穴地工廠。」

「一定很有趣，」公爵說，「我發現，一些要塞城市裡也生產這種服裝。」

「拙劣的仿製品，」凱恩斯說，「任何愛護自己皮膚的沙丘人都只穿弗瑞曼蒸餾服。」

「它真的可以保證身體每天只損失一丁點兒水分？」公爵問。

「如果穿戴正確，前額的帽沿夠緊，所有的密封閥都運作正常的話，全身上下主要只有手掌心會損失一點水分。」凱恩斯答道，「如果無需用手做什麼重要操作，你還可以戴上蒸餾手套。大多數在沙漠中行走的弗瑞曼人都在掌心抹上一種酸性灌木的汁液，可以防止出汗。」

公爵從左窗向下看，遮罩牆山支離破碎。整座山體都由殘破的巨岩組成，一片片呈黃褐色，間雜著黑色裂紋。這塊土地彷彿被人從天上擲下，然後不再理會，任由它碎得四分五裂。

他們掠過一個淺盆地，裡面是灰色的沙子，周圍是一圈岩石，界限分明。岩圈南邊有一個缺口，黃沙從缺口處伸入盆地中心，形成一個乾枯的三角洲，四周襯著深色的岩石。

凱恩斯在座椅上向後一靠，想著剛才觸碰到的蒸餾服下水分充足的肉體。他們的長袍外面都帶著防護盾，腰間別著震盪槍，頸部有錢幣大小的緊急信號發射裝置。公爵和他兒子腰間都帶著刀，刀鞘的皮革已經很舊了。這些人給凱恩斯留下了深刻印象，既溫和，又強硬，真是奇怪的組合。與哈肯尼人完全是兩種作風。

「向皇上彙報這兒政權更迭的情況時，你會說我們是依法辦事的嗎？」萊托瞟了一眼凱恩斯，把話題引上正路。

「哈肯尼人走了，你們來了。」凱恩斯說。

「一切是否都按部就班呢？」公爵又問。

凱恩斯的下顎一時繃緊，他有點緊張了。他頓了頓，答道：「作爲行星生態學家和監察法官，我是皇室的直屬附庸……大人。」

公爵冷冷一笑：「但現實如何，我們都明白。」

「我提醒您，皇上支持我在這裡的工作。」

「眞的嗎？那你的工作究竟是什麼？」

短暫的沉默。保羅心想：他把凱恩斯逼得太緊了。保羅看了一眼哈萊克，但這位詩人勇士正盯著窗外荒涼的景色。

凱恩斯生硬地答道：「你指的當然是我身爲行星生態學家的職責了。」

「當然。」

「主要是旱地生物學和植物學……還有一些地質工作，鑽探、採樣和測試。這麼大的一顆星球，總有探索不完的奧祕。」

「你也調查香料的情況嗎？」

凱恩斯轉過身，保羅注意到他兩頰繃緊的線條。「這問題可眞是有點奇怪，大人。」

「凱恩斯，別忘了，這裡現在是我的封邑。我的管理方式與那些哈肯尼人完全不同。我不會阻撓你研究香料，前提是你讓我共用你的研究成果。」他看著這位行星生態學家說，「哈肯尼人並不鼓勵對香料做任何研究，對嗎？」

凱恩斯看著公爵，並不回答。

公爵說：「你可以直說，用不著擔心。」

「的確，朝廷遠在天邊。」凱恩斯嘀咕說。他心想：這個從不缺水的入侵者究竟想幹什麼？難道他以爲我會蠢到跟他們合作？

公爵哈哈大笑，他一邊注意航向，一邊說：「先生，我發覺你的語氣不大友好嘛。你以爲我們會怎麼樣？帶著一大幫打手在這兒大開殺戒？我們原本還指望你能立刻意識到我們與哈肯尼人的不同之處呢。」

「我看過你們鋪天蓋地發往穴地與村莊的宣傳品，」凱恩斯說，「『愛戴好公爵』！你的宣傳部門……」

「夠了！」哈萊克厲聲喝道，從窗口猛地轉過頭來，傾身向前。

保羅把一隻手放在哈萊克的手臂上。

「葛尼！」公爵回頭看了他一眼，「這個人一直在哈肯尼人手下生活。」

哈萊克坐回到椅子上：「是。」

「你那位哈瓦特的手腕比這位先生更圓滑些，」凱恩斯說，「但他的目的仍然非常清楚。」

「那麼，你會替我們找到那些基地嗎？」公爵問。

凱恩斯的回答十分簡潔：「基地是皇上的財產。」

「可現在處於閒置狀態。」

「遲早會有用的。」

「皇上也這麼認爲嗎？」

凱恩斯嚴厲地瞪了一眼公爵，「如果不是因爲阿拉吉斯的統治者們貪婪地掠奪香料，這地方本來可以變成一個伊甸園。」

他沒有回答我的問題。公爵想。他問道：「沒有錢，這個星球怎麼能變成伊甸園呢？」

「如果買不到你所需要的服務，錢又有什麼用？」凱恩斯反問道。

啊，說到點子上了！公爵想。他接著說：「咱們下次再討論這個問題。現在，我相信我們已到達遮罩牆山邊緣，仍然保持航向嗎？」

「保持航向。」凱恩斯嘟囔著答道。

保羅望向窗外。身下支離破碎的大地已經變成一堆亂糟糟的摺褶，向前延伸，成爲一片貧瘠的岩石高原和一座刀削斧鑿般的峭壁。峭壁後面，拇指大小的新月形沙丘連綿不斷，一路延伸到地平線，遠處不時可以見到一塊灰濛濛的陰影，一片深黑色的斑塊，表明那裡不是沙礫。也許是露出地表的岩層？但在蒸騰的高溫空氣中，保羅不能肯定自己看見的到底是什麼。

他問：「那下邊有什麼植物嗎？」

「有一些。」凱恩斯答道，「這個緯度的植物通常是我們稱之爲微形盜水者的東西。它們適應了這裡的環境，掠奪彼此的水分，貪婪地掃蕩露水。沙漠中有些地方簡直是生機盎然，但不管哪裡的植物都得學會如何在這種嚴酷的環境下生存。即使是你，只要陷在那下面，也得模仿它們的生存方式，否則只有死路一條。」

「你是說互相盜取水分？」保羅問。這種想法使他憤慨，語氣便不由得激憤起來。

「這種事也發生過。」凱恩斯答道，「但我的話還不是那個意思。你瞧，我這兒的氣候條件決定了所有生命都必須對水特別珍惜。任何時候你都會面臨水的問題，你也絕不會浪費任何含有水分的東西。」

而公爵卻在想：「……我這兒的氣候！」

「再向南偏兩度，大人。」凱恩斯說，「西面有一股風暴正朝這邊捲來。」

公爵點點頭，他已看到那邊褐色的滾滾沙塵。他讓撲翼機斜飛轉了一個彎，身後的護衛隊也跟著傾斜以保持一致，在經過沙塵折射的陽光下，一排機翼泛起一片迷蒙的橙色光暈。

凱恩斯說：「這樣應該能避過風暴了。」

「如果飛進沙霧裡一定很危險吧，」保羅說，「沙子眞能穿透最堅硬的金屬嗎？」

凱恩斯答道：「在這樣的高度，不會有沙子，只有沙塵。主要的危險是能見度降低、紊亂的氣流以及通風口堵塞。」

「我們今天能親眼目睹開採香料的情況嗎？」保羅問。

「非常有可能。」凱恩斯回答。

保羅靠回到座椅靠背上。剛才，通過提問和超出凡人認知能力，他已經完成了母親所說的「登錄」。現在，凱恩斯的個人特徵已經全部登錄在案了——聲線特徵、臉部特徵和身體語言的每一個細節。凱恩斯外套的左邊袖子不自然地挽起，說明袖筒裡藏有匕首；腰部奇怪地鼓了出來，當然不會是藏了個防護盾在那兒，也許他在腰間扎著個袋子——據說，沙漠裡的人都有腰袋，裡面裝著一些必需品；凱恩斯外套的衣領上別著一個銅領章，上面雕了隻野兔；他的兜帽甩在背後，邊上還別著一個類似的小徽章。

坐在保羅旁邊的哈萊克一扭身，從背後的儲藏艙裡取出他的巴利斯九弦琴。哈萊克調音的時候，凱恩斯回過頭來看了一眼，隨即又把注意力轉回到航線上去了。

「你想聽什麼，小少爺？」哈萊克問。

「隨便你，葛尼。」保羅回答。

哈萊克低下頭，耳朵貼近音箱聽了聽，撥弄著琴弦，輕聲唱了起來：

我們的父輩吃著沙漠裡上帝賜予的聖餐，
在那灼熱的地方，旋風驟起，
上帝啊，救我們逃離這可怕的地方！
救救我們吧……哦——哦，
救我們逃離這片飢渴乾涸的大地。

凱恩斯瞟了一眼公爵說：「大人，您出門旅行還帶著這麼能歌善舞的衛士啊。他們是否全都這麼多才多藝呢？」

「葛尼？」公爵笑著說，「他是個特例。我喜歡帶著他是因爲他的一雙眼睛，很少有什麼東西能逃過他的法眼。」

行星生態學家皺起了眉頭。

哈萊克接著剛才的節奏和調子繼續唱道：

因爲我是沙漠夜梟，哦！
哎呀！我是沙漠中的夜梟！

公爵從面前的儀表盤上拿起一隻話筒，拇指推開開關，對著它說道：「指揮官呼叫護衛隊，第二區九點鐘方向出現飛行物，請確認。」

「只不過是隻鳥，」凱恩斯說道。隨即他又補了一句：「你有一雙銳利的眼睛。」

儀表盤上的揚聲器劈哩啪啦地響了一陣，然後傳來一個聲音說：「這裡是護衛隊，已將飛行物全面放大辨認，是隻大鳥。」

保羅朝指示的方向看去，遠處有一個黑點，一個停停走走的小黑點，不仔細看是看不見的。保羅這才意識到父親是多麼緊張——每種感官都綳得緊緊的。

「我不知道沙漠腹地還有這麼大的鳥。」公爵說。

「看起來像是隻鷹，」凱恩斯道，「許多生物已經適應了這裡的環境。」

撲翼機掠過一片光禿禿的岩石高原。保羅從兩千公尺的高空向下看，他們的撲翼機和護衛隊在地面上投下了一連串扭曲的陰影。下面的地勢似乎還算平坦，但扭曲的影子卻表明事實並非如此。

「以前曾有任何人徒步穿越沙漠嗎？」公爵問。

哈萊克的音樂停了下來，他傾過身去，想聽聽凱恩斯是怎麼回答的。

「不是從沙漠腹地穿過去的。」凱恩斯答道，「從第二區倒是有幾次。他們取道岩石區，那兒很少有沙蟲出沒，所以才能倖存下來。」

凱恩斯的語調與平時不同，這引起了保羅的注意。他受過的訓練使他立刻產生了警覺。

「啊，沙蟲，」公爵說，「什麼時候我一定要見識一下。」

「可能你今天就能見到，」凱恩斯說，「哪兒有香料，哪兒就有沙蟲。」

「總是這樣嗎？」哈萊克問。

「總是這樣。」

「沙蟲和香料有什麼關聯嗎？」公爵問。

凱恩斯轉過身來，保羅看見他說話的時候噘起了嘴唇。「它們保護有香料的沙地。每一條沙蟲都有自己的……領地。至於香料……誰知道呢？對沙蟲的取樣分析使我們懷疑沙蟲與香料之間有某種化學交換過程。我們在沙蟲的排泄管中發現了氫氯酸的痕跡，其他地方還有更複雜的合成有機酸。我會給你幾篇我寫的專題論文。」

「據說防護盾起不到防衛作用？」公爵問。

「防護盾！」凱恩斯嗤之以鼻，「在沙蟲活動的區域啓動防護盾，等於自尋死路。沙蟲會不顧領地的界線，千里迢迢，從四面八方衝過來襲擊防護盾。使用防護盾的人，從來沒人能在這麼瘋狂的攻擊下倖免於難。」

「那麼，怎樣才能制伏沙蟲？」

「要想殺死沙蟲並保留完整的蟲體，目前唯一可行的方法就是，對沙蟲的每一環節分別進行高壓電擊。」凱恩斯答道，「炸彈可以把牠們震昏，可以把牠們的身體炸成幾截，但沙蟲的每一個環節都有獨立的生命。據我所知，除了原子彈，目前還沒有什麼炸彈有足夠的威力完全消滅一條巨型沙蟲。牠們的生命力頑強得讓人難以置信。」

「爲什麼沒人採取行動，試試看把牠們全幹掉？」保羅問。

「花錢太多，」凱恩斯回答，「要清除的區域也太多。」

保羅靠回到椅背上。他能判斷眞僞的直覺注意到了凱恩斯說話時音調最細微的變化，直覺告訴他此人正在撒謊，說的話半眞半假。他想：如果沙蟲和香料之間眞有著什麼關聯，那麼殺死沙蟲就會毀了香料。

公爵說：「很快就不會再有人不得不徒步穿越沙漠了。只要開啓裝在我們頸部的這種微形信號發射器，營救人員就會馬上出發。用不了多久，我們所有的工人都將配備這種裝置。我們正在建立一套專門的營救系統。」

「非常値得贊許。」凱恩斯說。

「聽口氣，你並不贊同。」公爵說。

「贊同？我當然贊同，但這玩意兒用處不大。沙蟲發出的靜電屏蔽會干擾許多信號，所以，發射器沒多大用處。你知道，以前也有人試過。阿拉吉斯的氣候條件對設備的要求很高。而且，沙蟲一開始攻擊，你的時間就不多了，大多數情況下不超過十五到二十分鐘。」

公爵問：「你有什麼建議？」

「你問我的意見？」

「當然了，你是行星生態學家嘛。」

「你會採納我的建議嗎？」

「如果我覺得你的建議明智的話。」

「那好吧，大人。永遠不要單獨旅行。」

公爵把注意力從儀表盤上挪開，然後問道：「就這些？」

「就這些。永遠不要單獨旅行。」

「如果遇上風暴，走散了，被迫緊急降落，那該怎麼辦？」哈萊克問，「難道你任何事都做不了嗎？」

「『任何事』這個詞，覆蓋面相當大呀。」凱恩斯說。

保羅問：「你會怎麼做？」

凱恩斯回過頭來，盯了保羅一眼，然後重又對公爵說道：「首先我要注意保護我的蒸餾服，保證所有零件都運作正常。如果我在沙蟲區以外，又或是在岩石區，我就不離開撲翼機。如果是在沙漠開闊地帶，就應盡快遠離飛船，大約一千公尺就夠了。然後，我會藏在自己的斗篷下面。沙蟲會發現飛船，卻有可能注意不到我。」

「然後呢？」哈萊克問。

凱恩斯聳聳肩說：「等沙蟲離開。」

「就這些？」保羅問。

「等沙蟲離開後，你可以試著走出來，」凱恩斯說，「你必須躡手躡腳地走，避開沙鼓和沙潮盆地——往最近的岩石區走。這樣的岩石區有很多，你還是有可能成功的。」

「沙鼓？」哈萊克問。

凱恩斯答道：「這是沙子處於特殊密度下形成的特殊地形，在沙鼓區，即使是最輕微的踩踏也會產生鼓點般的響聲。沙蟲總是聞聲而來。」

「那沙潮盆地呢？」公爵接著問。

「這是沙漠中歷時數百年而形成的凹坑，裡面全是沙塵。有些非常大，甚至會出現沙浪和沙潮。但無論大小，它們都會吞沒任何不小心誤入其中的生物。」

哈萊克坐回椅子裡，繼續彈起琴來。過了一會兒，他唱道：

沙漠中的野獸在那裡狩獵，
等著無辜的獵物經過。
哦——哦——不要誘惑沙漠之神，
除非你是在尋找孤獨的墓碑。
危險是——

他突然停下來，傾身向前，說：「前面有沙塵，殿下。」

「我看見了，葛尼。」

「我們要找的就是它。」凱恩斯說。

保羅在座位上挺直身子朝前看，前方大約三十公里處的沙漠上，一陣黃雲貼著地面滾滾而來。

「那兒有台你們的香料機車，」凱恩斯說，「就在地表。這說明它正在開採香料。採到礦沙後，要用離心機將香料與沙子分開，這股沙塵就是採到香料後排出的沙，跟別的沙塵截然不同。」

「機車上方有飛船。」公爵說。

「我看兩架……三架……四架偵察機，」凱恩斯說，「它們在觀察，看有沒有蟲跡。」

「蟲跡？」公爵問。

「沙蟲在地下行進時，地面上就會出現相應的沙波。偵察機要注意的蟲跡就是朝爬行機車方向移動的沙波。他們還在沙漠地表設置了地震儀。有時沙蟲潛得太深，就看不見沙波了。」凱恩斯朝空中左顧右盼、細細搜尋，「應該有運載器在附近的，怎麼看不見呢？」

「沙蟲常來騷擾，是嗎？」哈萊克問。

「常來。」

保羅傾身向前，碰了一下凱恩斯的肩：「每條沙蟲的領地有多大？」

凱恩斯皺起眉頭，這小孩問的全是大人的問題。

「這要看沙蟲有多大。」他說道。

「有何不同？」公爵問。

「大沙蟲可能會控制三到四百平方公里，小的……」

公爵突然踩下制動器，凱恩斯的話也因此被打斷了。尾翼發動機安靜下來，撲翼機隨之一震。短短的機翼張開，兜住空氣，飛船便浮在半空中。公爵微側機身，讓機翼輕輕搧動，把撲翼機完全轉入撲翼模式。他用左手指著東邊爬行機車後面說：「那是沙蟲波嗎？」

凱恩斯側過身子，越過公爵，朝他所指的方向看去。

保羅和哈萊克也擠到一塊兒，朝同一方向張望著。保羅注意到，護衛隊沒料到公爵突然停在空中，一下子衝到前面去了，現在正轉彎折回。爬行機車就停在他們前方，大約還有三公里遠。

就在公爵所指的地方，新月形的沙丘一路投下無數陰影，就像浪濤般連綿不絕地鋪向天際。而遠處一條長線劃破沙浪，一挺一挺地向前突進，在沙表泛起了層層波紋，就像大魚在靠近水面的地方游過時劃出的漣漪。

「沙蟲，」凱恩斯說，「很大。」他向後一靠，抓起儀表盤上的麥克風，按動按鍵輸入一個新頻率，然後看了一眼頭頂上的方位圖表，對著麥克風說：「呼叫德爾塔阿加克斯九號爬行機車，沙蟲波警告。德爾塔阿加克斯九號請注意，沙蟲波警告。請回答。」他等著。

儀表盤的揚聲器裡傳來一陣靜電噪音，然後一個聲音回答道：「誰在呼叫德爾塔阿加克斯九號，完畢。」

「他們似乎很冷靜嘛。」哈萊克說。

凱恩斯對著麥克風說：「本機未列入飛行計畫——在你們東北方向大約三公里處。有沙蟲波正急速向你處移動，預計抵達時間二十五分鐘。」

另一個隆隆作響的聲音從麥克風裡傳出：「這裡是偵察長機。目標已確認，正在計算沙蟲抵達的時間，請隨時待命。」那聲音頓了一會兒，又繼續說道，「沙蟲二十六分鐘後抵達。未登記航班，時間估計得眞準。上面是誰？完畢！」

哈萊克已經解開了安全帶，急衝到公爵和凱恩斯中間，「這是普通的工作頻率嗎？凱恩斯？」

「是啊，怎麼啦？」

「都有誰在聽？」

「只有這個區域的工作人員。干擾太大，信號傳不出去。」

揚聲器又響起來：「這裡是德爾塔阿加克斯九號，這次的沙蟲警報獎金由誰獲得？完畢。」

哈萊克看了一眼公爵。

凱恩斯說：「誰最先發出沙蟲警報，誰就可以從採來的香料中獲得一筆獎金。他們想知道──」

「告訴他們是誰最先看見沙蟲的。」哈萊克說。

公爵點點頭。

凱恩斯猶豫了一下，隨即拿起話筒說：「沙蟲警報獎金屬於萊托·亞崔迪公爵，萊托·亞崔迪公爵，完畢。」

揚聲器裡傳出有氣無力的聲音，在一陣靜電噪音的脈衝波中變得有些走調：「收到，謝謝。」

「現在再告訴他們，把獎金自己分了，」哈萊克命令說，「告訴他們這是公爵的意思。」

凱恩斯深深吸了一口氣，然後說道：「公爵要你們偵察機組自己把這筆獎金分掉，收到了嗎？完畢！」

「知道了，謝謝。」揚聲器答道。

公爵說：「我剛才忘記說了，葛尼還是一位非常有天分的公共關係專家。」

凱恩斯皺著眉頭，疑惑地看了一眼葛尼。

「這會讓那些人知道，公爵關心他們的安全。」哈萊克說，「一傳十，十傳百，消息會自然而然地傳出去。對講機使用的是本區域內的工作頻率，不大可能被哈肯尼人的間諜聽到。」他看了一眼空中護衛隊，「再說我們的武裝相當強，冒得起這個風險。」

公爵朝不斷噴出沙雲的爬行機車斜飛而去：「現在怎麼辦？」

「這附近應該有一艘香料機車運載器的，」凱恩斯說，「它會飛來把機車運走。」

「如果運載器失事了該怎麼辦？」哈萊克問。

「有些設備確實損失掉了。」凱恩斯答道，「飛近點，到爬行機車上方去，大人。你會發覺這很有意思。」

公爵板著臉，忙著操縱飛行器，一頭衝進採礦區上空的湍流中。

保羅向下望去，看到下邊那頭鋼鐵與塑膠製成的大怪物仍在不停地向外噴沙。這東西像一隻巨大的藍棕色甲殼蟲，身體四周的手臂延展出去，在沙地上留下一道道寬寬的劃痕。他還注意到，機車上有一個倒轉的漏斗形大鐵嘴，深深戳入機車前方深黑色的沙地裡。

「從顏色上看，是個產量頗豐的礦床呢。」凱恩斯說，「他們會繼續開採，直到最後一分鐘。」

公爵將更多動力輸出到機翼，讓機翼不再搧動，保持固定。撲翼機陡然下衝，然後停在低空，在爬行機車頭頂盤旋。他朝左右各瞥了一眼，看見護衛隊仍保持高度，在上方盤旋。

保羅仔細觀察爬行機車排沙管中噴出的黃色沙霧，又抬頭看看遠處沙漠中不斷推進的沙蟲。

「怎麼聽不見他們呼叫運載器呢？」哈萊克問。

「運載器常常使用另一個頻率。」凱恩斯說。

「每台爬行機車附近不是應該有兩艘運載器待命嗎？」公爵問道，「下邊那台機器上應該有二十六個工人，更別提還要加上設備。」

凱恩斯回答說：「你沒有足夠的……」

揚聲器裡傳來憤怒的吼聲，打斷了他的話：「你們有誰看見運載器了？它沒回話。」

接下來是一場混亂，揚聲器裡七嘴八舌地傳出許多人聲，一時也聽不清誰在說什麼。接著是一個高許可權通訊信號，壓下了所有聲音，然後便是一片寂靜。片刻後，最開始的那個人開口說道：「依次報告，完畢！」

「這裡是偵察長機，我最後看見它時，它飛得相當高，然後轉了個圈朝西北方向飛走了。現在看不見它。完畢。」

「一號機：沒有發現，完畢。」

「二號機：沒有發現，完畢。」

「三號機：沒有發現，完畢。」

沉默。

公爵朝下看去，他的座機的影子剛剛掠過爬行機車。他問：「只有四架偵察機，對嗎？」

「正確。」凱恩斯說。

「我們這邊有五架撲翼機，」公爵說：「我們的撲翼機容量較大，每架可以再擠進三個人。他們自己的偵察機應該可以帶走兩個人。」

保羅心算了一下說：「還少三個位子。」

「爲什麼不給每台爬行機車配備兩架運載器？」公爵咆哮道。

「你們沒有足夠的保障設備。」凱恩斯說。

「所以更應該保護我們現有的設備！」

「運載器會飛到什麼地方去呢？」哈萊克問。

「可能在某個我們看不見的地方迫降了吧。」凱恩斯說。

公爵抓過話筒，手指按在開關上，卻猶豫起來，「他們怎麼會找不到運載器了？」

「他們的注意力都集中在地面，搜尋蟲跡。」凱恩斯解釋道。

公爵按下話筒開關，對著話筒說：「這裡是你們的公爵。我們現在下來營救德爾塔阿加克斯九號的員工。所有偵察機聽我指揮。偵察機在機車東邊著陸，我們在西邊，完畢。」

斯。

他伸手向下，打開自己的指揮頻率，對自己的護衛隊重複了剛才的命令，然後把話筒遞還給凱恩斯。

凱恩斯把對講機撥回正常工作頻率，話筒裡傳來了爆炸似的咒罵聲：「……香料差不多要裝滿了！我們已經快裝滿一車了！不能把它留給混帳沙蟲！完畢。」

「去他媽的香料！」公爵咆哮道。他一把抓過話筒說，「我們總能找到更多香料的！我們的撲翼機還有空位，但還剩下三個人帶不走。你們自己用抽籤或是別的方式決定誰走誰留。但你們必須離開，這是命令。」他將話筒丟給凱恩斯，見凱恩斯甩了甩被碰傷的手指，嘟噥著說道，「對不起。」

「還有多少時間？」保羅問。

「九分鐘。」凱恩斯答道。

公爵說：「這架撲翼機的功率比其他幾架大。如果我們在噴氣狀態下以四分之三翼展起飛，還可以再多裝一個人。」

「沙地是軟的。」凱恩斯說。

「多載四個人又採用噴氣式起飛，可能會導致機翼折損，殿下。」哈萊克說。

「這架撲翼機不會。」公爵說。撲翼機滑至爬行機車旁邊時，他向後拉動操縱桿，機翼隨即揚起，借阻力使飛船減速，在離爬行機車不到二十公尺處停了下來。

爬行機車已不再轟鳴，排沙管裡也不再噴出沙霧，只發出微弱的隆隆聲。公爵一打開艙門，機器空轉的隆隆聲便更加清晰了。

立刻，一股濃郁刺鼻的肉桂香撲鼻而來。

隨著一陣機翼撲擊氣流的轟鳴，偵察機在沙地上滑行了數公尺，停在爬行機車的另一邊。而公爵自己的護衛隊則急降在他的座機旁邊。

保羅看著這座巨大的香料機車，所有撲翼機在它旁邊都變成了侏儒——像巨型戰車旁的小蟲子。

「葛尼，你和保羅把後座扔掉，」公爵說。他用手動調節方式將翼展調到四分之三，設好仰角，然後檢查動力儀表，「他們怎麼還不從那鬼機器裡走出來？」

「他們希望運載器會現身，」凱恩斯解釋說，「他們還有幾分鐘時間。」說完他朝東邊望去。

大家扭頭朝同一方向看，沒有沙蟲的蹤跡，但空氣中卻瀰漫著沉重而緊張的焦慮氣息。

公爵抓起話筒，狠狠地撥到指揮頻率，說道：「讓兩架護衛機扔掉遮罩場發動機，按編號依次執行。這樣你們就可以分別多載一個人。我們不能把任何人留給那個怪物。」他把對講機調回工作頻率，大聲吼道，「好啦！德爾塔阿加克斯九號機車上的傢伙！出來！馬上！這是你們公爵的命令！快跑！不然我就用雷射炮把機車切成兩半！」

靠近工廠前部的一扇艙門猛然打開，接著是尾艙的艙門，還有一個艙門在機車的頂部。人們連滾帶爬地跳了出來，有的走梯子，有的從滑桿上溜下來，紛紛衝進沙地。一個穿著方格工作服的高個男人最後出來，先跳到一條履帶上，再跳進沙裡。

公爵把話筒掛在儀表盤上，一偏身，踏上機翼舷梯，大叫道：「兩人一組上你們的偵察機！」

穿方格袍的高個子開始把他的人兩兩分開，推著他們朝等在另一邊的飛行器跑去。

「四個人到這兒來！」公爵叫道，「四個人上後邊的撲翼機！」他用手指點了點緊跟在後邊的一架護衛機，衛兵正忙著把遮罩場發動機往外推，「四個人上那邊的撲翼機！」他指著另外一艘已經扔掉遮罩場發動機的撲翼機，「其餘的，三人一組上其他撲翼機！快跑，你們這些沙蠻子！」

高個子將手下全部分配好了，這才帶著另外三個人步履艱難地從沙地上跑過來。

「我聽見沙蟲了，但看不見牠。」凱恩斯說。

隨即，其他人也聽見了——一種沙沙的滑動聲，還有一定距離，但聲音愈來愈大了。

「眞他媽的磨蹭。」公爵嘀咕道。

周圍的撲翼機開始起飛，拍動的機翼揚起一片沙塵，公爵不由得想起在故鄉星球的叢林中所做的一次緊急迫降——空地上，腐爛的野牛屍體周圍，一群食腐鳥驚得振翅飛起。

香料工人艱難地從撲翼機一側往上爬，在公爵身後魚貫而入。哈萊克出手相助，使勁把他們拉進後艙。

「小夥子們，快進去！」公爵厲聲叫道，「趕快！」

保羅被這些汗流浹背的人擠到角落裡，聞到了因爲恐懼而嚇出的冷汗味，還注意到其中兩人蒸餾服的頸部根本沒調節好。他把這一情況錄入記憶庫中，打算以後採取行動。父親必須發布命令，整頓蒸餾服的使用規範。人就是這樣，不做出硬性規定，以後就會愈來愈馬虎。

最後一個人氣喘吁吁地進了後艙，一邊喊道：「沙蟲！快追上我們了！快起飛！」

公爵滑進座椅，皺著眉頭說：「根據原來的估算，我們差不多還有三分鐘，對嗎，凱恩斯？」他關上門，開始檢查設備。

「幾乎一秒不差，大人。」凱恩斯心想：這公爵夠鎮定的啊。

「全部安全抵達，閣下。」哈萊克說。

公爵點點頭，看著最後一架護衛機起飛。他調整好點火器，又看了一眼機翼和儀表，這才輸入噴氣起飛命令。

起飛使公爵和凱恩斯深深地陷進座椅裡，後面的人則被緊緊壓在後艙壁上。凱恩斯觀察著公爵操縱飛船的方式——動作輕柔、信心十足。撲翼機現在已經完全升空，公爵注視著儀表，時時觀察左右兩翼的情況。

「撲翼機很沉，殿下。」哈萊克說。

「哦，仍在這撲翼機的承載範圍內，」公爵說，「你不會眞以爲我會拿這架撲翼機上的人命冒險吧，葛尼？」

哈萊克咧嘴笑了，說：「一點也不，殿下。」

公爵從容地傾斜機身，繞了一個大彎，在爬行機車上方開始爬升。

被擠在角落裡的保羅緊靠在舷窗旁，他低頭盯著沙地上沉寂的機器。沙蟲波在距離機器約四百公尺處消失不見了，而現在，香料機車周圍的沙地卻好像開始震盪起來。

「沙蟲現在就在香料機車下面，」凱恩斯說，「你們即將看到極少有人看到的一幕。」

一片片煙塵籠罩了機車周圍的沙地，龐大的機器開始向右傾斜。機車右邊正在形成一個巨大的沙旋渦，越轉越快。方圓數百公尺的空中滿是沙塵。

接著，他們看見了！

沙地上現出一個大洞，陽光照在洞裡一根根白色車輻般的蟲牙上，反射出道道白光。保羅估算著，這洞的直徑至少是香料機車長度的兩倍。只見機車隨著滾滾沙浪轟地一聲滑進洞裡。巨洞隨即坍塌。

「天啊，眞是頭大怪物！」坐在保羅身邊的人咕噥說。

「把我們辛辛苦苦採來的香料全呑掉了！」另一個人憤憤地說。

「有人會爲此付出代價的，」公爵說，「我向你們保證。」

在父親那非常平淡的語氣裡，保羅感到了深藏著的怒氣。他發覺自己也同樣生氣：這種浪費根本就是犯罪！

一陣沉默之後，大家聽到凱恩斯念念有詞地說：「保佑製造者和它的水，保佑那位聖者平安往來，願他的到來清潔這個世界，願他爲他的子民保護這個世界。」

「你在說什麼?」公爵問。

凱恩斯不說話了。

保羅瞥了一眼擠在周圍的人，發覺他們都極其敬畏地盯著凱恩斯的後背。其中一人悄聲說道：「列特。」

凱恩斯轉過頭來，眉頭緊鎖。那人嚇得向後一仰，局促不安。

獲救的另一個人乾咳起來，聲音很刺耳。過了一會兒，他喘著粗氣說：「詛咒那個地獄般的洞!」

最後一個走出機車的高個沙工說：「科斯，省省吧，那只會讓你咳得更厲害。」他在人群中轉動身體，讓自己能看見公爵的後腦勺，然後說道：「我敢說您就是萊托公爵。謝謝您救了我們的性命。要不是你們來得及時，我們已經準備死在那兒了。」

「安靜，夥計。讓公爵專心駕機。」哈萊克低聲說。

保羅瞥了一眼哈萊克。他和哈萊克一樣，看到父親的下巴繃得緊緊的。碰上公爵發怒時，別人連走路都得小心。

公爵開始調整航線，不再斜飛繞大圈了。他突然停在空中。沙地上有新動靜。沙蟲已退到沙地深處，但就在剛才機車所在地附近，只見兩個人影正離開剛才發生沙陷的地方，一路朝北走去。他們似乎是在沙表滑行一般，所經之處竟連半點沙塵也沒揚起來。

「下邊的人是誰?」公爵咆哮著問。

「兩個跑來搭機車的傢伙，先桑(先生)。」高個沙工說。

「爲什麼沒告訴我們這兩個人的事?」

「是他們自己願意冒險的，先桑。」

「大人，」凱恩斯說，「這些人知道，只要困在沙蟲出沒的沙漠地帶，怎麼做都沒用。」

「我們從基地派一架撲翼機來接他們。」公爵厲聲道。

「悉聽尊便，大人。」凱恩斯說，「可看樣子，撲翼機來時，只怕已經沒人可救了。」

「不管怎樣，我們還是要派一架撲翼機來。」公爵說。

「離沙蟲現身的地方那麼近，」保羅說，「他們是怎麼逃出來的？」

「當時洞穴邊上的沙都在往裡瀉，所以會給人一種距離上的錯覺。」凱恩斯解釋道。

「殿下，您在浪費燃料。」哈萊克壯著膽子告訴公爵。

「知道了，葛尼。」

公爵把飛船掉了個頭，朝遮罩牆山飛去。他的護衛隊也由先前的盤旋位置俯衝下來，在公爵座機的上方及左右兩側各就各位。

保羅回想著剛才凱恩斯和高個沙工說的話。他感應到了，這些話不僅不實，還是徹頭徹尾的謊言。沙漠上的那兩個人一路在沙表滑行，相當自信。他們行進的方式明顯是很安全的，絕不會把鑽進地下的沙蟲引出來。

弗瑞曼人！保羅想，除了他們，誰還能那麼信心十足地走在沙地上？誰還那麼理所當然地不把沙漠中的危險放在眼裡？因爲他們知道根本就不會有危險嗎？他們知道在那種地方該如何生存！他們知道如何智取沙蟲！

「弗瑞曼人在香料機車上做什麼？」保羅問。

凱恩斯猛然轉過身來。

那個高個沙工也轉身盯著保羅，眼睛睜得大大的——一雙藍中透藍的眼睛。

「這小夥子是什麼人？」他問。

哈萊克挺身插到保羅和那人中間，答道：「保羅．亞崔迪，公爵的繼承人。」

「爲什麼他說我們的機車上有弗瑞曼人？」高個子又問。

「他們與我所聽到的弗瑞曼人的描述相符。」保羅說。

凱恩斯哼了一聲說：「光憑外貌是分不出弗瑞曼人來的！」他看著高個沙工問道，「你，那些是什麼人？」

「是別人的朋友，」高個沙工說，「只是從村裡來的幾個朋友，想看看香料田。」

凱恩斯轉回頭去：「這些弗瑞曼人！」

然而，他記起了傳說中的話：「天外綸音能洞悉眞僞。」

「現在他們多半已經死了，小少牙（小少爺）。」那高個沙工說，「我們不該說死人的壞話。」

但保羅聽得出他們是在撒謊，也聽出了對方話中的威脅之意。哈萊克同樣感應到了，本能地擺出了防衛姿態。

保羅淡淡地說：「死在一個多麼可怕的地方。」

凱恩斯並不回頭，只是說道：「當上帝決定讓某個生命在某個地方結束時，他會誘導那人的意願，引他到達指定的方位。」

萊托扭頭嚴厲地瞪了凱恩斯一眼。

凱恩斯迎著公爵的目光，沒有退縮。今天所親眼目睹的一切，使他內心深感不安。他想：這個公爵關心人勝過關心香料，爲了救人，不惜拿自己和兒子的生命去冒險。損失了一台香料機車，他擺擺手就過去了；幾條人命，不過是受到了威脅，卻使他怒不可遏。這樣的領袖必然贏得屬下狂熱的愛戴。要擊敗他可是一件很困難的事。

與自己的期望和之前的判斷相反，凱恩斯暗暗承認：「我喜歡這位公爵。」

※ ※ ※

偉大只是個暫時性概念，絕不會亙古不變。它之所以能夠出現，部分原因在於人類那種營造神祕主義的想像力。曾經被視為偉人的人必然會感受到自己頭頂的神祕主義光環。他必須明白群眾在他身上寄託了什麼想像、什麼希望。同時，他還必須具備強烈的自嘲精神，這是他心中不可或缺的唯一一種感受。沒有自嘲感，哪怕只是偶然偉大一次，也會徹底毀掉一個人。

——摘自伊如蘭公主的《穆哈迪語錄》

黃昏時分，在阿拉肯官邸的宴會廳裡，懸浮燈已亮了起來，黃色燈光映在牆上那隻角上沾著血的黑牛頭和老公爵閃閃發光的油畫上。

在這兩件寶貝的正下方，潔白的亞麻桌布蓋在巨大的餐桌上，桌上整整齊齊擺著亞崔迪家的銀餐具。餐具擦得發亮，每套餐具正對一張沉重的橡木椅。侍從們星羅棋布，守候在水晶玻璃杯旁。餐桌正中的天花板上垂吊著一盞古式的枝形吊燈，還沒點亮，吊鏈向上隱入黑暗，同在黑暗中的還有毒素檢測器。

公爵停在門口，檢查一切是否已安排妥當，一邊想著毒素檢測器，以及它在他所處的社會階層中所代表的意義。

一切都有模式。公爵想：僅憑語言，就能判斷出說話者是不是我們這個階層的人。貴族們描述最邪惡的謀殺時，所用的語言既高雅又精確。今晚會不會有人試試瑪斯基——投放在飲料中的毒藥？或者試試奧瑪斯——下在食物中的毒？

他搖了搖頭。

長桌上，每個盤子旁都放著一壺水。公爵算了一下，長桌上的水足以讓阿拉肯一戶貧苦家庭用上一年多。

公爵站在門口，門廊兩邊是寬大的盥洗池，貼著華麗的黃色、綠色瓷磚。每個盥洗池上還有一排毛巾架。管家解釋說，這是當地的習俗，客人進來以後，禮節性地把手在盥洗池的水裡浸一浸，朝地上潑幾捧，用毛巾把手擦乾，再把毛巾扔在地上的水跡裡。宴會結束後，乞丐會聚在門外，討要毛巾裡擰出來的水。

眞是典型的哈肯尼風格，公爵想，人能想像出來所有缺德事，哈肯尼的采邑裡一樣不少。他深深吸了口氣，感到胸中怒火中燒。

「這種習俗到此爲止！」他喃喃地說。

對面的廚房裡來了一個女僕（又老又醜，這種人管家用了不少），在門口逡巡不前。公爵抬手向她做了一個手勢，她這才從暗角裡走出來，繞過桌子，急急忙忙走近公爵。公爵注意到了她那張如皮革般粗糙的臉和藍裡透藍的眼睛。

「老爺有何吩咐？」她低著頭，垂著眼皮。

他一揮手，「把這些水盆和毛巾撤了。」

「可……血統尊貴的老爺……」她抬起頭來，張口結舌。

「我知道這個習俗！」公爵喝道，「把水盆端到大門口去。從我們開始吃飯到晚宴結束，每個來討水的乞丐都可以得到滿滿一杯水。明白了嗎？」

那張粗糙的臉上表情十分複雜：失望，氣憤……

萊托心裡一動，一下子明白了。她一定早打算賣掉從這些被腳踐踏過的毛巾中擰出來的水。也許這也是習俗之一。

他陰沉著臉，喝道：「要不折不扣地執行我的命令。我會安排一個衛兵，讓他監督。」

他猛一轉身，大步穿過走廊，走向大廳。過去的記憶在他腦海中翻騰著，像沒牙老太婆的嘮叨般無休無止。他想起了寬廣的水域，起伏的波浪，遍地綠草如茵的日子，而不是如今日復一日的黃沙。還有一個個讓人眼花撩亂的夏日，像狂風中的落葉般從他身邊捲過。

一切都過去了。

我愈來愈老啦。他想，已經能感到死神冰冷的手了。產生衰老之感的原因呢？只不過是一個老太婆的貪欲而已。

大廳裡，一大群客人站在壁爐前，潔西嘉夫人站在中間，成了眾人的焦點。壁爐裡的火劈啪作響，搖曳的橘黃色火光照耀著珠寶、花邊和價格不菲的衣料。公爵從人群中認出一位來自卡塞格的蒸餾服製造商；一個電子產品進口商；一位供水商，他的避暑別墅坐落在極地，靠近他的水廠；一位宇航公會的銀行業務代表；一位香料開採設備零配件供應商；還有一位外表嚴厲的瘦削女子，她專門為外星球來的旅客提供保鏢服務，據說這種所謂的保鏢服務只是個幌子，她私下裡從事的卻是各種各樣走私、間諜以及敲詐勒索的勾當。

*即使潔西嘉不是女主人，也同樣會成為眾人的中心。*公爵心想。她沒戴珠寶，服飾選擇了暖色調，長裙顏色接近室外陽光，青銅色的頭髮上繫著一條褐色髮帶。

公爵意識到，她是在巧妙地刺激他，責備他近來的冷淡態度。她知道得很清楚，公爵最喜歡她穿這種顏色的衣服，衣裙窸窣，溫暖又明亮。

鄧肯·艾德荷穿著華麗的禮服站在附近，板著臉，臉上毫無表情，一頭卷曲的黑髮梳得整整齊齊，看起來更像一名警衛，而不是賓客中的一員。哈瓦特專門把他從弗瑞曼人那兒召回來，給他的任務是：以保護潔西嘉夫人爲由，對她實施全天候監視。

公爵掃了一眼整間大廳。

保羅被一群竭力討好奉承的阿拉肯富家子弟圍在一個角落裡，人群裡還夾雜著三名亞崔迪衛隊軍官，表情冷淡超然。公爵特別注意那些年輕女人，公爵繼承人當然是她們最眼紅的獵物。但保羅待她們一視同仁，謙和中自然流露出高貴。

他肯定會成爲一個出色的公爵，萊托想。他猛地意識到這種想法很不吉利，不禁打了一個寒噤。

保羅看到父親站在門廳處，有意避開他的目光。他看了看四周的客人，那些鑲珠戴寶的手指（還有手指不引人注目的小動作：用微形遙控探測器檢測毒物）。望著這一張張談笑風生的臉，保羅突然厭惡起這些人來。這些臉不過是面具，掩飾著不可告人的想法；喋喋不休的聲音只是爲了塡補頭腦的空虛。

我現在的心情糟透了，他想，不知葛尼知道了會怎麼說。

他知道自己爲什麼情緒低落。他原本不想參加這個宴會，但父親的態度很堅決：「你有你的職責，你的義務。你的年紀已經不小了，遲早要出席這種社交場合。你已經差不多是個大人了。」

保羅看見父親從門廳裡走進來，審視著大廳，然後走向圍著潔西嘉夫人的那群人。

萊托走近潔西嘉時，那個供水商正在問：「公爵正要安裝氣候調節系統，這是眞的嗎？」

公爵站在那人身後回答說：「先生，我們還沒想過那麼遠的事。」

那人轉過身，露出一張曬得黝黑的平平無奇的圓臉：「啊，公爵，我們正等著您呢。」

萊托瞟了一眼潔西嘉，說道：「剛才有點事要處理。」然後，他轉向供水商，解釋了剛才命人撤除盥洗池的事，隨即補充說，「對我來說，那些陋習就到此爲止了。」

「大人，這是一項法令嗎？」他問。

公爵說：「這個問題，就讓你們自己憑……呃……憑良心決定吧。」他轉過身，發現凱恩斯向這邊走來。

有一位女客說：「我覺得這是個慷慨的舉動，把水送給——」有人「噓」了一聲示意她住嘴。

公爵看著凱恩斯，發現這位行星生態學家身穿一套老式黑棕色制服，佩著帝國公務員的肩章，衣領上還有一個小小的標識級別的淚珠形金領章。

供水商憤憤不平地問道：「公爵是在批判我們的習俗嗎？」

「這習俗已經改了。」萊托說著，一邊向凱恩斯點了點頭。他留意到潔西嘉皺起了眉頭，心想：她不應該皺眉，這會引發我們倆不合的謠言。

「如果公爵允許，」供水商繼續說，「我還想再問幾個有關習俗的問題。」

公爵聽出供水商的語氣突然變了，有點油腔滑調，周圍的人也都警覺起來，不作聲了。大廳裡的其他人紛紛朝這邊轉過頭來。

「我看該用餐了吧？」潔西嘉問。

「可我們的客人還有些問題要問。」萊托說著看了一眼供水商。這張圓臉上有一雙大眼睛，一張厚嘴唇。公爵想起哈瓦特備忘錄上的話：……林加·比特——該供水商值得注意。記住這個名字。哈肯尼人利用過他，但從來未能完全控制住他。

「本地有關水的習俗的確非常有趣。」比特的臉上掛著微笑，「我很好奇，想知道您打算怎麼處置這幢府邸裡的溫室。您打算繼續用它誇耀於人前嗎，大人？」

萊托壓住胸中的怒氣，盯著這個人，腦子裡思緒萬千。在公爵自己的城堡裡向公爵挑戰，這種事需要勇氣，何況這位比特先生已經簽下了與公爵合作的協議。除了勇氣，他這麼做還得了解自己的實力才行。在此地，水的確是實力。比如說，如果給供水設施裝上地雷，發個信號就能將其摧毀……這個人看來做得出這種事。摧毀供水設施就等於摧毀了阿拉吉斯，這完全可能正是這位比特先生一直以來舉在哈肯尼人頭上的大棒。

「溫室的事，公爵大人和我另有計畫。」潔西嘉對萊托笑了笑，「當然，我們打算繼續保留它，但只是把它當成阿拉吉斯人民委託我們代管的產業。我們有一個夢想，那就是，總有一天，阿拉吉斯的氣候條件會變得溫暖如春，任何露天場所都可以種植這些綠色植物。」

上帝保佑她！萊托想，讓我們的供水商慢慢體會這句話的含意吧！

「很明顯，你對水和氣候控制很感興趣。」公爵說，「我建議，你的投資最好多樣化些。總有一天，在阿拉吉斯上，水將不再是價格昂貴的日用品。」

公爵心想：哈瓦特一定要加倍努力，派人滲透到這位比特先生的機構中去。我們必須立即著手建立備用供水設施，絕不能讓人把大棒舉到我頭上！

比特點點頭，臉上仍掛著微笑說：「一個非常值得稱許的夢想，大人。」他退後一步。

凱恩斯臉上的表情引起了萊托的注意。他盯著潔西嘉，看上去彷彿著了魔一般——像一個墜入愛河的人……或者，一個墜入宗教狂熱狀態中的信徒。

預言中的話迴盪在凱恩斯心裡，他終於被這些話征服了：他們將與你們分享最寶貴的夢想。他直接對潔西嘉說道：「你們帶來了迅速實現這個夢想的捷徑嗎？」

「啊，凱恩斯博士，」供水商說，「您居然會在沒有弗瑞曼人重兵護衛的情況下大駕光臨，眞是難得啊。」

凱恩斯掃了比特一眼，表情難以捉摸。「據說，在沙漠裡擁有大量的水會使人產生錯覺，最後會因疏忽大意而喪命。」

「沙漠裡有許多稀奇古怪的說法。」比特說著，語氣中卻透露出些許不安。

潔西嘉走到萊托身邊，手伸進他的臂彎，趁機讓自己鎮靜下來。凱恩斯剛才說了一個詞，「捷徑」。這個詞翻譯成古代語言就是「科維扎基．哈得那奇」。其他人似乎沒有留意到行星生態學家這個古怪的問題，而現在，他正躬身傾聽一位女賓的輕言細語。

科維扎基．哈得那奇，潔西嘉想，難道我們的護使團竟把那個傳說也散播到這兒來了？這念頭喚起了她私下裡對保羅的期望：保羅很可能就是科維扎基．哈得那奇，極有可能。

宇航公會的銀行業務代表與供水商聊了起來。眾人閒聊的嗡嗡聲之上，響起比特的聲音：「許多人都想過要改變阿拉吉斯。」

公爵發現，這些話彷彿直戳凱恩斯的心窩，刺得他一跳。行星生態學家直起身，離開了那位獻媚的夫人。

整個大廳突然安靜下來，一名穿著男僕制服的警衛在萊托身後輕輕咳了一聲，說道：「老爺，晚宴準備好了。」

公爵向潔西嘉投去詢問的目光。

「這兒的習俗是，客人入席後，男女主人才落座。」她微笑著說，「老爺，這個習俗是不是也需要改變改變？」

他冷冷地答道：「這習俗似乎滿好的，現在還用不著改。」

必須保持我懷疑她是內奸的假象。他想。公爵看著從身邊一一走過的客人，你們中間，相信這個謊言的是誰？

潔西嘉察覺到了他的疏遠，卻不明白這到底是怎麼回事。過去一周來，這種情況時常發生。他那樣子像有什麼思想鬥爭似的，她想。是因爲我過早安排了這次宴會的緣故嗎？可他知道，讓我們的官兵與當地人早日打成一片是多麼重要的一件事。對他們來說，我們是父母官。再沒什麼比這種社交活動更能讓當地人明白這一點的了。

萊托看著從身邊走過的人群，回憶起了瑟菲·哈瓦特對這次宴會的態度：「殿下，我不許您這麼做！」

一絲陰鬱的笑意掛在公爵的嘴角，當時的場面可眞火爆！他態度強硬地表示要出席這次宴會，哈瓦特則搖著頭說：「老爺，對於這件事，我有一種不祥的預感。我們在阿拉吉斯上的一切進展太快、太順利。這不像是哈肯尼人的作風，一點都不像。」

保羅伴著一個比他高半個頭的年輕女子從公爵身邊走過。那女的說了句什麼，他點點頭，同時不滿地看了父親一眼。

「她父親製造蒸餾服，」潔西嘉介紹說，「我聽說，穿了他製造的蒸餾服，只有傻瓜才會被困在沙漠腹地走不出來。」

「走在保羅前面那個臉上有疤的人是誰？」公爵問，「我認不出他來。」

「是後來才加進客人名單的。」潔西嘉低聲說，「葛尼安排的，走私販。」

「葛尼安排的？」

「在我的要求下。哈瓦特查過他，但我想他有些不大情願。這個走私販叫特克，埃斯馬·特克。他在走私販中頗有勢力。這兒的人都認識他。他出席過許多家族的晚宴。」

「幹嗎邀請他？」

「這兒的人都會問這個問題，」她說道，「特克在這兒露面，單憑這一點，就會在大家心中撒下懷疑和猜測的種子。他可以向人們表明你準備強化反賄賂的法令，從走私販那一端堵住行賄的源頭。這一點哈瓦特似乎也很喜歡。」

「我可不敢肯定自己是否會喜歡這種安排。」他朝從身旁走過的一對夫婦點點頭，見後面剩下的客人已經不多了，於是問道，「爲什麼妳沒邀請一些弗瑞曼人？」

「不是有凱恩斯嗎？」她說。

「對，凱恩斯是來了，」他說，「妳還給我安排了別的什麼小小驚喜嗎？」他挽著潔西嘉，跟在眾人身後走進宴會大廳。

「其他都是按常規進行的。」她說。

她想：親愛的，難道你不明白這個走私販手裡有快船嗎？而且他是可以買通的。我們必須留一條後路。當形勢壞到難以挽回時，我們還有一扇離開阿拉吉斯的後門。

走進宴會大廳後，潔西嘉抽出萊托挽著的手，讓萊托領她入座。萊托大步走到桌子盡頭東道主的位子上，一個男僕替他扶好椅子。一時間，席間到處響著衣裙摩擦的沙沙聲和稀哩嘩啦拖椅子的聲音，所有人全都就座了，唯有公爵仍然站著。他舉起手打了個手勢，桌旁身穿男僕制服的警衛於是全退到後邊，立正侍立。

屋裡一片沉默，不安的氣氛逐漸蔓延開來。

潔西嘉審視著長桌另一端，發現萊托的嘴角在微微顫動，臉上隱隱露出慍怒的神情。他在生什麼氣？她暗自思忖，肯定不是因爲我邀請了走私販的緣故。

「我改了在門口設盥洗池的習俗，有人對此有疑問。」公爵說，「然而，這是我的行事風格，我想借此告訴大家，許多事都會改變。」

餐桌上一片沉默，眾人都顯得很尷尬。

潔西嘉想：他們以爲他喝醉了。

萊托舉起水杯，握住杯把，把水杯高高舉起。燈光照在杯子上，又反射到四周。他說：「我以皇室貴族的身份向大家敬水，乾杯！」

眾人都端起水杯，所有目光都集中在公爵身上。時間彷彿突然停頓了，從廚房過道吹來一陣微風，一盞懸浮燈輕輕晃了晃，燈影搖曳，陰影在公爵那張鷹臉上晃動著。

「我來到了這裡，還要在這裡繼續住下去！」他大聲吼道。

大家把杯子舉向嘴邊，但公爵一動不動，其他人愣了一下也只好停住。公爵繼續說：「我要用一句大家最熟悉、最喜歡的老話向諸位祝福：祝大家商運亨通！財源廣進！」

他啜了一口水。

其他人也跟著喝了，互相交換著疑慮的眼神。

「葛尼！」公爵叫道。

大廳盡頭的凹室裡傳來哈萊克的聲音：「在，老爺。」

「給咱們彈支曲子吧，葛尼！」

凹室裡立刻傳出了九弦巴利斯的琴聲。公爵比了個手勢，僕人們便開始把一盤盤佳餚端上桌來。拌了賽派達沙拉醬的烤沙兔，燴炒天狼，麥藍治香料咖啡（一股濃郁的肉桂香立刻縈繞在桌旁），還有一瓶瓶冒著泡的貨眞價實的卡拉丹紅酒。

然而，公爵仍舊站在那兒一動不動。

客人們等著，他們的目光在面前的佳餚和站著的公爵之間不斷梭巡著。萊托說：「古時，運用自己的才智款待客人是主人的職責。」他緊握水杯，指關節漸漸發白，「我不會唱歌，但我可以把葛尼彈奏的曲子的歌詞念給你們聽。就把這當成我的另一番祝辭吧，獻給所有以自己的生命換來我們的今日的人。」

桌邊一陣不安的騷動。

潔西嘉垂下眼簾，打量著坐在她附近的人——有圓臉的供水商及其女伴；面色蒼白、神情嚴肅的銀行業務代表（像長著一張狐狸臉的稻草人，眼睛死死盯著萊托）；舉止粗魯、臉上有刀疤的特克，始終垂著那雙藍中透藍的眼睛，不肯抬頭。

公爵吟誦道：

回顧吧，朋友，
回顧許多年前曾一起出發的戰友。
命中注定要背上痛苦和金錢的重負，
每個人都戴著我們銀色的領章；
回顧吧，朋友，
回顧許多年前曾一起出發的戰友：
那分分秒秒，
從無謊言和僞裝的年代，
從不為財富所誘惑的歲月；
回顧吧，朋友，
回顧許多年前曾一起出發的戰友：
當我們帶著滿足的微笑走到人生的盡頭，
也將再不爲財富所誘惑。

公爵拉長音調念出最後一句。他從杯中飲了一大口水，砰的一聲用力把杯子放回到桌上，水從杯沿濺在亞麻桌布上。

尷尬的沉默中，其他人也跟著飲了一口。

公爵再次舉起水杯，這一回，他將裡面剩下的那一半水全都潑在地上。他知道，其他賓客也必須跟著這麼做。

潔西嘉第一個重複了公爵的動作。

大家僵在當場，愣了一會兒，也跟著將自己杯裡的水潑在地上。保羅就坐在父親身邊，潔西嘉發覺他正在觀察每個人的反應，而她自己也被客人們不同的動作吸引住了——尤其是女人們。這可是純淨的、可供飲用的水，跟扔掉的濕毛巾上的水不一樣。他們不願把水倒掉，但又不得不這麼做，有人雙手顫抖，有人神情猶豫，有人發出神經質的笑聲……還有人憤憤然以粗暴的動作服從了公爵的意志。一位夫人把水杯掉到了地上，男伴給她撿水杯時，她故意把眼光望向別處。

然而，特別引起她注意的是凱恩斯。這位行星生態學家猶豫了半天，最後把水倒進外衣下面的一個容器裡。他發現潔西嘉在注視著自己，也不說話，只對她笑了笑，對她舉舉空杯，以示乾杯。從他的動作上看得出，他一點也不覺得尷尬。

哈萊克的音樂依然縈繞在屋裡，但現在彈的已經不是寧靜的小調了，變得輕快活潑，似乎想活躍餐桌上的氣氛。

「宴會開始。」公爵宣布，坐回座位上。

他現在正在氣頭上，喜怒無常。潔西嘉心想，損失那台香料機車原本不該對他造成這麼大的打擊。一定不僅是損失一台香料機車那麼簡單，他現在的所做所爲簡直像是個陷入絕境的人。她舉起叉子，希望能掩飾自己心中突如其來的酸澀感。爲什麼不是呢？他的確陷入了絕境。

漸漸地，餐桌上恢復了活躍的氣氛，晚宴終於步入正軌。蒸餾服製造商對潔西嘉的廚師和美酒贊許有加。

「這兩樣都是我們從卡拉丹帶來的。」她說。

「棒極了！」他嘗了嘗酒，稱讚道：「眞是棒極了！一點香料的味道都沒有。這裡到處都是香料，煩也煩死了。」

銀行業務代表看看對面的凱恩斯說：「凱恩斯博士，據我所知，又有一台香料機車被沙蟲吞掉了。」

「消息傳得眞快啊！」公爵說。

「那麼，這是眞的了？」銀行家把注意力轉向萊托公爵。

「當然，確有其事！」公爵突然怒氣沖沖地回答道，「該死的運載器不見了。那麼大的東西，說不見就不見了，眞是不可思議。」

「沙蟲來的時候，沒有運載器去營救香料機車。」凱恩斯說。

「不可思議！」公爵重複道。

「沒人看見它飛走嗎？」銀行家問。

「偵察機上的人按照老習慣，眼睛只盯著地面。」凱恩斯說，「基本上，他們只對沙蟲波感興趣。運載器上的機組成員一般是四個人，兩名飛行員，兩名隨行的觀察員。如果一個——甚至兩個機組成員被公爵的敵人收買了……」

「哦——哦，我明白了，」銀行家說，「那你，身爲監察法官，對此有何看法？」

「考慮到我的立場，我必須謹愼從事。」凱恩斯說，「當然更不會在餐桌上討論這種事。」他心想：這個死骷髏架子！他明知我受命不理會這種違規行爲。

銀行家笑了笑，繼續吃東西。

潔西嘉坐在那兒，想起在比吉斯特學校裡學過的一堂課，主要內容是間諜與反間諜。授課老師是一位胖嘟嘟、滿臉笑容的聖母。她那愉快的嗓音與教學內容形成了奇妙的反差。

有一點要注意的是，任何間諜與反間諜學校的畢業生都具有相似的基本反應模式。學校裡任何訓練都會在學生身上留下痕跡，形成該校畢業生固有的模式。只要認眞加以分析，這種痕跡和模式是很容易被發現的。

「差不多所有諜報人員的動機模式都是類似的。也就是說：不同學校、不同目標的諜報人員，其動機無外乎那麼幾種。你們首先要學習如何通過分析將這些要素找出來——首先，通過詢問者提問的模式找出其內在傾向；其次，研究其語言和思維變化。你們會發現，很容易通過語音變化和言語模式確定被測者的母語。」

如今，潔西嘉與兒子、公爵和其他客人坐在餐桌上，聽著這位銀行業務代表說話，但她突然感到一陣寒意，意識到：此人其實是哈肯尼間諜。他用的是吉迪普萊姆語言模式——雖然掩飾得很巧妙，但卻逃不過潔西嘉訓練有素的洞察力，簡直就像自己找上門來招認的一樣。

這是否意味著宇航公會自己已經站到亞崔迪家族的對立面了？潔西嘉自問。這個想法使她大爲震驚。她叫人添菜，以掩飾自己的情緒，同時仔細傾聽那個人的每一句話，希望能從中探知他此行的目的。他會改變話題，說些似乎無關痛癢的話，其實卻暗藏機鋒。潔西嘉對自己說，這就是他的模式。

銀行家咽下嘴裡的食物，啜了一口酒，不時微笑著跟右手邊一個女人閒聊幾句。有那麼一陣子，他似乎正專心致志地聽著下首座位上一個人的談話：那人跟公爵解釋說，阿拉吉斯本地的植物都沒有刺。

「我喜歡看阿拉吉斯的鳥兒在空中飛翔。」銀行家對潔西嘉說，「當然，這兒所有的鳥都是食腐動物。還有許多鳥變成了吸血動物，甚至不用喝水就能生存。」

桌子另一頭，蒸餾服製造商的女兒坐在保羅和她父親之間。她揚起她那張漂亮的臉蛋，皺著眉頭說：「噢，欸—欸，你說的眞讓人噁心。」

銀行家笑了起來：「他們叫我『欸—欸』，因爲我是供水商聯合會的財務顧問。」見潔西嘉一言不發地看著他，又接著說，「水販們的吆喝就是：『欸——欸——欸卡！』」他學得唯妙唯肖，桌旁許多人都大笑起來。

潔西嘉聽出了他的話裡自吹自擂的意思，但她更注意的是那個跟他一唱一和的女孩——他們說話的模式完全相同，看來，他倆是一夥的。她故意給銀行家鋪了一個台階，讓他得以說出他想說的話。潔西嘉瞥了一眼林加·比特，這位水業大亨正板著臉，全神貫注地吃東西。潔西嘉完全明白銀行家剛才那句話的眞正含意：「我同樣控制著阿拉吉斯至高無上的權力之源——水！」

保羅察覺到身旁這位女伴話中的矯飾之意，又看到母親正用比吉斯特式的高度注意力傾聽這番談話，突然心血來潮，決定當個陪襯，讓對話充分發展下去。

他對銀行家道：「先生，你的意思是說，這些鳥自相殘殺嗎？」

「小少爺，這可眞是個奇怪的問題，」銀行家說，「我只說這些鳥要吸血，但並不一定非得吸同類的血不可啊，對不對？」

「這問題並不奇怪。」保羅說。潔西嘉注意到了他話中的針鋒相對之意，那是她的訓練成果，「大多數受過教育的人都知道，對任何生物而言，潛在的最殘酷的競爭來自同類。」他故意從鄰座女伴的盤子裡叉了一塊食物，一邊吃一邊說，「他們在同一只碗裡吃飯，有同樣的基本需求。」

銀行家僵住了，皺起眉頭，望了望公爵。

「別錯把我的兒子當小孩看。」公爵微笑著說。

潔西嘉掃了一眼滿桌的客人，發現比特的臉色開朗了，凱恩斯和走私販特克也笑容滿面。

「這是一條生態法則。」凱恩斯說，「看樣子，小少爺對此有深刻的理解。生命個體之間的鬥爭是爭奪系統中自由能量的鬥爭。而血正是一種有效的能源。」

銀行家放下叉子，憤怒地說：「聽說，弗瑞曼人渣就喝他們死去的同胞的血。」

凱恩斯搖了搖頭，用講課的語氣說：「不是喝血，先生。但是，一個人身上所有的水，完完全全地，都屬於他的人民——屬於他的穴地。對於生活在大沙漠的人來說，這是必需的。水在那裡非常珍貴，而按重量來算，人體大約有百分之七十是水分。死人當然再也用不著這些水了。」

銀行家雙手按著盤子兩側的桌子，潔西嘉還以爲他會拍案而起，一怒之下離席而去。

凱恩斯看著潔西嘉說：「對不起，夫人。餐桌上本來不該細談這樣的話題，但有人散播謬論，總是應該澄清一下的。」

「你跟弗瑞曼人交往了那麼久，早就不知道倫理爲何物了。」銀行家粗聲粗氣地說。

凱恩斯平靜地看著他，審視著銀行家那張蒼白顫抖的臉：「你是在向我挑戰嗎，先生？」

銀行家一僵，吞下一口口水，「當然不是。我怎麼會做出如此侮辱男女主人的事。」

從這人的聲音、表情、呼吸和他前額暴起的青筋中，潔西嘉感覺到了他的恐懼。這人害怕凱恩斯！

「我們的男女主人自己有能力判斷是否受到了侮辱，」凱恩斯說，「他們是勇敢的人，懂得如何捍衛自己的尊嚴。事實上，他們此時身在這裡……在阿拉吉斯，僅僅這一點就足以證明他們的勇氣。」

潔西嘉注意到萊托對這番交鋒樂在其中，而大多數其他人卻不以爲然。坐在桌旁的人都是一副隨身拔腿便跑的姿勢，雙手放在桌下的隱蔽處。只有兩個人是明顯的例外：一個是比特，他公然樂不可支地看著銀行家的窘態；另一個是走私販特克，他正看著凱恩斯，似乎在等待凱恩斯的某種暗號。潔西嘉還發覺，保羅正敬佩不已地看著凱恩斯。

「怎麼樣？」凱恩斯說。

「我並無惡意，」銀行家喃喃地說，「如果有什麼失禮的地方，請接受我的歉意。」

「冤家宜解不宜結。」凱恩斯邊說邊對潔西嘉笑了一下，然後繼續吃起東西來，彷彿什麼也沒發生過一樣。

潔西嘉看到走私販也鬆了一口氣。她記下了一點：此人的種種跡象表明，他隨時準備助凱恩斯一臂之力。看樣子，他和凱恩斯之間一定有某種密切聯繫。萊托把玩著一把叉子，若有所思地看著凱恩斯。這位生態學家的行爲表明，他對亞崔迪家族的看法已經有所改變。記得就在上次那趟沙漠之旅中，凱恩斯的態度似乎還很冷淡。

潔西嘉揮了揮手，示意僕人們上下一道菜和飲料。僕人們進來了，手裡端著紅酒和蘑菇醬。餐桌旁的談話漸漸恢復了，但潔西嘉聽得出其中的不安和焦慮。銀行家陰著臉，悶聲不響地吃東西。她想：要是情況允許，凱恩斯肯定會毫不猶豫地殺死他。她也意識到，凱恩斯對殺人似乎滿不在乎。他把殺人不當回事，她猜想這大概是弗瑞曼人的特點。

潔西嘉轉向左手邊的蒸餾服製造商說：「水在阿拉吉斯如此重要，我時常爲此深感驚奇。」

「是非常重要。」他贊同地說，「這道菜是什麼做的？眞好吃！」

「用特殊醬料製作的兔舌，」她說，「這醬料是用一個非常古老的配方製成的。」

「這配方我一定要弄一份來才好。」他說。

她點點頭：「我會抄一份送給你的。」

凱恩斯看著潔西嘉說：「剛來阿拉吉斯的人常常低估水在這裡的重要性。你瞧，咱們現在是在跟最低量法則打交道。」

她聽出了凱恩斯話裡的試探語氣，於是說道：「有些東西是生命成長所必不可少的，但在這裡，這些東西僅能達到最低供應量，於是限制了生命的增長。所以說，在增長必需品供應環節中，供應量最低的那一環控制了整個增長過程。」

「大家族聯合會的成員中很少有人意識到行星生態問題。」凱恩斯說，「水是阿拉吉斯生物最短缺的物質環節。但是，請注意，如果不精心策劃，增長本身也會導致不利因素的產生。」

潔西嘉察覺到凱恩斯話裡有話，但又不清楚他想說的到底是什麼。「增長。」她說，「你的意思是說，阿拉吉斯可以有一種更有序的水循環機制，可以創造出更有利於人類生存的環境？」

「不可能！」那位水業大亨厲聲說。

潔西嘉把注意力轉向比特：「不可能嗎？」

「在阿拉吉斯上不可能，」他說，「別聽這個愛做夢的傢伙胡說，所有實驗證據都與他所說的相反。」

凱恩斯看著比特，潔西嘉發現桌旁其他人全都停止了交談，注意力集中在這次新的交鋒上。

「實驗室證據往往會蒙蔽我們，使我們忽略一個最簡單的事實。」凱恩斯說，「這個事實就是：我們在這兒討論的東西產於野外，存於野外。而野外生長的野生動植物全都過著正常的生活。」

「正常！」比特譏諷道，「阿拉吉斯上沒什麼是正常的！」

「恰恰相反，」凱恩斯說，「完全可以在動植物能夠自給自養的地帶建立起某種和諧的生態機制。只需懂得這個星球的局限性和生存壓力，我們就可以創造出一個良好的生存環境。」

「這是永遠不可能做到的事。」比特說。

公爵突然明白了凱恩斯的態度爲什麼會轉變：因爲潔西嘉剛剛說的話——爲阿拉吉斯人民代管那些溫室植物。

「凱恩斯博士，怎樣才能建立起這種自給自養系統？」公爵問。

「只要我們能使阿拉吉斯上百分之三的綠色植物參與合成碳水化合物——也就是人和其他動物的食物、飼料——的過程，循環系統就算起步了。」凱恩斯說。

「而水是唯一的問題，對嗎？」公爵問。他感覺到了凱恩斯的興奮，自己也不由得受到感染而興奮起來。

「水是最大的問題。」凱恩斯說，「這個星球上有大量游離的氧，但卻缺乏在其他星球上常見的二氧化碳。這裡沒有廣泛分布的植物，也沒有由於火山等自然現象而造成的大量二氧化碳。在這個星球地表，面積較大的地區都存在著許多不同尋常的化學循環過程。」

「你做過先期實驗嗎？」公爵問。

「我們做過長期研究，旨在建立塔斯里效應。規模很小，水準也相當業餘，但我也許已經從中發現了一些有用的事實。」凱恩斯說。

「沒有足夠的水。」比特說，「就這麼簡單，水不夠。」

「比特先生是水方面的專家。」凱恩斯說道，微笑著繼續進餐。

公爵的右手猛地向下一揮，喝道：「不！我想知道答案！有足夠的水嗎，凱恩斯博士？」

凱恩斯盯著自己的盤子。

潔西嘉注視著他臉上的表情變化，心想：他倒很會掩飾自己。掩飾歸掩飾，可惜她現在已經掌握了凱恩斯的情緒模式，一眼便看透了他——他正後悔剛才所說的話呢。

「有足夠的水嗎？」公爵追問道。

「也許……有吧。」凱恩斯回答道。

他那種沒有把握的神情是裝出來的！潔西嘉想。

憑著自己感知眞相的直覺，保羅也察覺到凱恩斯的話中另有隱情。一定有足夠的水！但凱恩斯不想讓別人知道。保羅使盡渾身解數才壓抑住心中的興奮之情。

「我們的行星生態學家有許多有趣的夢想，」比特說，「他與弗瑞曼人一起做白日夢，成天沉湎於預言和救世主的傳說中。」

桌邊響起幾聲笑聲，潔西嘉記下了發笑的人：走私者特克、蒸餾服製造商的女兒、鄧肯・艾德荷和那個從事所謂保鏢業務的女人。

今晚一直有一種奇怪的緊張氣氛。潔西嘉想，暗流洶湧，有太多的事我沒注意到。我必須發展些新的情報來源。

公爵的目光從凱恩斯身上轉向比特，再移到潔西嘉臉上。他感到莫名其妙的惱火，覺得自己彷彿錯過了什麼至關重要的資訊。「也許眞是這樣。」他嘟囔說。

凱恩斯飛快地說：「大人，也許我們應該另選時間討論這個問題。有許多——」

這時，一個身著軍服的亞崔迪軍人急匆匆地從門口走進來，打斷了行星生態學家的話。他越過警衛，徑直走到公爵身邊，彎下腰低聲對著公爵耳語著什麼。

潔西嘉從帽徽上認出他是哈瓦特的部下，她壓住內心的不安，主動扭頭跟蒸餾服製造商的女兒說起話來。這女人身材嬌小，滿頭黑髮，丹鳳眼，生就一張娃娃臉。

「妳的飯菜都沒怎麼動啊，親愛的，」潔西嘉說，「要不，我幫妳叫點別的什麼吃吧？」

這女人先看了一眼蒸餾服製造商，這才答道：「我不太餓。」

公爵突然起身，站在那個軍人身邊，以命令的口氣厲聲道：「大家坐著別動。請原諒我失陪片刻，有件事非得我親自去處理不可。」他離席而去，又說，「保羅，請代我一盡地主之誼。」

保羅站起身，想問父親爲什麼要離開，但他知道自己必須保持莊重，把這局面撐下去，於是走到父親的座位上坐了下來。

公爵轉身走到凹室對葛尼說：「葛尼，請坐到保羅的位置上去，宴席上不能有單數。宴會結束後，也許我會讓你把保羅帶到著陸區指揮部來。等我的命令。」

身著軍裝的哈萊克從凹室裡走出來。魁梧的身材，醜陋的長相，與華麗的場面很不相配。他把巴利斯九弦琴斜靠在牆上，來到保羅原來的位子上坐下。

「請不必驚慌。」公爵說，「但我必須聲明，在警衛沒通知說一切安全之前，誰也不要離開。只要大家待在這裡，安全是絕對有保障的。我們會在極短的時間內迅速解決這點小麻煩。」

保羅從他父親的話裡聽出了暗號：警衛，安全，迅速解決。是安全防衛方面出了問題，不是什麼暴力事件。他看見母親也辨別出了這些暗號，兩人都鬆了一口氣。

公爵微微頷首，一轉身，大步朝門外走去，剛才那個軍人緊隨其後。

保羅說：「請大家繼續用餐。我想凱恩斯博士剛才正在討論水的問題。」

「咱們可以下次再討論這事嗎？」凱恩斯問。

「當然可以。」保羅說。

潔西嘉自豪地注意到，兒子現在舉止莊重，充滿自信，做事成熟而穩重。

銀行家端起水杯，衝比特舉了一下說：「在用詞的優雅華貴方面，咱們這兒沒人能超過林加·比特先生。讓人幾乎以爲他想達到大家族的高雅境界呢。來吧，比特先生，帶領我們爲保羅乾一杯。這孩子雖然年少，可非要別人把他當大人看不可，我想，你一定爲他準備了不少至理名言吧。」

潔西嘉的右手在桌面下攥成拳頭，她注意到哈萊克向艾德荷打了個手勢，又看見牆邊的警衛已經進入最高戒備狀態。

比特惡狠狠地瞪了銀行家一眼。

保羅也發現警衛已經各就各位，準備戰鬥。他看了看哈萊克，然後盯著銀行家，直到他放下水杯。保羅說道：「有一回，在卡拉丹，有一名漁夫淹死了。我看到了打撈上來的屍體，他——」

「淹死的？」蒸餾服製造商的女兒問。

保羅猶豫了一下，接著說：「是的，沉到水裡，溺斃，淹死了。」

「這種死法可眞有意思。」她低聲道。

保羅勉強笑了笑，扭頭對著銀行家繼續說：「有意思的是這人肩上的傷——是其他漁夫的爪靴造成的。這個淹死的漁夫是沉船上的船員之一。哦，船是一種水上交通工具；而沉船是指，船因故漏水，因而沉入水底。一名幫忙打撈屍體的漁夫說，已經不止一次在失事船員身上看到這種爪靴留下的傷痕。這意味著，另一個落水的漁夫爲了浮上水面而踩在這個可憐傢伙的肩膀上，這樣才能呼吸到氧氣。」

「這有什麼有趣的？」銀行家問。

「當時，我父親由此得出一個結論。他說，落水的人爲了活命踩在你肩膀上，這種做法是可以理解的。但如果這種事發生在客廳裡，那就不能原諒了。」保羅停了一會兒，讓銀行家有時間明白自己的意思，這才接著說，「我應該再補充一個地方：餐桌上同樣不允許發生這種事。」

屋裡突然靜了下來。

太魯莽了。潔西嘉想，以銀行家的身份，足以向我兒子要求決鬥。她注意到艾德荷已拉開架式，隨時準備採取行動。警衛也全神貫注。葛尼．哈萊克則盯著他對面的客人們。

「哈……哈……哈……」是走私販特克，他仰頭大笑，笑得前仰後合。

桌旁眾人都露出了緊張的笑容。

比特笑容滿面。

銀行家已把椅子向後推開，怒視著保羅。

凱恩斯說：「要想欺負亞崔迪家的人，有什麼風險只好自己扛著了。」

「羞辱客人是亞崔迪家的習俗嗎？」銀行家質問道。

沒等保羅回答，潔西嘉已傾身向前說：「先生！」同時心裡暗自思忖：我們必須弄清楚，這個哈肯尼畜生到底要玩什麼把戲。他是到這兒來試探保羅的嗎？他還有其他幫手嗎？

「我兒子隨便拿出件衣服，你就說這是替你做的？」潔西嘉問，「這種做法眞有意思。」她的手滑到插在腿上小牛皮刀鞘中的嘯刃刀上。

銀行家憤怒的目光轉向潔西嘉。她注意到保羅趁對方視線轉移，將身體從桌邊挪開，做好了隨時出手的準備。他聽懂了母親的暗號：衣服——「準備應付暴力事變。」

凱恩斯若有所思地看了潔西嘉一眼，朝特克打了一個微不可察的手勢。私販立即跳起來，舉起水杯說：「我提議，大家敬年輕的保羅．亞崔迪一杯，一個貌似年少，卻有男子漢風範的人。」

他們爲什麼要插進來？潔西嘉自問。

銀行家現在盯著凱恩斯，潔西嘉發現他臉上又露出了畏懼的神情。

桌邊眾人開始紛紛舉起水杯。

凱恩斯怎麼做，人們就跟著怎麼做。潔西嘉想，他是在告訴我們，他站在保羅一邊。他的威懾力下面究竟隱藏著什麼祕密？不可能是因爲監察法官的身份，那只是臨時的。當然也不可能因爲他是皇家文職官員的緣故。

她的手離開嘯刃刀，向凱恩斯舉起水杯，凱恩斯也舉了舉自己的水杯以示回應。

只有保羅和銀行家仍然空著兩手。「簌——簌」！眞是個愚蠢透頂的綽號。潔西嘉想。銀行家死盯著凱恩斯，而保羅則盯著自己的盤子。

保羅想：我處理得沒什麼不對的，他們為什麼要插手？他悄悄看了一眼坐在自己附近的男賓。準備應付暴力事變？哪來的暴力？當然不會是那位什麼銀行家。

哈萊克動了動，好像並非是要跟某個特定的人講話，只是目視前方，望著他對面的一眾賓客道：「在我們的社會裡，人們不應該輕易訴諸武力，這常常意味著自取滅亡。」然後，他看看蒸餾服製造商的女兒，問道，「您以爲如何，小姐？」

「哦，是啊，是的。的確如此，」她答道，「太多暴力衝突了，眞讓我噁心。在很多情況下，大家其實都沒有什麼惡意，可有人卻因此喪命。眞不應該。」

「確實不應該。」哈萊克說。

這個女孩的反應近乎完美無缺。潔西嘉心想：這個看似頭腦空空的小女人，其實並不眞的是個頭腦空空的小女人。潔西嘉看出了他們的企圖，而且知道哈萊克也發現了這一點。他們的計畫是用女色來勾引保羅。潔西嘉鬆了一口氣。她的兒子說不定是第一個看出來的，他受過的訓練使他一眼便看穿了這麼明顯的布局。

凱恩斯對銀行家道：「是不是準備好再道一次歉了？」

銀行家對潔西嘉勉強擠出一絲笑容，說道：「夫人，恐怕我酒喝得太多了。您席上的酒後勁太大，我有點不太習慣。」

潔西嘉聽出他語氣中滿懷敵意，她親切地說：「陌生人相遇時，應該在最大程度上容忍風俗習慣方面的差異。」

「謝謝您，夫人。」他說。

蒸餾服製造商那位長著一頭黑髮的女兒向潔西嘉傾過身體，問道：「公爵說我們待在這兒很安全，我眞希望這不是意味著會有更多衝突吧？」

潔西嘉想：她是受命引出這個話題的。

「看樣子不會是什麼大事。」潔西嘉說道，「不過，近來有好多事都需公爵親自過問。只要亞崔迪和哈肯尼仍然處於敵對狀態，我們就必須嚴加防範。公爵曾經發誓要把這場家族戰爭進行到底，所以當然不會允許阿拉吉斯上還有活著的哈肯尼間諜。」她瞟了一眼銀行業務代表，「當然，大家族聯合會在這個問題上也支持他。」她扭頭對著凱恩斯說，「是這樣嗎，凱恩斯博士？」

「確實如此。」凱恩斯答道。

蒸餾服製造商輕輕拉了一下女兒，她看著他說：「我相信現在我可以吃點東西了。我想嘗嘗你們早些時候吃的那道烤鳥肉。」

潔西嘉朝一個僕人做了個手勢，然後對銀行家說：「先生，你剛才說到這些鳥和牠們的習性。我發覺阿拉吉斯星上有許多有趣的事。告訴我，什麼地方能找到香料呢？香料勘探員需要深入沙漠腹地嗎？」

「哦，不，夫人，」他說，「人們對沙漠腹地知之甚少，對南部地區幾乎一無所知。」

「傳說在南部地區有大量的香料礦田，」凱恩斯說，「但我懷疑這完全是毫無根據的臆測。有些膽大的香料勘探員確實有幾次深入到中央沙漠帶的邊沿，那種做法非常危險。導航訊號不穩定，還經常出現沙暴。離遮罩牆山越遠，傷亡率越是顯著增高。冒險深入南方沒什麼利潤。如果我們有氣象衛星的話，也許……」

比特抬起頭，含著滿嘴飯菜插嘴說：「聽說弗瑞曼人可以去那兒，他們哪兒都能去，還在南緯地區找到了含水層和吸井區。」

「含水層和吸井區？」潔西嘉問。

凱恩斯迅速答道：「都是不著邊際的謠傳，夫人。其他星球上的確有，但在阿拉吉斯上絕無此事。含水層是個地質名詞，在這種地區，地下水常常滲出地表，或者非常靠近地表，只要有某些特徵，就可以掘出水來。吸井區是含水層的一種，那種地方，人們甚至插根麥管就可以吸到水了……反正有這種說法。」

他的話不盡不實。潔西嘉想。

保羅也奇怪：他為什麼要撒謊呢？

「太有趣了。」潔西嘉想：「有這種說法……」他們的表達方式眞夠奇怪的，充分暴露出他們對迷信、傳說的依賴心態。

「我聽人講，你們有句諺語，」保羅說，『城市外表光鮮，沙漠智慧源泉。』」

「阿拉吉斯有許多諺語。」凱恩斯回答道。

沒等潔西嘉提出新問題，一個僕人彎腰遞給她一張紙條。她打開紙條，是公爵的筆跡，還有他的密碼。潔西嘉飛快地掃了一遍。

「有個好消息要告訴大家，」她說，「公爵派人傳信，讓大家放心。讓他不得不離席的麻煩事已經解決了。丟失的運載器找到了，飛行員中有個哈肯尼間諜，他制伏了其他機組成員，把飛船劫持到一個走私販基地，想在那兒賣掉它。現在人和飛船都回到我們手上了。」她對特克點點頭。

走私販也點頭回應。

潔西嘉重新捲起紙條，塞進衣袖。

「很高興這起事件沒有演變成公開戰爭，」銀行家說，「人民希望亞崔迪家族能帶來和平和繁榮。」

「尤其是繁榮。」比特說。

「現在該上甜點了吧？」潔西嘉問道，「我讓我們的廚師特意準備了一道卡拉丹甜品：產於蓬吉的大米、煮熟後加上醬料。」

「聽起來棒極了，」蒸餾服製造商說，「可以把菜譜抄一份給我嗎？」

「你想要什麼菜譜都行。」潔西嘉說，一邊把這人記在心裡，回頭再告訴哈瓦特。這位蒸餾服製造商是個大大的野心家，一心往上爬。此人可以收買。

周圍的客人們開始閒聊：「這布料多可愛啊……」「他特意為那珠寶配了個盒子呢……」「下一季我們應該努力增加產量……」

潔西嘉低頭看著自己的盤子，心裡想著萊托字條上的加密部分：哈肯尼人企圖運進一批雷射槍，被我們查獲了。但這也意味著，他們可能已經成功地運進好幾批武器了。此外，這一發現確切無疑地表明，他們不認為遮罩場會起作用。需盡快採取相應措施。

潔西嘉認真考慮著雷射槍。那種白熱高能光束可以切開任何已知的物質，前提是該物質沒有遮罩場保護。遮罩場反射回來的聚變能會使雷射武器和遮罩場一起爆炸，但哈肯尼人似乎對此並不擔心。為什麼？雷射槍加遮罩場的爆炸極度危險，而且充滿變數：可能比原子武器更可怕，也可能只殺死開槍者和遮罩場裡面的人。

找不出答案使她十分不安。

保羅說：「我早就知道，我們一定會找到運載器。只要我父親出馬，不管什麼問題都會迎刃而解。哈肯尼人已經開始對這一點有所了解了。」

他在誇口，潔西嘉想，他不應該誇口。為了防備敵人的雷射槍，今晚我們不得不睡到地下室去。在這種情況下，任何人都無權誇誇其談。

※ ※ ※

無人能逃脱命運的安排——我們每個人都必須為祖先所犯下的暴行付出代價。

——摘自伊如蘭公主的《穆哈迪語錄》

大廳裡傳來一陣騷亂，潔西嘉打開床頭燈。鐘還沒來得及調成當地時間，必須先減去二十一分鐘，也就是說，現在是大約凌晨兩點。

騷亂聲斷斷續續，愈來愈響。

是哈肯尼人打來了嗎？她猜測著。

潔西嘉溜下床，打開監視器，想查看一下家人都在什麼地方。螢幕顯示：保羅正在臨時改建成臥室的地下室裡準備睡覺，吵鬧聲顯然還沒有傳到他那兒；公爵的房間裡沒人，床上整整齊齊，沒有睡過的痕跡。難道他還在著陸區指揮部？

大宅前方還沒有安裝監視設備。

潔西嘉站在臥室正中，留神細聽。

有個人在大喊著什麼，聲音斷斷續續。這時，她聽到有人叫岳大夫。潔西嘉找到一件長袍，抓起來往肩上一披，隨便蹬了雙拖鞋，然後把嘯刃刀綁到腿上。

又有人在叫岳大夫。

潔西嘉束好長袍腰帶，來到走廊上。心裡突然湧起一個念頭：該不會是萊托受傷了吧？

潔西嘉跑了起來，走廊似乎不斷延伸著，永遠跑不到頭。她在走廊盡頭穿過一道拱門，一路衝出宴會廳，沿著過道跑進大客廳，發現這裡燈火通明，牆上所有壁燈都開到最亮。

在她右手邊靠近正門的地方，只見兩個衛兵架著鄧肯．艾德荷正往裡走，他的頭無力地垂在胸前。眾人一見到潔西嘉，頓時僵在當場，大廳裡突然靜了下來，只聽得見喘息聲。

一名衛兵用責備的口氣對艾德荷說：「瞧你幹的好事！你把潔西嘉夫人給吵醒了。」

巨大的帷幔在他們身後如波浪般起伏不定，這說明正門還開著。看不見公爵和岳的影子，梅帕絲站在一旁，冷冷地盯著艾德荷。她穿著一件棕色長袍，邊上繪有蛇形花紋，腳上穿著沒繫帶子的沙地靴。

「我吵醒了潔西嘉夫人，又怎麼樣？」艾德荷嘟嘟噥噥地說。他抬起臉，對著天花板大吼道：「我的劍最先沾上格魯曼人的血！」

神母啊！他喝醉了！潔西嘉想。

艾德荷黝黑的圓臉擰作一團，捲曲的頭髮像黑山羊皮上亂糟糟的羊毛，還沾著嘔吐的髒東西，外衣也扯破了，裂開一條大縫，露出先前參加宴會時所穿的襯衣。

潔西嘉走到他面前。

其中一個衛兵朝她點點頭，卻不敢鬆手，扶著艾德荷說：「夫人，我們不知道該拿他怎麼辦。他在門口大鬧，又不肯進來。我們擔心當地人會跑來看熱鬧。這怎麼行呢，會敗壞我們的名聲。」

「他剛才去哪兒了？」潔西嘉問。

「晚宴結束後，他送一位年輕姑娘回家，夫人，是哈瓦特的命令。」

「哪個年輕姑娘？」

「您知道，夫人，就是那些陪同受邀男賓前來赴宴的姑娘。」他瞟了一眼梅帕絲，低聲說道，「遇上祕密監視這些女士的特殊任務，他們總是叫艾德荷去做。」

潔西嘉想：這倒是，可爲什麼艾德荷會醉成這樣？

她蹙起眉頭，轉身對梅帕絲說：「梅帕絲，拿點醒酒的東西來。我看最好用咖啡因，也許廚房還剩了些香料咖啡。」

梅帕絲聳聳肩，往廚房去了，她那沒繫鞋帶的沙地靴踩在石頭地板上，劈啪劈啪地響了一路。

艾德荷晃了晃顫顫巍巍的腦袋，斜眼看著潔西嘉，大著舌頭說：「爲……公爵……殺了三……個哈肯尼人。……想知道爲……什麼我會在這兒？在這……兒，不能住在地……下，也不能住在地面。這是什麼鬼……鬼地方，嗯？」

側廳那邊傳來一陣腳步聲，引起了潔西嘉的注意。她一扭頭，看見岳朝他們走來，左手還拎著醫藥箱，每走一步藥箱就跟著晃一晃。他穿戴整齊，臉色蒼白，顯得很疲倦，額頭上的鑽石形紋身非常顯眼。

「哦，好……醫生！」艾德荷叫道，「你去……哪兒了？大夫？給人發……藥丸去了？」他轉身醉眼惺忪地看著潔西嘉，「我……眞他媽的……出糗了，對吧？」

潔西嘉皺著眉，一言不發，心想：艾德荷爲什麼會醉成這樣？被人下了藥嗎？

「香料啤酒喝多了。」艾德荷說，想直起身來。

梅帕絲手裡端著一杯熱氣騰騰的東西走進來，猶豫著在岳身後停下腳步。她看看潔西嘉，潔西嘉搖了搖頭。

岳把藥箱放在地板上，朝潔西嘉點頭致意。「香料啤酒喝多了？」

「眞他媽的……好！從沒……嘗過這麼好的……東西。」艾德荷努力讓自己集中精神，「我的劍最……最先沾上格魯曼人的血！殺了個哈……哈……可寧人，爲……爲公爵殺……殺的。」

岳扭頭看看梅帕絲手裡的杯子，問道：「這是什麼？」

「咖啡。」潔西嘉回答道。

岳拿起杯子，把它舉到艾德荷面前說：「喝吧，小夥子。」

「什……什麼也不想喝了。」

「聽我的，喝！」

艾德荷搖晃著腦袋朝岳湊過去，然後踉蹌了一步，連扶著他的衛兵也跟著被朝前拉了一步。「大夫，爲皇上辦差眞……煩透了。這……一回，得按我的辦法做……」

「先喝了再說，」岳說，「就一杯咖啡而已。」

「這地方……眞他媽倒……楣！該死的……太陽……就是他媽的亮！曬死人了！什麼顏……色都不對……了，什麼都……不……對勁，要不……」

「哦，現在是晚上，」岳通情達理地說，「做個好孩子，把這喝下去，這東西會讓你好受些。」

「就不想……好……受些！」

「我們不能在這兒跟他吵一晚上。」潔西嘉說。她心想：需要來點硬的。

「夫人，您沒必要守在這兒，」岳說，「讓我來處理吧。」

潔西嘉搖搖頭。她走上前，狠狠摑了艾德荷一個耳光。

他拽著衛兵向後踉蹌幾步，惡狠狠地瞪著她。

「在公爵家裡不允許發生這種事。」她一邊說，一邊從岳手中奪過杯子，任憑咖啡從杯中潑濺出來，猛地把杯子塞到艾德荷嘴邊，「喝了它！這是命令！」

艾德荷的身體猛地一挺，低頭怒視著她，緩慢、清晰、一字一頓地說道：「我才不服從該死的哈肯尼間諜的命令。」

岳身形一僵，一個轉身，看著潔西嘉。

潔西嘉頓時面無血色，但她只是點了點頭。一切都清楚了——這幾天周圍所發生的一切，所有那些奇怪的言行，過去就像支離破碎的鏡頭一樣讓人摸不著頭腦，現在全都清楚了。她感到怒不可遏，幾乎難以自持。她把比吉斯特用以自制的方法全用上了，這才得以平復自己亂成一團的脈搏和呼吸。儘管如此，她還是覺得怒火中燒。

遇上祕密監視這些女士的特殊任務，他們總是叫艾德荷去做！

她向岳投去詢問的眼光，醫生低下頭。

「這件事你知道嗎？」她質問道。

「我……聽到一些傳聞，夫人。但我不想增加您的心理負擔。」

「哈瓦特！」她厲聲說道，「我要瑟菲．哈瓦特立刻來見我！」

「可是，夫人……」

「立刻！」

一定是哈瓦特。她想，如此無稽的懷疑，來自其他任何人都不會引起別人的重視。

艾德荷搖搖頭，嘟囔著說：「眞他媽的糟透了。」

潔西嘉低頭看看手裡的杯子，突然一揚手，把杯子裡的咖啡潑在艾德荷臉上。「把他關到東翼的客房裡去，」她命令道，「讓他在那兒睡一覺，清醒清醒。」

兩名衛兵不情願地看著她，其中一人大著膽子說：「也許，我們該把他弄到別的地方去，夫人。我們可以……」

「他就該待在這兒！」潔西嘉厲聲說道，「這裡是他執行任務的地方。」她的語氣裡流露出一絲惱怒，「要說監視女人嘛，他可太在行了。」

衛兵咽下已到嘴邊的話。

「你們知道公爵去哪兒了嗎？」她詢問道。

「他在指揮所，夫人。」

「哈瓦特跟他在一起嗎？」

「哈瓦特在城裡，夫人。」

「你們馬上去把哈瓦特帶來見我，」潔西嘉說，「我在起居室裡等他。」

「可是，夫人……」

「如果有必要，我自會通知公爵，」她說，「但我希望不必這麼做。我不想爲這事打擾他。」

「是，夫人。」

潔西嘉把空杯子塞回梅帕絲手裡，看到她那雙藍中透藍的眼睛裡滿是疑問，於是說道：「妳可以回去睡覺了，梅帕絲。」

「您肯定今晚不再需要我了？」

潔西嘉冷笑道：「我肯定。」

「也許，這件事可以等明天再處理，」岳說，「我可以給妳一服鎭靜劑……」

「回你自己的崗位上去，讓我以自己的方式處理此事。」潔西嘉拍拍他的手臂，盡量不讓他感到自己是在命令他，「這是唯一的辦法。」

潔西嘉猛地一轉身，高高揚起頭，闊步穿過大廳，走向自己的房間。冷冰冰的牆——走廊——然後是一道熟悉的門。她一把拉開門，大步走進去，砰地一聲把門關上。潔西嘉站在那兒，憤怒地瞪著起居室裡安裝了遮罩場、沒有任何裝飾的窗子。哈瓦特！他會不會就是哈肯尼人收買的間諜？我們等著瞧。

潔西嘉走到眞皮雕花的老式扶手椅前，把它挪到正對房門的位置。那把嘯刃刀就插在腿上的刀鞘裡，她突然異常清晰地意識到它的存在。她把刀鞘解下來，又把它綁在胳膊上，甩了幾下，看會不會掉下來。然後又再次環顧四周，把裡裡外外每一處擺設都印在腦海中，以備不時之需。牆角有一架躺椅，靠牆有一排直背椅，兩張矮桌，通向臥室的門邊上靠著她的古琴。

吊燈發出蒼白刺目的光，她把燈光調暗，坐進扶手椅裡，拍了拍椅背。她很欣賞這把椅子的凝重感，覺得頗有氣勢，正適合這種場合。

現在，就讓他來吧。她想，該怎樣就怎樣，我們會弄明白的。她以比吉斯特的方式等待著，培養耐心，保存體力。

敲門聲比她預計的要早些。徵得同意後，哈瓦特走進屋內。

她一動不動地坐在椅子上，盯著哈瓦特。從他的精神亢奮的舉止動作中看得出他剛服用過抗疲勞藥物，但潔西嘉同時看出了他骨子裡的疲倦。他那混濁的老眼閃動著光芒，蒼老的皮膚在燈光下微微泛黃，持刀的右臂衣袖上染了一大塊濕漉漉的污漬。

潔西嘉嗅出了那上面的血腥味。

她指著一把直背靠椅對哈瓦特說：「把那把椅子拿過來，坐在我對面。」

哈瓦特欠了欠身，照做了。那個喝醉酒的笨蛋艾德荷！他在心裡罵道。他仔細觀察潔西嘉的臉色，心裡盤算著該怎樣挽回當前的尷尬局面。

「我們之間的誤會早就應該說清楚了。」潔西嘉說。

「出什麼事了嗎，夫人？」哈瓦特坐下來，雙手放在膝蓋上。

「別裝蒜了！」她厲聲說道，「就算岳沒有告訴你我爲什麼要召見你，你安插在我家的探子總跟你彙報過了吧。希望我們彼此至少能坦誠相見。」

「遵命，夫人。」

「首先，回答我一個問題，」她說，「你現在是哈肯尼奸細嗎？」

哈瓦特猛地從椅子上挺起半個身子，臉色一沉，憤怒地質問道：「妳竟敢如此侮辱我？」

「坐下。」她說，「你就是這樣侮辱我的。」

他慢慢地坐回到椅子上。

而潔西嘉仔細觀察著面前這張熟悉至極的臉，認眞分析他的每一個動作和表情，然後深深地鬆了一口氣：不是哈瓦特。

「現在我知道了，你仍然忠於公爵。」她說，「因此，我準備原諒你對我的不恭。」

「我有什麼需要原諒的？」

潔西嘉眉頭一皺，心想：我該打出王牌來嗎？需要告訴他我已經懷孕數周，懷上公爵的女兒了嗎？不……連萊托自己都不知道，這只會使他的生活複雜化，只會分散他的精力，而現在正需要他全力以赴解決我們的生存問題。不，還不到打這張牌的時候。

「找個眞言師就可以解決這個問題，」她說，「可我們沒有獲得最高當局認證資格的眞言師。」

「是啊，如您所說，我們沒有眞言師。」

「我們中間出了個內奸嗎？」她問，「我認眞調查過我們的人。會是誰呢？不會是葛尼，當然也不是鄧肯。他們手下的軍官級別不夠，所以用不著考慮。不會是你瑟菲，也不可能是保羅。我知道不是我。那麼，是岳大夫？要不要把叫他到這兒來，我們考驗考驗他？」

「您也知道，這樣做完全沒有必要。」哈瓦特說，「他是由皇家高等學院培養出來的，有特殊的心理機制。這一點我可以肯定。」

「更何況，他妻子是個比吉斯特，是被哈肯尼人殺害的。」潔西嘉說。

「聽說是有這麼回事。」哈瓦特說。

「他一提到哈肯尼，就恨得咬牙切齒，難道你聽不出來嗎？」

「您也知道，我沒有這種分辨力。」

「那麼，是什麼使我遭到如此卑劣的懷疑？」她問。

哈瓦特皺起眉頭說：「夫人，您這麼說讓我很為難。我首先必須效忠公爵。」

「正因為你忠於公爵，我才準備寬宏大量地原諒你。」她說。

「可我還是要問：我有什麼需要原諒的？」

「看樣子，現在是陷入僵局了？」她問。

他聳聳肩。

「那好，我們先聊點別的。」她說，「鄧肯．艾德荷是位可敬的鬥士，在防衛和監察方面能力超群。可今晚，他喝多了一種叫香料啤酒的東西，醉得幾乎不省人事。有報告說，還有許多我們的人沉溺於這種混合飲料，醉生夢死。這是眞的嗎？」

「您有您自己的情報來源啊，夫人。」

「那是自然。你看不出這種醉酒是一個徵兆嗎，瑟菲？」

「夫人的話太深奧了。」

「那就運用你的門塔特技能分析一下！」她厲聲說道，「鄧肯和其他人到底出了什麼問題？我可以用四個字把答案告訴給你聽：他們沒家。」

哈瓦特用力踏了一下地板：「阿拉吉斯，這兒就是他們的家。」

「阿拉吉斯是個未知世界！卡拉丹曾經是他們的家，但我們切斷了他們的根。他們現在沒有家了。他們害怕公爵會戰敗。」

哈瓦特的語氣生硬起來：「要是別人講出這種話來，就會——」

「噢，得了吧，瑟菲。對一名醫生來說，要想正確診斷病情，光扣一頂失敗主義或耍陰謀詭計的帽子管用嗎？我唯一的目的就是治好這種病。」

「這類事務，公爵一向是讓我負責的。」

「可你明白，我對這種弊病的發展態勢有著某種完全出於本能的關注。」她說，「也許你也承認，在這方面我還算有些特殊才幹。」

她想：我該狠狠敲打他一下嗎？他需要當頭棒喝——這樣才能讓他跳出例行公事的條條框框。

「您可能出於某種動機而對此事表示關注。」哈瓦特聳聳肩說。

「這麼說，你已經認定我有罪囉？」

「當然不是，夫人。可我不能讓敵人有機可乘。形勢所迫，不得不謹慎行事。」

「但是，就在這所房子裡，我兒子的性命受到了威脅，你居然沒查出來。」她說，「到底是誰有機可乘了？」

他的臉色一沉：「我已經向公爵遞過辭呈了。」

「你向我……或保羅，遞過辭呈嗎？」

聽到這話，他勃然變色，呼吸變得急促起來，鼻孔張得老大，兩眼直盯盯地瞪著她。潔西嘉看見他的太陽穴上青筋直跳。

「我是公爵的人，我……」後半句話他終於忍住沒說出來。

「沒有內奸，」她說，「威脅來自其他地方，也許與雷射槍有關。也許，他們冒險藏匿了一些雷射武器，裝上定時裝置，瞄準住宅遮罩場。他們也有可能……」

「雷射若撞上住宅遮罩場，威力小不了。爆炸之後，誰還分得清是不是原子彈造成的？要知道，原子彈可是違禁武器。」他反問道，「不，夫人。他們不會冒險做這種違法的事，輻射會殘留很長時間，證據難以消除。不，他們會遵守大多數規矩。一定是有內奸。」

「你是公爵的人，」她冷笑道，「你會爲救他而毀了他嗎？」

他深深吸了一口氣，然後說：「如果您是無辜的，我自會向您負荊請罪。」

「瞧瞧你自己吧，瑟菲。」她說，「人們只有各安其位才能過得最好，每個人都必須清楚自己在大環境裡所處的位置。毀掉這個位置就意味著毀掉了這個人。瑟菲，在所有愛戴公爵的人之中，你我兩人的位置最能毀掉其他人的位置。難道我就不能夜裡吹吹枕邊風，在公爵耳邊說點你的壞話嗎？瑟菲，要想在公爵面前搬弄是非，什麼時候最有效果？還用得著我再說得明白些嗎？」

「您威脅我？」他低聲喝道。

「說實話，沒有。我只不過向你指出，有人企圖打亂我們的基本生活秩序，用這種方法打擊我們。這一招很聰明，也很惡毒。蒼蠅不叮無縫的蛋。我建議做好內部團結，同仇敵愾，這樣一來敵人就無計可施了。」

「您是在譴責我搬弄是非、散布毫無根據的懷疑？」

「是的，毫無根據。」

「您打算以牙還牙，也去搬弄是非嗎？」

「瑟菲，你的生活就是成天跟各種各樣的是非曲直糾纏不清，我可不是。」

「那您是質疑我的能力了？」

她歎了一口氣說：「瑟菲，我希望你自己反省一下，看看在這件事情上感情因素對你的影響究竟有多大。自然人只是不講邏輯的動物，而你把邏輯運用到一切事務中，所以這不是一種自然的方式，只是因爲它十分有用，這種做法才不得不延續下來。你是一名門塔特，是邏輯思維的化身。對你而言，你所解決的一切問題都沒有把你自己捲進去，只是與你無關的客體，聽憑你翻來覆去，從各個角度審視。」

「您是想教我如何做我的本職工作嗎？」他毫不掩飾地用輕蔑的口氣問道。

「一切身外事你都能看得很清楚，也能充分應用你的邏輯思維能力。」她說，「但當遇到個人問題時，越是與我們自身密切相關，我們也就越難把這個問題隔離開來，運用邏輯能力加以分析，這是人類的天性。我們常常會糾纏不清，責怪周圍的一切，可就是無法做到自我反省，無法面對內心深處眞正折磨著我們的癥結所在。」

「您是有意想要詆毀我作爲門塔特的工作能力，想讓我失去自信心。」他怒氣沖沖地說，「要是我發現有人企圖通過這種方式在我們的部隊裡搞破壞，我會毫不猶豫地告發他、消滅他。」

她說：「最優秀的門塔特都有健康的心態，都會正視計算分析中出現的錯誤。」

「我從來沒說過反對自我反省。」

「那就請你自己反省一下，這些徵兆你我都看得很清楚：人們酗酒、吵架、閒聊，四處散播有關阿拉吉斯的各種謠傳，甚至忽略最簡單的……」

「閒得無聊罷了，沒什麼。」他說，「不要把簡單問題複雜化，別想轉移我的注意力。」

她瞪著他，心想：公爵的人在軍營裡互相大吐苦水，氣氛愈來愈緊張，簡直能嗅到火藥味，就像燒焦了的絕緣橡膠一樣。他們正變得像宇航公會之前的時期所傳說的「太空漂泊者」，那些迷失在太空裡的尋星人——厭倦了手裡的槍——永遠不停地搜尋、探索，沒完沒了。

「在爲公爵效力時，爲什麼你從不充分利用我的比吉斯特能力？」她問，「是害怕地位不保嗎？」

他怒視潔西嘉，兩眼冒火：「我也知道妳們比吉斯特接受過的某些特殊訓練……」他突然停下不說了，皺著眉頭。

「接著說，說出來呀，」她說，「比吉斯特巫婆。」

「我知道她們教過您一些眞本事，」他說，「我在保羅身上看出來了。雖然妳們學校的口號是：『存在的意義在於服務』，但這唬弄不了我。」

潔西嘉想：要想敲醒他就必須狠狠震他一下，反正他差不多就要準備好了。

「開會的時候，你總是一副必恭必敬聆聽我發言的樣子。」她說，「可你很少重視我所提出的建議，爲什麼？」

「我不信任妳們比吉斯特，妳們動機不純。」他說，「您或許以爲自己可以看穿一個人的內心，以爲能讓人對您言聽計從……」

「你這可憐的傻瓜，瑟菲！」她氣憤地喝道。

他皺起眉頭，坐回到椅子上。

「不管你聽到什麼有關我們學校的謠言，」她繼續說，「都與事實相去甚遠。若我眞想毀了公爵……或是你，或任何我搆得著的人，只要我願意，你根本無法阻止我。」

她心中暗想：爲什麼我會爲傲慢所驅使，說出這番話來？學校裡可不是這麼教的。我不該這樣打擊他。

哈瓦特一隻手滑到外衣下邊，那兒藏著一個微形毒鏢發射器。她沒有遮罩場。他想，她是在吹牛嗎？我現在就能宰了她……可，嗯，要是我錯怪了她，後果……

潔西嘉發現了他伸手摸口袋的動作，說道：「希望你我之間永遠無需兵戎相見。」

「非常好的願望。」哈瓦特表示同意。

「但現在，我們之間出現了猜忌。」她說，「我必須再問你一遍：如果我跟你說，哈肯尼人故意布下疑雲，要我們相互猜忌，彼此不和，你是否認爲這種解釋更合理些？」

「我們似乎又回到剛才的僵局上了。」哈瓦特說。

她歎了口氣，心想：他差不多就要準備好了。

「公爵和我是人民心目中的嚴父慈母，」她說，「這個地位……」

「公爵並沒有正式娶你爲妻。」

她強迫自己保持鎮靜，心想：有力的還擊，不錯。

「可只要我還活著，他絕不會娶任何其他人進門。」她說，「正如我剛才所說，我們的身份已經得到認可。爲了瓦解我們陣營中的自然秩序，打亂我們的生活，分裂我們的陣營，使我們陷入混亂之中——哈肯尼人會朝誰下手？」

他知道她這番話的意圖，皺起了眉頭。

「公爵？」她說，「確實是個相當誘人的目標，但要說起戒備森嚴來，除了保羅，沒人比他的警衛更周密。我呢？當然，我對他們而言也算是個大目標了，但他們肯定明白，比吉斯特不是好惹的。因此，他們找到了一個更好的目標，這個人的職責本身就形成了一個的盲點，他的一生都是建立在含沙射影和祕密行動上。這人就是——」她突然伸出右手，指著他說：「你！」

哈瓦特立刻從椅子上跳了起來。

「我沒讓你動，瑟菲！」她大喝一聲。

老門塔特幾乎是跌回到椅子上的，身體不聽使喚地立即服從了。

她微笑著，笑容卻是冷冰冰的，毫無笑意。

「不是想知道學校裡教過我們些什麼嗎，現在你總算是見識過了。」她說。

哈瓦特嗓子發乾，想要呑口口水。她的命令充滿帝王氣勢，占盡先機，發號施令時的語氣和態度讓他根本無法抗拒。他還沒來得及想，身體已經服從了。沒有什麼可以阻止他做出這種反應——無論是邏輯還是純感性的憤怒……全都不起作用。要做到這一點，她必須掌握命令對象心中最薄弱敏感的要害，對他的一切瞭若指掌。這種對人的深度控制是哈瓦特做夢也想不到的。

「我已經跟你說過，大家應該互相理解。」她說，「我是說，你應該理解我，因爲我已經充分理解你了。現在我告訴你，在我這兒，你對公爵的忠誠是你唯一的安全保障。」

他瞪著潔西嘉，舌頭舔了舔嘴唇。

「如果我想要個傀儡，公爵早就娶我爲妻了，」她說，「他甚至會以爲，自己是心甘情願那麼做的。」

哈瓦特低下頭，透過稀疏的睫毛偷偷往上看。他用盡全力才控制住自己不要叫警衛。控制這種衝動……還有心中的懷疑，這女人可能不會再允許他有這種想法。他的皮膚還在顫抖。哈瓦特難以忘記剛才受制於人的感覺。在他神思渙散的那一瞬，她完全可以拿出武器，殺死他。

每個人都會有這麼一個盲點嗎？哈瓦特想，別人可以利用這一點對我們發號施令，我們甚至來不及產生抵抗的念頭就乖乖地聽命於人了嗎？這念頭使他震驚不已。有誰能阻止擁有這種力量的人？

「你剛才瞥見了比吉斯特柔軟手套包裹下的鐵拳。」潔西嘉說，「很少有人見過而且活下來。但對我們比吉斯特而言，剛才那一手不過是小試牛刀。你還沒見過我全部的手段呢。想想吧！」

「那您爲什麼不挺身而出，去摧毀公爵的敵人？」他問。

「你要我摧毀什麼？」她問，「你想讓我把公爵變成一個懦夫，要他永遠依靠我嗎？」

「可，您有如此的威力……」

「威力是柄雙刃劍，瑟菲。」她說，「你以爲：『她輕而易舉地就把自己變成一支利器，直插敵人的要害。』不錯，瑟菲，我甚至可以擊中你的要害。然而，成功了又怎麼樣？如果很多比吉斯特都這麼做，豈不是讓所有比吉斯特成爲眾矢之的，成爲別人猜忌的對象？我們不想有這樣的結果，瑟菲。我們不希望自取滅亡。」她點點頭，「我們的存在確實只爲服務大眾。」

「我無法回答你，」他說，「你知道我回答不了。」

「這兒發生的一切絕不能向任何人提起，」她說，「我了解你，瑟菲。」

「夫人……」老人又努力吞下一口口水。

他想，是的，她的確擁有超凡的威力。難道這就能保證她不會成爲哈肯尼人更可怕的工具嗎？

她說：「最可怕的敵人就是你的朋友，公爵的朋友一樣可以迅速瓦解公爵的力量，毀掉公爵。我相信，你一定會審查你的疑慮，並最終打消它。」

「如果能證明我的疑慮是空穴來風的話。」他說。

「如果？」她譏諷地說。

「如果。」

「你很固執。」她又說。

「只是謹愼，」他說，「而且不放過任何可能出錯的因素。」

「那麼，我要問你另外一個問題：當你無助地站在某人面前束手待斃之時，這人手裡拿著刀，刀尖直指你的咽喉，可他沒有殺你，反而放了你，而且還把刀也給你了，讓你想怎樣就怎樣。你說，這意味著什麼？」

她從椅子上站起來，背對著他：「現在你可以走了，瑟菲。」

老門塔特猶豫地站起身來，慢慢把手伸向衣服下面的致命武器。他想起了鬥牛場和公爵的父親（不管他有什麼缺點，老公爵畢竟是一位勇敢的人），還有很久以前的那場鬥牛賽：那頭黑色的巨獸站在那裡，頭朝下，凝然不動，滿心困惑的樣子。公爵轉身背向牛角，火焰般的大紅披風掛在他的手臂上，看台上響起雷鳴般的歡呼聲。

哈瓦特想：我就是那頭黑牛，而她則是鬥牛士。他把手從武器上移開，瞟了一眼空著的手心上閃閃發光的汗漬。

他明白，無論最後證明眞相如何，他都永遠不會忘記眼前的這一刻，也不會喪失對潔西嘉夫人的無比敬意。

他默默地轉身離開房間。

一直緊盯著玻璃窗上影子的潔西嘉垂下眼簾，轉過身，看著緊閉的房門。

「總算可以該做什麼就做什麼了。」她喃喃地說。

※ ※ ※

與夢幻角力？
與幻影爭鬥？
抑或是在睡夢中輾轉？
時間偷偷溜走，
生命一去不回頭。
為瑣事所羈絆的你，
就這樣，
因為自己的愚行，
浪費了生命。

——獻給賈梅斯的輓歌，摘自伊如蘭公主的《穆哈迪之歌》

萊托站在門廳裡，借一盞懸浮燈的光線讀著一張字條。還有幾個小時天才會亮，他覺得自己已經很累了。公爵剛從指揮所回來，一個弗瑞曼信使就把這張字條送到了外面衛兵的手裡。

字條上說：「白天一股煙，晚上一炷火。」

沒有簽名。

「這是什麼意思？」他猜想著。

信使沒等答復就走了，根本沒來得及問他什麼。他就像一縷青煙，無聲無息地融入了夜色中。

萊托把字條塞進外衣口袋，打算回頭拿給哈瓦特看。他撥開前額一縷汗濕的頭髮，輕輕歎了口氣。抗疲勞藥片的藥效已漸漸耗盡了。上次晚宴過後，他已經整整兩天沒闔眼。上次睡覺更是晚宴之前很久的事了。

除了軍政要務以外，還有一件與哈瓦特有關的事非常令人不安：據報，潔西嘉曾私下召見過他。他想：*我應該向潔西嘉坦白嗎？沒有必要再跟她玩什麼祕密遊戲了。唉，到底有沒有這個必要呢？*

那個該死的鄧肯·艾德荷！

他搖搖頭。*不，不怪鄧肯。都是我的錯，從一開始我就沒考慮到潔西嘉的感受，否則也不會這樣了。我必須現在就跟她開誠布公地談一談，以免造成更大的損失。*

這個決定使他感覺好受了些，於是他急忙離開門廳，穿過大堂，沿著走廊朝居住區走去。

走廊在拐彎的地方分成兩條，其中一條通往僕人的休息區，一陣奇怪的呻吟從那邊傳來，公爵不由得停住了腳步。萊托把左手按在遮罩場的開關上，右手順勢拔出輕劍。那奇怪的聲音使他渾身不寒而慄，但有利劍在手，他稍感安心。

公爵輕輕穿過走廊，一邊暗罵這裡昏暗的燈光。每隔八公尺才有一盞最小號的懸浮燈，燈光還被調到最暗。漆黑的石牆吞沒了黯淡的燈光，一切都模模糊糊的看不眞切。

前面陰暗的地板上有一團黏糊糊的污漬。萊托猶豫片刻，差點要打開遮罩場，但最終還是放棄了，因爲那會妨礙行動和聽覺……另外，那批繳獲的雷射槍讓他很不放心。

他靜悄悄地走向那一團灰影，看得出那是個人，臉朝下趴在石頭上。萊托手持利劍，用腳把那人翻過來，在昏暗的燈光下湊近察看。是走私販特克。他的胸口有一大片血漬，死不瞑目地盯著空蕩蕩的黑暗深處。萊托摸摸那片血漬——還是溫熱的。

這個人為什麼會死在這兒？萊托暗自問道，是誰殺了他？

呻吟聲更大了，是從前面走廊盡頭中心機房那兒傳來的，那間屋子裡安裝著負責保護整幢房屋安全的主遮罩場發動機。

公爵一手握劍，一手放在遮罩場開關上，繞過屍體，在拐角處悄悄朝遮罩場機房望去。前方幾步遠的地方又有一團灰色的東西攤在地板上，他一眼看出，這就是聲源。那團影子緩慢而艱難地朝公爵爬過來，一邊喘著粗氣，一邊還咕噥著什麼。

公爵壓住內心深處突然泛起的懼意，快步穿過走廊，在那個爬動的身影旁蹲了下來。是梅帕絲，弗瑞曼管家。她的頭髮披散在臉上，衣服亂糟糟的，背後有一大團血跡正慢慢滲開，一直淌到身側。他拍拍她的肩。梅帕絲用雙肘撐起身子，歪起腦袋看著他，空空的眼神已經渙散了。

「您，」她喘著氣說，「殺了……衛兵……派……找到……特克……逃……夫人……您……您……這兒……不……」她撲倒在地，頭啪的一聲撞到地上。

萊托摸摸她的太陽穴，已經沒有脈搏了。他看著梅帕絲背上的血跡，有人從背後捅了她一刀，會是誰呢？他的大腦急轉。她的意思是說有人殺了衛兵嗎？而特克——是潔西嘉派人去找他的？爲什麼？

萊托開始站起身來，就在這時，第六感向他發出警報，萊托急忙伸手去按遮罩場開關——太遲了。重重的一擊把他的手震開了，他感到一陣痛楚，低頭看時，發現一支鏢扎進衣袖裡，麻木感從手臂開始逐漸向全身蔓延。他艱難地抬起頭，朝走廊盡頭望去。

岳站在機房敞開的大門口，門上一盞相對稍亮的懸浮燈將他的臉映成了黃色。他身後一片寂靜——聽不到發動機的轟鳴聲。

岳！萊托想，他破壞了主遮罩場發動機！我們門户大開了！

岳開始朝公爵走過來，一邊把飛鏢槍放進衣兜。

萊托發覺自己還可以說話，喘息著問：「岳！你怎麼會？」麻木感已經傳到他的腿部，他滑倒在地，背靠石牆坐在那裡。

岳彎下腰，臉上帶著憂傷的神情，伸手摸了摸公爵的前額。公爵能感覺到他的觸摸，但那種感覺似乎很遙遠……很遲鈍。

「鏢上塗的麻藥是精心炮製的，」岳說，「你可以說話，但我建議你別那麼做。」他朝大廳方向瞥了一眼，轉身從公爵身上拔下毒鏢，扔到一旁。鏢掉在石頭地面上，發出啪嗒一聲。公爵只覺得這聲音十分遙遠，幾不可聞。

不可能是岳，萊托想，他有確保安全的心理定勢。

「怎麼會呢？」萊托輕聲問道。

「對不起，親愛的公爵。但有些事的強制力比這個更大。」他摸摸前額的鑽石形紋身，「我自己都覺得奇怪，居然能戰勝蘇克學校的預置心理定勢。這是因爲我想殺一個人。是的，我渴望殺死他，什麼都不能阻止我。」

他又低頭看看公爵：「哦，不是您，我親愛的公爵，是哈肯尼男爵。我是多麼渴望殺死他啊。」

「男……哈……」

「請保持安靜，我可憐的公爵。您的時間不多了。還記得您以前在納卡跌傷的那一回嗎？我給您裝過一顆假牙——那顆牙必須換掉。過一會兒，我會讓您失去知覺，然後換掉那顆牙。」他張開手，看著手心裡的什麼東西，繼續說道，「這是您那顆假牙的複製品，它的內核做得跟牙神經一模一樣，能逃過普通探測器的檢查，就算是快速掃描器也不怕。但如果您使勁咬，牙冠表面就會碎掉，然後只要您使勁呼氣，您周圍的空氣裡就會充滿毒氣——最致命的毒。」

萊托抬頭瞪著岳，發覺他眼中充滿了瘋狂，汗水順著他的臉和下巴往下淌。

「可憐的公爵，反正您是死定了。」岳說，「但您死前還有機會接近男爵。他一定相信您已經被麻藥麻倒了，絕不可能對他實施垂死的一擊。您會被注射麻藥，然後捆起來。但攻擊的形式無奇不有，防不勝防。您一定要記住那顆牙，萊托．亞崔迪公爵，記住那顆牙，一定要記住。」

老醫生越靠越近，他的臉和臉上垂下的鬍鬚擋住了萊托的視線。

「那顆牙——」岳喃喃地說。

「為什麼？」公爵輕聲問道。

岳單膝跪在公爵身邊。「我跟男爵做了一筆魔鬼交易，我必須確認他履行了他那一半職責，這要等見到他之後才能弄清楚。但我若兩手空空地去，就永遠也別想見到他。而您就是我的贖金，可憐的公爵老爺。等我見到他時就會清楚了。我可憐的萬娜教會我許多東西，其中之一就是在巨大的壓力下判定事情的真偽。我並非每次都能做得很好，但只要見到男爵——到那時，我一定會知道的。」

萊托努力想低頭看看岳手上的那顆牙，他覺得這一切簡直像一場噩夢——不可能發生的噩夢。

岳翹起紫色的嘴唇，臉都擰歪了。「男爵不會讓我太靠近他的，不然我就自己做了。不，他們會讓我與男爵保持一定的安全距離。而您……啊，現在！您，您就是我可愛的武器！他一定會讓您靠近他身邊——爲了嘲笑您，在您面前誇耀一番。」

萊托像中了催眠術一般盯著岳下顎左邊的一塊肌肉，看著這塊肌肉在岳說話時擰成一團。

岳更加靠近，「至於您，我的好公爵，我珍愛的公爵，您必須記住這顆牙。」他把那顆牙捏在拇指和食指之間，「這是您最後的一切了。」

公爵無聲地動了動嘴，片刻後才發出聲音：「拒絕。」

「啊，不！您一定無法拒絕的。因爲，您若肯幫我這個小忙，作爲回報，我會救出您的兒子和女人。除了我，別人誰都辦不到。我可以送他們去一個哈肯尼人搆不著的地方。」

「怎麼……救……他們？」公爵輕聲地問。

「製造一個假象，讓別人以爲他們都死了。然後，讓他倆藏身於可靠的弗瑞曼人之中，他們一聽到哈肯尼的名字就會拔刀相向。這些人切齒痛恨哈肯尼人，他們甚至會燒掉哈肯尼人坐過的椅子，把鹽撒在哈肯尼人走過的路上。」他摸摸公爵的下巴說，「您的下顎還有感覺嗎？」

公爵發覺自己已經無法作答了。他隱隱感到有人在扯他，低頭卻看見岳正伸手拔他的公爵璽戒。

「給保羅，」岳說，「一會兒您就會失去知覺了。再見，我可憐的公爵。下次再見時，可就沒時間聊天了。」

一種遙遠的清涼感漫過公爵的下頷，漸漸泛上他的臉頰。昏暗的走廊縮小了，聚成一個小點，凝固在岳紫色的雙唇上。

「記住這顆牙！」岳斬斬地說，「這顆牙！」

應該有一門研究不滿情緒的學科，因為人們需要偶爾過過苦日子，也需要有適當的壓力，這樣才能強健心智和體魄。

——摘自伊如蘭公主的《穆哈迪語錄》

※ ※ ※

潔西嘉在黑暗中醒來，周圍的沉寂使她有一種不祥的預感。她不明白自己的意識和身體爲什麼會如此遲鈍。恐懼感沿著神經蔓延開來，似乎在皮膚上沙沙作響。她想坐起來開燈，但卻怎麼也動不了，嘴裡覺得……怪怪的。

噹啷——噹啷——噹啷——噹啷！

沉悶的敲擊聲迴響在周圍，黑暗中聽不清來自何方。就在附近。

沒完沒了的等待，時間似乎凝滯了。

她開始嘗試著檢查自己的身體狀態，漸漸發覺手腕和腳踝都被綁起來了，嘴裡還塞著東西。她側身躺著，手被綁在背後。潔西嘉試著掙了掙綁著自己的繩索，然後意識到那是克瑞斯克纖維製成的，越用力拉扯，綁得就越緊。

現在，她想起來了。

就在她的臥室裡，有人在一片漆黑中做了手腳，把一塊潮濕的、味道刺鼻的東西捂在她臉上，塞住了她的嘴，然後用手按住她。當時她喘了一口氣——往肺裡吸了一大口——濕布上是麻醉劑的味道。

然後她又失去知覺，沉入一片令人恐懼的黑暗之中。

終於來了。她想，哈瓦特是對的。要制伏比吉斯特還眞是容易，只需一名叛徒就夠了。

她強壓下自己想拉扯繩索的衝動。

這不是我的臥室，她想，他們把我帶到別處了。

慢慢地，她理順了自己混亂的思緒，讓內心沉靜下來。

她漸漸嗅到自己身上散發出一股汗臭味，裡面混合著恐懼的氣息。

保羅在哪兒？她暗自問道，我兒子——他們把他怎麼樣了？

鎭定。要鎭定！

她用古法調息，想強迫自己鎭定下來。

但恐懼仍舊縈繞左右。

萊托？你在哪兒，萊托？

她感到周圍不再那麼黑了，看得見一些模模糊糊的影子。層次漸漸分明，刺激著她的視覺神經。白色，那是從門下一道縫隙裡透出的光。

我躺在地上。

通過地板的震動，她能感覺到有人在附近走動。

潔西嘉強壓下內心的恐懼。我必須保持鎭定，保持警覺，做好準備。也許我只有一次機會。她再次強迫自己冷靜下來。

四個人。

她估算著他們不同的腳步聲。

我必須裝出仍在昏迷中的樣子。於是她又倒在冰冷的地板上，全身放鬆，做好準備。隨即，她聽到開門的聲音，一道亮光照在她的眼皮上。

腳步聲越走越近，有人停在她面前站住。

「妳已經醒了，」是個低沉的男低音，「別裝了。」

她睜開眼。

站在面前的是伏拉迪米爾．哈肯尼男爵。她認出這是保羅睡過的那個小隔間，保羅的帆布床就靠在一邊，床上空空如也。士兵們拿來幾盞懸浮燈，放在房門兩側。門廳裡的亮光從敞開的門口照進來，刺激著她的眼睛。

她抬起頭來看著男爵，他披著一件黃色披風，蓋住支撐他那一身肥肉的可攜式懸浮器，肥嘟嘟的兩頰上堆滿了肥肉，看上去像個不會害人的大頭娃娃，可黑蜘蛛般的眼睛裡卻流露出一股凶光。

「這痲藥是算好時間的，」他低聲說道，「我們當然知道妳什麼時候會醒過來，精確到分鐘。」

這怎麼可能？她想，他們要做到這一點就必須知道我的精確體重，新陳代謝的速度，我的……岳！

「眞遺憾，還必須塞住你的嘴，」男爵說，「本來，我們可以好好聊一聊的。」

她想：只可能是岳，可怎麼會呢？

男爵瞥了一眼身後的門說：「進來，彼得。」

來人站在男爵身旁，潔西嘉以前從未親眼見過他，但那張臉卻很熟悉——此人是彼得．德．佛瑞斯，男爵的門塔特殺手。她仔細觀察著彼得：他有一張鷹臉，墨藍色的眼睛似乎表明他是阿拉吉斯當地人，可他的動作和姿態卻告訴她這人並不是當地土著。他的皮膚過於潤澤，水分保持得相當好。高個子，身材瘦削，舉手投足之中帶點女人味。

「我親愛的潔西嘉夫人，很遺憾咱們還不能暢談，」男爵說，「不過，我知道妳的能力。」他瞟了一眼彼得，「對嗎，彼得？」

「是的，正如您所說，男爵。」他答道。

這個男高音使潔西嘉感到背脊一陣發涼。她還從未聽過如此令人膽寒的聲音。對一個受過訓練的比吉斯特而言，這聲音無異於大聲宣告著：殺手！

「我要給彼得一個意外，」男爵說，「他以爲自己是來這兒領戰利品的——也就是妳，潔西嘉夫人。但我想證實一件事，證實他其實並不是眞的想得到你。」

「你在跟我開玩笑嗎，男爵？」彼得問，臉上露出了微笑。

看到這個微笑，潔西嘉很奇怪爲什麼男爵沒有跳起來防備彼得。隨後她立刻意識到了自己的錯誤：男爵從沒受過這方面的訓練，並不理解這個微笑的含意。

「在許多方面，彼得都很天眞，」男爵說，「他不願意承認你是個多麼致命的尤物，潔西嘉夫人。我眞想演示給他看看，但冒那樣的風險實在太愚蠢了。」男爵對彼得笑笑，彼得臉上露出了不耐煩的神情，「我知道彼得想要什麼：他想要權力。」

「你答應過我可以得到她。」彼得說，那男高音已經不再是冷冰冰一副滿不在乎的口氣了。

從聲音中，潔西嘉聽出了他的意圖，不由得心中一寒，想道：男爵怎麼把一個門塔特培養成這樣一頭畜生了？

「我給你一次選擇的機會，彼得。」男爵說。

「什麼選擇？」

男爵舉起胖胖的手指打了一個響指：「帶上這個女人離開帝國疆域，隨便你去哪裡流亡；或者，擁有阿拉吉斯上亞崔迪家族的公爵領地，以我的名義統治這裡。」

潔西嘉看到男爵的蜘蛛眼饒有興趣地觀察著彼得。

「除了沒有頭銜，你可以成爲這裡的公爵。」男爵說。

這麼說，我的萊托死了嗎？潔西嘉暗自問道。她感到自己心靈深處開始默默地哭泣起來。

男爵的注意力仍舊放在他的門塔特身上：「彼得，你自己想想清楚。你之所以想得到她，無非因爲她是公爵的女人，是權力的象徵——漂亮，實用，受過良好的訓練，足以扮演好公爵情婦這一角色。但現在我們說的是整個公爵領地，彼得！這可比虛幻的權力象徵要好得多了，是實實在在的權力！有了它，想要幾個女人還不容易……要多少有多少。」

「你不是在跟彼得開玩笑吧？」

在懸浮器的幫助下，男爵像跳舞一樣輕盈地轉過身，答道：「玩笑？我？記住——我放棄了原來有關那個男孩的計畫了。你也聽過那個叛徒的報告，那小子所受的訓練可不簡單，他們都一樣，這位母親和她的兒子——全都是致命的危險人物。」男爵微笑起來，「現在我得走了。我專門爲這件事安排了一名士兵，等會兒就會叫他進來。他是個聾子，什麼也聽不見。他的任務就是送你踏上流亡的旅程。如果他發現這女人控制了你，就會馬上出手制伏她。在你們離開阿拉吉斯之前，他不會允許你拔出她嘴裡的塞口物。當然，如果你選擇留下來……那他就另有任務了。」

「你不用走，」彼得說，「我已經選好了。」

「啊哈！」男爵大笑起來，「這麼快就做出決定了，那只有一種可能。」

「我要公爵領地。」彼得說。

潔西嘉心想：難道彼得不知道男爵在撒謊嗎？不過，他又怎麼會知道呢？他是一個畸形的門塔特。

男爵低頭看看潔西嘉：「我如此了解彼得，這不是很棒嗎？我與我的武裝部隊司令官打過賭，賭他一定會選擇公爵領地。哈！那麼，我這就走了。這樣再好不過，啊哈，好極了！妳要明白，潔西嘉夫人，我對妳個人沒有什麼深仇大恨，只是形勢所需而已。現在這樣再好不過。是的，其實我並沒下令把妳幹掉。以後等別人問起我，妳怎麼樣了，我就可以聳聳肩，實話實說，反正我確實不知道妳會怎樣。」

「那麼，你把這件事交給我了？」彼得問。

「我派來的士兵會聽你指揮，」男爵說，「隨便你怎麼處置她吧。」他盯著彼得，「是的，我的手在這兒滴血未沾。全是你的決定，與我無關。對，我什麼都不知道。你想怎麼做都行，但必須等我離開以後再做。是了，嗯……啊。對，對，很好。」

他害怕眞言師的質詢。潔西嘉想，誰呢？哦，哦，是聖母凱斯．海倫，當然！如果他知道自己必須面對聖母的質詢，那就是說，皇上必定與此事有關。啊，我可憐的萊托！

男爵最後瞥了一眼潔西嘉，轉身走出房門。她的目光緊跟著他，心想：正如聖母所警告的那樣——對手太強大了。

兩名哈肯尼士兵走了進來，後面跟著一名臉上有疤的士兵，拔出雷射槍守在門口。

他就是那個聾子，潔西嘉想，她仔細觀察著那張疤臉，男爵知道我能用魔音大法控制其他人，所以專門派了個聾子來。

疤臉看著彼得問：「我們已經把那男孩放在外邊的擔架上了。您有什麼吩咐？」

彼得對潔西嘉說：「我原來考慮過用妳的兒子脅迫妳，但現在，我覺得那不是什麼好主意。我讓感情蒙蔽了理智，對門塔特來說，這可是違反原則的事。」他看了一眼先進來的兩名士兵，轉過身，讓那個聾子可以讀唇，「那個叛徒建議把那男孩弄到沙漠裡去，我看，乾脆把他倆都扔到那兒去好了。他的計畫不錯，沙蟲會毀掉所有物證。絕不能讓人發現他們的屍體。」

「您不想親自動手嗎？」疤臉問。

他會讀唇語。潔西嘉想。

「我還是學學男爵的好榜樣吧，」彼得說，「把他們扔到那個叛徒所說的地方去。」

潔西嘉聽出彼得的聲音沙啞起來，那是門塔特控制內心恐懼的象徵。她意識到：嗯，他也害怕眞言師。

彼得聳聳肩，轉身走出門去。他在門口猶豫了一下，潔西嘉以爲他會轉身再看她最後一眼，但他終於沒有回頭，就那麼走了。

「我說，今晚幹下這種事，我可不願意面對眞言師啊，想想都可怕。」疤臉說。

「你這一輩子都不大可能跑去見那老巫婆的。」另一名士兵說著，走到潔西嘉面前，俯身看著她說，「站在這兒瞎聊也完不成任務啊。抬她的腿，然後……」

「爲什麼不在這兒把他們幹掉？」疤臉問。

「不想弄得血糊糊的，」前面那名士兵說，「除非你想勒死他們。我嘛，喜歡直截了當，把工作做得漂亮點兒。就照那個叛徒說的，把他們扔到沙漠裡去，砍上幾刀，把他們留給沙蟲去收拾吧，那樣就不用收拾殘局了。」

「噢……那好吧。我想，你說得對。」疤臉說。

潔西嘉仔細聽著，認眞觀察，把得來的情報一一記在心裡。可她口中塞著東西，無法運用魔音大法，何況還有那個聾子要另外對付。

疤臉把雷射槍塞回到槍套，抓起她的腳。他們像抬著一袋米那樣抬著她，出門以後，他們把她扔在一個附有束縛帶的懸浮式擔架上，然後把她轉了一下，在擔架上放好。這時，潔西嘉看到了另一張臉——保羅！他也被捆著，但嘴倒沒被堵起來。他的臉離她不到十公分，雙眼緊閉，呼吸平穩。

他被迷倒了嗎？潔西嘉猜想著。

士兵們抬起擔架，保羅的眼睛隙開一條縫，偷偷凝視著潔西嘉。

千萬不要用魔音大法！潔西嘉祈禱著，小心那個聾子士兵！

保羅又閉上了眼睛。

他一直在嘗試吐納呼吸，盡量讓自己鎮靜下來，認真偷聽敵人的談話。那聾子是個大麻煩，但保羅努力不讓自己感到絕望。母親教他的比吉斯特心法使他得以保持冷靜，隨時準備抓住出現的任何機會。

保羅又忍不住悄悄看了一眼母親的臉，看上去她似乎沒有受傷，只是嘴被堵住了。

他猜測著是誰抓住她的。他自己被捕的過程平淡無奇：臨睡前吃了岳給的藥丸，醒來後就發現已經被捆在這個擔架上了。也許，她的遭遇也與此雷同。邏輯告訴他叛徒是岳，但他暫時還沒有下最後的結論。有一點他實在想不明白——蘇克學校畢業的醫生怎麼可能叛變？

擔架稍稍傾斜了一下，哈肯尼士兵把他們倆從門口推了出去，來到滿天星斗的夜空下。擔架的懸浮墊在門口蹭了一下，然後是腳踩在沙地上的嚓嚓聲。一架撲翼機的機翼張在他們頭頂，遮住了點點繁星。擔架下降，落在地上。

保羅眨了眨眼睛，以適應屋外微弱的光線。他看見聾子士兵打開機艙門，把頭伸進黑呼呼的綠色機艙，瞥了一眼亮閃閃的儀表盤。

「這就是給我們用的撲翼機嗎？」他轉身看著同伴的嘴唇。

「對。那個叛徒說，這架飛船已經修好了，可供我們在沙漠裡執行任務。」另外一個士兵回答道。

疤臉點點頭：「可這是他們的那種小型撲翼機，把他倆往裡一塞，就只能再進兩個人了。」

「兩個就夠了。」一個擔架兵湊近聾子，把嘴唇對著他說，「克奈特，從現在開始，由我們兩個來負責就行了。」

「男爵告訴我，一定要親眼看到他們被解決掉。」疤臉說。

「你那麼擔心幹什麼？」另外一名抬擔架的士兵問。

「她可是比吉斯特巫婆，」疤臉說，「他們有超能力。」

「啊——哈——哈……」第一個擔架兵用拳頭在他耳邊比劃了一下，「你是說，他們中有一個是巫婆，嗯？懂你的意思。」

站在他後邊的士兵輕蔑地說：「等一會兒她就變成沙蟲的美味了。我不覺得比吉斯特巫婆對那些大沙蟲也能使出什麼妖法來。對嗎，齊戈？」

「沒錯。」那個叫齊戈的士兵說。他轉身走回潔西嘉身邊，抬起她的肩膀，「來吧，克奈特。你想親眼看看他們倆的結局，就跟著一塊兒去吧。」

「謝謝你的邀請，齊戈。」疤臉說。

潔西嘉感到自己被抬了起來，機翼的影子在星光下忽閃著。她被推進機艙後座，那些士兵們檢查過綁她的克瑞斯克繩後，又把她捆在座位上。保羅被塞在她身旁，也綁得很結實，可她發現那只是一條普通的繩子。

疤臉，就是那個叫克奈特的聾子坐在前座上，那個叫齊戈的擔架兵繞了一圈，最後選了剩下的那個前座。

克奈特關好機艙門，彎腰打開動力閥，撲翼機在一片塵土飛揚中離開了地面，頭朝南方的遮罩牆山飛去。齊戈敲敲同伴的肩膀說：「你要不要轉過身去監視他們倆呀？」

「那你知道路線嗎？」克奈特問。

「那個叛徒說的路線我也聽到了，跟你一樣。」

克奈特轉過椅子。借著微弱的點點星光，潔西嘉看到他手上握著雷射槍。潔西嘉調整著自己的視力，飛船內壁似乎也隨之亮了起來，但疤臉卻始終隱沒在一片黑暗之中。潔西嘉試了試安全帶，發現很松，左臂蹭在安全帶上感覺有點割手。她立刻意識到是有人在安全帶上做了手腳，只要用力一拉，就會繃斷。

難道有人來過撲翼飛船這裡，爲我們事先做好準備了嗎？潔西嘉猜想道，會是誰呢？

慢慢地，她把捆著的腿從保羅身邊挪開。

「這麼漂亮的女人就這樣浪費了，眞是可惜啊。」疤臉說，「你以前有沒有碰過貴婦人？」他扭頭看看正在開飛船的齊戈。

「比吉斯特並不是人人都出身高貴。」飛行員齊戈回答說。

「可她們看上去都很高貴。」

潔西嘉想：他可以清楚地看到我。她把捆著的腿移到座位上，然後蜷成一團，盯著疤臉。

「眞漂亮，」克奈特說著用舌頭舔舔嘴唇，「眞是太可惜了。」他看了看齊戈。

「我覺得你在想那件事，你在想那件事嗎？」飛行員齊戈問。

「誰會知道呢？」疤臉說，「幹完以後……」他聳聳肩，「我只是從沒幹過貴婦人。興許以後再也不會有這樣的機會了。」

「你敢動我媽一個手指頭……」保羅咬牙切齒，憤怒地瞪著疤臉。

「嗨！」齊戈笑了，「小狗叫起來了，可惜咬不到人。」

而潔西嘉心想：保羅的音調拉得太高，但說不定能起作用。

他們靜靜地繼續向前飛行。

潔西嘉想：這些可憐的傻瓜。她一邊觀察著這些士兵，一邊回憶起男爵的話。只要他們一報告說任務完成了，就會被立即殺掉。男爵可不想留下人證。

撲翼飛船側過機身，向遮罩牆山的南端飛去，潔西嘉看到了月光下撲翼機投射在沙地上的影子。

「這裡夠遠的了。」齊戈說，「叛徒說，把他們扔在遮罩牆山附近的任何沙地上都可以。」他壓下操縱桿，撲翼機向沙丘一路滑下去，在空中拉出長長的一條弧線，穩穩地掠過沙漠。

潔西嘉看到保羅開始有節奏地呼吸，讓自己盡量鎮定下來。他閉上雙眼，又再睜開。潔西嘉看在眼裡，卻無能爲力，幫不了他。她想：他還沒有完全掌握魔音大法，如果他失敗了……

撲翼飛船輕輕一偏，在沙地上著陸。潔西嘉向身後遮罩牆山北邊望去，只見遠處又有機翼的影子掠過，消失了。

有人在跟蹤我們！她想，誰？接著：一定是男爵派來監視這兩個人的，監視者身後一定也還有監視者。

齊戈關掉機翼引擎，死寂如洪水般淹沒了眾人。

潔西嘉轉過頭，從疤臉身邊的機窗望出去，可以看見一輪明月正慢慢升起，冰冷的月光投射在這片荒漠上，沙漠裡高聳著一排冷峻的峭壁，山脊上滿是風沙蝕刻出的條條溝壑。

保羅清了清嗓子。

飛行員說：「克奈特，現在怎麼辦？」

「我不知道，齊戈。」

齊戈轉身說道：「啊哈，瞧吱。」他伸手去撩潔西嘉的裙子。

「拿掉她的塞口物。」保羅命令道。

潔西嘉感到這句話在空氣中滾動著，那語氣、那節奏，掌握得好極了——夠威嚴，非常嚴厲。音調再稍稍低點效果會更好，但仍然處於這個人的接受範圍內。

齊戈伸手摸到潔西嘉嘴上的膠帶，一下子就扯開了上面的封口。

「住手！」克奈特下令道。

「哦，閉嘴吧，」齊戈說，「她的手綁著呢。」封口一拉掉，塞口物就鬆了。他盯著潔西嘉，兩眼直冒光。

克奈特把手放在飛行員的手臂上說：「喂，齊戈，沒必要……」

潔西嘉一甩脖子，把塞口物吐了出來。她壓低音調，用低沉而親昵的語氣說道：「先生們！沒必要為我打架嘛。」與此同時，她對著克奈特扭動身體，想挑起他的衝動。

她看見他們緊張起來，她知道，此時，他們已經堅信，必須打敗對方才能得到她。他們的不和不需要任何理由，在他們的意識裡，他們確實是在爭奪她。

她把臉揚起來，抬到儀表盤射出的燈光下，好讓克奈特能看清她的嘴唇，讀懂她所說的話。她說：「你們千萬別打起來。」對方拉開彼此間的距離，戒心重重地互相打量著。「有哪個女人值得你們為她決鬥嗎？」她問。

她在他們面前說出這番話來，卻使他們覺得完全有必要為她決鬥。

保羅緊閉雙唇，強迫自己保持沉默。剛才，他得到了一次運用魔音大法的機會，總算是成功了。而現在——一切全靠他母親了，她的經驗遠比自己豐富。

「對，」疤臉說，「沒必要為個女人……」

他的手突然朝飛行員的頸部揮去，只見某個金屬物一晃，擋開了這一擊，順勢插進疤臉胸口。

疤臉呻吟一聲，軟綿綿地向後一倒，靠在艙門邊。

「以為我是傻子？連你那點小把戲都看不出來？」齊戈說。他縮回手，露出一把刀來，在月光下閃閃發光。

「現在該輪到那小鬼了。」他邊說邊向保羅撲過來。

「沒這個必要。」潔西嘉喃喃地說。

齊戈猶豫了。

「我可以乖乖地聽你吩咐，你不想這樣嗎？」潔西嘉問，「給這小男孩一個機會吧，」她的嘴角輕輕一撇，露出一絲苦笑，「其實外面也沒什麼機會，讓他去吧，然後……」她微笑起來，「你會得到最好的報酬。」

齊戈左右看了看，注意力又回到潔西嘉身上，「我聽說過單身旅人一旦陷入這片沙漠會怎麼樣。也許，這把刀會對這孩子有點幫助。」

「是不是我的要求有點過分啊？」潔西嘉懇求道。

「妳想騙我。」齊戈嘟噥著說。

「我不想看到兒子死，」潔西嘉說，「這也算是欺騙嗎？」

齊戈退回去，打開門，一把抓住保羅，把他從座位上拖過去，推到門口，讓他一半身子掛在外面，然後舉起手中的刀說：「小鬼，如果我砍斷你身上的繩子，你會怎麼做？」

「他會馬上離開這裡，往山岩那邊跑。」潔西嘉說。

「你會那麼做嗎，小鬼？」齊戈問。

保羅的肯定語氣控制得恰到好處，「是。」

刀向下一揮，砍斷了他腿上的繩子，保羅感到背後有一隻手把他往沙地上推。他假裝沒站穩，一個踉蹌側身靠在門上，然後轉身，好像要直起身來的樣子，接著蹬出右腿。

多年的格鬥訓練沒有白費，保羅的腳尖精準無比地瞄準了敵人的要害，多年訓練似乎全都集中在這一擊之中。他全身上下幾乎每一塊肌肉都配合默契，腳尖狠狠踢中齊戈腹部最柔軟的部位，就在胸骨下半吋。這一踢力道驚人，直搗肝臟，衝擊力透過胸膈膜，震碎了齊戈的右心室。

士兵喉嚨裡「咯」的一響，一聲慘叫，猛地摔倒在座椅上。保羅的手還捆著，使不上力，所以順勢倒在沙地上，一個側滾翻，借力站起。他重新鑽回機艙，找到那把刀，用牙咬著割斷母親身上的繩索。潔西嘉一獲自由就立刻拿過刀來，替他鬆綁。

「我完全可以控制他，」潔西嘉說，「他會替我割斷繩子的。你剛才那麼冒險實在太愚蠢了。」

「我發覺有機可趁，就動手了。」他說。

她聽出他在竭力控制自己的情緒，於是說道：「機艙頂上有岳的族徽，很潦草，看樣子畫得很匆忙。」

他抬起頭，看見了那個彎曲的圖示。

「出去吧，咱們檢查一下，」她說，「飛行員座位底下有個包裹，進來的時候我就摸到了。」

「炸彈？」

「不像。這裡面有點不對勁。」

保羅跳到沙地上，潔西嘉也跟著跳了下去。她轉身去拿座椅下面的包裹，卻看見齊戈的腳就在眼前。她拉扯包裹時，發現上面濕嗒嗒的，那是飛行員的血。

浪費水分。她想，隨即意識到：這是阿拉吉斯人的思維方式。

保羅四處張望，沙漠中陡起的山岩讓人聯想到亂石嶙峋的海灘，遠方則是風化的斷壁殘崖。他轉過身，看到母親拎著從機艙裡拿出的那個包裹，神情緊張地越過沙丘朝遮罩牆山方向張望。他想看看是什麼引起了母親的注意，結果發現另一架撲翼機正朝他們猛撲過來。沒時間把屍體清出機艙從容逃逸了。

「快跑，保羅！」潔西嘉大喊道，「是哈肯尼人！」

阿拉吉斯人這樣教人用刀——剁掉不完整的部分，然後說：「現在，一切都完整了，因為一切到此為止。」

——摘自伊如蘭公主的《穆哈迪語錄》

※ ※ ※

一個身穿哈肯尼軍服的人衝過來，在大廳盡頭突然止步，瞪著岳，然後瞟了一眼梅帕絲的屍體和平躺在地上的公爵。來人右手握著雷射槍，渾身上下散發著一種漫不經心的野蠻之氣，那種兇悍、那種身姿，讓岳不由得心頭一顫。

薩督卡。岳想，從外表上看，是個巴夏統領，也許是皇上派來的親兵，瞧瞧這兒的情況。不管他們穿什麼軍服，一眼就能認出來。

「你是岳。」那人說。他若有所思地打量著博士頭髮上的蘇克學校環帶，又看了一眼岳額頭上的鑽石形紋身，然後盯住岳的眼睛。

「我是岳。」醫生說。

「你可以放鬆些，岳，」那人說，「你一關掉住宅的遮罩場，我們立刻就衝進來了。這裡一切已在我們的控制中。這就是公爵嗎？」

「這就是公爵。」

「死啦？」

「只是失去知覺罷了，我建議你把他捆起來。」

「其他這些也都是你殺的？」他回頭望了一眼大廳裡梅帕絲的屍體。

「很遺憾。」岳喃喃說道。

「遺憾！」薩督卡軍人輕蔑地說。他走上前去，低頭看看萊托：「那麼，這就是偉大的紅公爵啦。」

即使我剛才對這個人的身份還有所懷疑，現在，懷疑就此終結了。岳想，只有皇上把亞崔迪稱爲紅公爵。

這個薩督卡伸手從萊托的制服上割下紅色鷹徽。「小小的紀念品，」他說，「公爵印章戒指在哪兒？」

「他沒戴在身上。」岳回答道。

「這我看得見！」薩督卡厲聲道。

岳渾身一僵，乾咽了一口口水，心想：要是他們對我施加壓力，弄個眞言師來，他們就會發現戒指的去處，發現我準備的撲翼飛船……那一切就全完了。

「有時公爵會讓信使帶上璽戒作爲信物，表示信使所傳達的命令直接來自公爵本人。」岳說。

「那種信使肯定是他的親信。」薩督卡低聲道。

「你不打算把他捆起來嗎？」岳壯起膽子問。

「他還要多久才能恢復知覺？」

「大約兩小時吧。給他下的迷藥劑量不如給那個女人和小男孩的那麼精確。」

薩督卡輕蔑地用腳踢了踢公爵說：「醒過來也不足爲懼。那女人和小孩什麼時候醒？」

「大約十分鐘。」

「這麼快？」

「男爵通知我說，他的手下一到，男爵本人緊跟著馬上就到。」

「那他一會兒就到了。你去外邊等著，岳，」他嚴厲地看了一眼岳，「現在就去！」

岳瞟了一眼萊托說：「怎麼處置——」

「他就像等著上席的烤鴨，捆好了就送去給男爵。」他又看了一眼岳前額的鑽石圖騰，「我們的人認識你，待在宅子裡很安全。我們沒時間瞎聊，叛徒。我聽到有其他人來了。」

叛徒。岳想。他垂下眼簾，從那名薩督卡身邊擠過去，心裡明白這是個預兆，歷史會記住他的名字：岳，叛徒。

往正門走時，他看到更多屍體橫七豎八地躺著。岳一路走，一路仔細辨認著，生怕會在其中看到保羅或潔西嘉。死者全都是亞崔迪的衛兵或身穿哈肯尼軍服的人。

哈肯尼衛兵警覺起來，盯著他從前門走到火光沖天的夜空下。道路兩旁的棕櫚樹熊熊燃燒著，照亮了大宅。樹下，滾滾濃煙從用來點火的易燃物上不斷湧出，在橘黃色的火焰中升騰而上，瀰漫在空中。

「是那個叛徒。」有人說。

「男爵很快就要見你。」另一個人說。

我必須到那架撲翼機上去，岳想，把印章戒指放到保羅能找到的地方。這時，一絲恐懼襲上他的心頭：如果艾德荷懷疑我，或者，他不耐煩起來——如果他沒去我告訴他的地方等著——那潔西嘉和保羅就在劫難逃了。我的所作所爲將難以彌補，我永遠都會受到良心的譴責。

哈肯尼衛兵放開他的胳膊說：「別擋道，到那邊等著去吧。」

突然，岳感到自己在這一片廢墟之中就像是一個被遺棄的人，沒人會原諒他，也沒人會對他略表同情。艾德荷可千萬不能出錯啊。他想。

嚴。

另一個衛兵撞到他身上，怒罵道：「你！別擋道！」

岳想：即使他們從我這兒得到了好處，也依然鄙視我。被推到一邊的他挺直身子，想保存一點尊

「等著男爵傳喚你！」一名衛隊軍官惡狠狠地咆哮道。

岳點點頭，裝著不經意的樣子往前走。他轉過一個拐角，然後躲開燃燒的棕櫚樹，隱沒到一片陰影之中。他加快腳步，每一步都將他心中的焦慮暴露無遺。岳向溫室下面的後院走去，那邊有一架撲翼機——是停在那兒等著運走保羅和他母親的。

後門大開，門口站著一個哈肯尼衛兵，他的注意力集中在亮著燈的大廳那邊，眼巴巴地盯著在屋裡乒乒乓乓逐間搜查的士兵。

他們可眞夠自信的，眞以爲自己大獲全勝了！岳想。

岳借著陰影繞過衛兵，走近撲翼飛船的另一邊，輕輕打開一扇艙門，伸手到椅子下面摸他早就藏在那兒的沙漠救生包。他打開蓋子，把印章戒指從邊上塞進去，摸了摸救生包裡皺巴巴的香料紙——那是他寫好的一張字條。他把戒指塞進紙裡包好，然後縮回手，把救生包放回原處。

岳輕輕關好艙門，悄悄沿原路返回，溜到大宅一角，然後繞回正門外燃燒的棕櫚樹下。

現在，完事了。他想。

他再一次走進棕櫚樹耀眼的火光下，拉了拉身上的披風，盯著熊熊烈火。「很快我就會知道了。很快就會見到男爵，到時候我就知道了。」他想，「而男爵——他將遭到一顆小小牙齒的突襲。」

※ ※ ※

有這樣一個傳說：萊托·亞崔迪公爵去世的那一刻，卡拉丹的空中有一顆流星從他祖先的宮殿上劃過。

——摘自伊如蘭公主的《穆哈迪童年簡史》

伏拉迪米爾·哈肯尼男爵把一艘登陸艦改建成了臨時指揮所。他站在舷窗前眺望遠方，外面是夜色籠罩下火光沖天的阿拉肯。男爵把注意力集中在遠處的遮罩牆山上，在那兒，他的祕密武器正在發揮效用。

使用炮彈的火炮。

公爵的戰鬥人員已經退卻到坑道裡，進行最後的抵抗。而這種火炮則專門用來一點一點地把洞口堵死。它不緊不慢地噴出適量的橘黃色火焰，洞口周圍的石塊和泥土就會大量傾瀉下來——公爵的人會被封死在洞裡，最終被餓死、渴死，像被堵死在巢穴中的野獸。

男爵能感覺到遠處鼓點般的爆炸聲，連他的登陸艦都隨之微微震動起來：碰——碰！然後又是碰——碰！

誰會想到在遮罩場時代的今天重新啓用火炮呢？這個念頭讓他不禁心中暗笑。但我們早就料到公爵的人會利用那些坑道，所以才出此妙策。這場仗打下來，敵人被徹底消滅了，可我們和皇上的聯軍卻得以保存實力，皇上一定會賞識我的聰明才智吧。

他調了調身上的一個小懸浮架，讓它能更好地支撐他那過度肥胖的軀體，使自己得以克服重力的影響，變得身輕如燕。一絲微笑掛上他的嘴角，扯動著下頜的贅肉。

他想：公爵這些勇猛的戰鬥人員全都浪費了，眞可惜。他笑得愈來愈開心，自己笑出了聲。這種遺憾之情應該是最殘忍不過的！他點點頭，失敗者本來就是死不足惜的消耗品。整個宇宙敞開胸懷，讓能做出正確抉擇的人主宰自己。猶豫不決的傢伙最後只能落荒而逃，像暴露在光天化日之下的兔子，被人趕進預先挖好的陷阱一一擒獲。否則，養兔子的人又怎能控制牠們，讓兔子按你的意願繁衍生息，製造出一代代肉食？男爵腦海中浮起一幅圖像，自己的戰鬥人員就像一群群蜜蜂，成天忙個不停，專門替他趕兔子進洞。他想：當你有許多蜜蜂爲你辛勤工作時，日子才算眞正甜蜜。

他身後的一扇門打開了，男爵轉身之前先仔細看了看舷窗玻璃上反射的影子。

走進艦橋的是彼得，身後跟著男爵的私人衛隊隊長烏曼．庫圖。門外有幾個一臉呆相的人走來走去，都是他的衛兵。他們在他面前一向都小心翼翼地擺出一副待宰羔羊的表情。

男爵轉過身。

彼得嘲弄似的用手指觸了一下前額的頭髮，算是敬禮。「好消息，老爺，薩督卡士兵把公爵大人帶來了。」

「這還用說。」男爵嘟噥了一句。

他研究著彼得那張女人臉，陰鬱的面具之下滿是邪惡的神情。還有那雙眼睛：陰暗的眼眶裡一雙深藍深藍的眼睛。

男爵想：我必須盡快除掉他。他差不多派不上什麼用場了，而且幾乎對我個人構成嚴重的威脅。首先，必須讓阿拉吉斯人恨他。然後，他們就會歡迎我親愛的菲得．羅薩來當他們的救星。

男爵將注意力轉向他的衛隊長烏曼．庫圖。他的下頜有兩條剪刀似的斜線，下巴像靴尖一樣從臉部凸了出來。這是個值得信賴的人，因爲他的惡習眾所周知，不會有別人願意收留他的。

「首先，把公爵出賣給我們的那個叛徒在哪兒？」男爵問，「我必須把當初說好的酬勞賞給他。」

彼得踮起一隻腳尖，微微轉身，對門外的衛兵做了一個手勢。

門外一個黑影一晃，岳走了進來。他步履艱難，動作僵硬，鬍鬚垂在紫紅色的嘴唇兩旁，只有那雙老眼看上去還有些活力。岳向前三步走進屋裡，彼得向他比了個手勢，岳遵囑停了下來，站在原地，盯著不遠處的男爵。

「啊——哈——哈，岳大夫。」

「哈肯尼大人。」

「你已經把公爵交給我們了，我聽說了。」

「我已經履行了我的諾言，大人。我們那筆交易——」

男爵看了看彼得。

彼得點點頭。

男爵回過頭來看著岳說道：「是信上談的那筆交易，嗯？我——」他啐出下面這句話，「那麼，我需要做些什麼回報你來著？」

「您記得很清楚，哈肯尼大人。」

此刻，岳盡量讓自己能冷靜下來，好好想一想。他的腦子裡彷彿有一座無聲的鐘擺，重重地敲出死一般的沉寂。男爵態度上的微妙變化使他明白自己上當了。萬娜確實已死——他們再也奈何不她了。如果不是這樣，脆弱的醫生就還有一線希望支撐自己活下去。可現在，男爵的態度明擺著，希望破滅，一切都完了。

「是嗎？」男爵問。

「您答應過要解除我的萬娜的苦難。」

男爵點著頭說：「哦，對了。現在我想起來了，確實答應過。那就是我的承諾，也是你我克服皇家預置心理定勢的竅門。你受不了看見你的比吉斯特巫婆在彼得的痛苦強化器裡苦苦哀求的樣子。好吧，伏拉迪米爾．哈肯尼男爵一向信守諾言。我告訴過你我會解脫她的痛苦，並同意你跟她團聚。那好，就這樣吧。」他朝彼得揮了揮手。

彼得的藍眼睛一亮，突然閃到岳的背後，動作就像貓一樣敏捷流暢，手中的刀一閃，鷹爪般刺進岳的後背。

老人僵住了，但目光始終緊盯著男爵。

「跟她團聚去吧！」男爵鄙夷地撂下一句話。

岳站著，搖晃著。他認眞地張開嘴，嘴形絕對符合標準發音的要求，然後以一種奇特的節奏，字正腔圓地說：「你……以爲……你……打……打敗……我了，你……以爲……我……不……知道……我能……給……我……的……萬娜……帶去……什麼。」

他轟然倒下，沒有彎腰，直挺挺地，就像一棵傾倒的大樹。

「跟她團聚去吧。」男爵又說了一遍，但聽上去就像微弱的回音。

岳給了他一種不祥的預兆。男爵搖搖頭，不去想它，把注意力投向彼得，看他用一小塊布擦掉刀刃上殘留的血漬，藍眼睛裡流露出無限滿足。

男爵想：他親自動手殺人的時候就是這副模樣啊，了解一下也好。

「他確實把公爵交出來了？」男爵問。

「確實如此，老爺。」彼得回答。

「那就把他帶進來！」

彼得瞥了一眼衛隊長，後者立即轉身去執行命令。

男爵低頭看著岳，從他倒下的方式看，你甚至會覺得他身體裡長的不是骨頭，而是棵橡樹。

「我從不相信叛徒，」男爵說，「哪怕是我自己策反的叛徒。」

他看著窗外夜色籠罩下的大地，男爵知道，那一片漆黑籠罩下的天地是他的了。封閉遮罩牆山坑道的隆隆炮火聲已經停止，所有用來充當陷阱的兔子洞都被堵上了。突然，男爵心裡覺得這一片空空洞洞的黑暗眞是美妙絕倫，再沒有比這更美的顏色了。當然，黑底上的白色也很好，那種瓷器般的純白。

但他仍抹不去那一絲疑慮。

那個愚蠢的醫生究竟是什麼意思？當然，很可能岳終於醒悟過來等著他的是什麼結局。但那句話卻使男爵心裡頗有些不安：「你以爲你打敗我了。」

他是什麼意思？男爵想。

萊托·亞崔迪公爵從門外走進來。他的手臂被鐵鏈綁著，一張鷹臉上沾著泥。他的制服被扯爛了，因爲有人撕掉了制服上面的徽章；腰間的衣服則被撕成一綹一綹的，看樣子他身上的防護盾腰帶沒等解開制服就直接被扯掉了。他站在男爵面前，眼神既呆滯又瘋狂。

「呃——」男爵剛一開口，卻又停了下來。他猶豫著，深深吸了口氣。他知道自己剛才說話的聲音太大了些，有失體面。他早就夢想著這一天，可此時此刻，他卻覺得這勝利的滋味有些走樣了。

他媽的，那個該死的醫生！最好永世不得超生！

「我想這位好公爵服過藥了，」彼得說，「岳就是用這種辦法替我們抓住他的。」彼得轉向公爵問道，「你被下了藥吧，對不對，親愛的公爵大人？」

聲音很遙遠。萊托能感覺到鐵鏈的摩擦，痛楚的肌肉，乾裂的嘴唇，火辣辣的臉頰，喉嚨也渴得直冒煙。周圍傳來的聲音感覺很鈍，好像隔著一條棉毯在說話，眼前一切都模模糊糊，彷彿隔著一層布。

「那女人和男孩如何啊？彼得。」男爵問，「有消息了嗎？」

彼得飛快地用舌頭舔了舔嘴唇。

「看來你已經聽到些什麼了！」男爵嚴厲地說，「到底怎樣？」

彼得看了一眼衛隊長，又回過頭去看著男爵說：「老爺，派去執行任務的那兩個人——他們……嗯……已經……嗯……找到了。」

「那麼，他們彙報說一切令人滿意嘍？」

「他們都死了，老爺。」

「他們當然都死了！我想知道的是——」

「老爺，發現他們的時候他們已經死了。」

男爵的神情一下子激動起來：「那女人和男孩呢？」

「沒有見到任何蹤跡，老爺。可那兒有一隻沙蟲，是在我們調查現場時出現的。也許他們的結局跟我們當初期望的差不多——一次意外事故，可能——」

「我們不談什麼『可能性』，彼得。還有那架丟失的撲翼機呢？對我的門塔特而言，這是否意味著什麼呀？」

「很明顯，是某個公爵的手下駕機逃跑了，老爺。他殺了我們的飛行員，然後逃跑了。」

「是公爵的哪個手下？」

「老爺，此人下手乾淨俐落，殺起人來悄無聲息。是哈瓦特，或者，是哈萊克，也可能是艾德荷，或是任何其他某個高級軍官。」

「這『可能』的範圍可太大了。」男爵嘟囔著，看了一眼服藥後公爵那晃晃悠悠的身影。

「局勢掌握在我們手裡，老爺。」彼得說。

「不！還沒有！那個愚蠢的行星生態學家在哪兒？那個叫凱恩斯的人在哪兒？」

「我們已經打聽到在哪兒能找到他，剛剛派人去了。老爺。」

「皇上的人就是這樣幫忙的嗎，我很不喜歡。」男爵低聲說。

聲音透過棉毯傳來，嗡嗡地聽不太清，但其中有幾句話觸動了公爵的神經：女人和男孩——沒見到任何蹤跡。保羅和潔西嘉已經逃走了。還有哈瓦特、哈萊克和艾德荷，他們的命運都還是未知數。還有希望。

「公爵璽戒在哪兒？」男爵質問道，「他手指上光禿禿的，什麼也沒有。」

「那個薩督卡說，抓到公爵的時候就不在他身上，老爺。」衛隊長說。

「那醫生你殺得太快了，」男爵說，「是個失誤。你應該先問問我，彼得。你動作太快，對咱們的事業沒什麼好處。」他板著臉說，「你嘴裡的『可能』太多了！」

這個想法像正弦波一樣懸在公爵的意識裡，一浪接一浪地衝擊著他麻木的大腦：保羅和潔西嘉已經逃走了！他印象裡還有別的一件事：一筆交易。他就快想起來了。

牙！

現在，他記起了其中的一部分：一粒做在假牙裡的毒氣藥丸。

有人告訴他要記住那顆牙。那牙就在他嘴裡，用舌頭舔一舔就可以感覺到它的形狀。他要做的一切就是用力把它咬破。

還沒到時候！

那人告訴他要等男爵靠近時再動手。誰告訴他的？他記不起來了。

「就他現在這模樣，藥性還會維持多久？」男爵問。

「也許再過一個小時吧，老爺。」

「也許，」男爵不滿地嘟囔著，他又轉身面向窗外漆黑的夜色說，「我餓了。」

「那就是男爵吧，那個模模糊糊的灰色的身影。」萊托想。那影子在他眼前跳來跳去，整棟房子都好像跟著在晃動。而且，他感覺這個房間不停地放大縮小，一會兒亮一會兒暗，最後縮成一個黑點，慢慢地消失了。

對公爵來說，時間變成了一連串跳躍式的進程，任他在其間飄來蕩去，一點也不連貫。「我必須等待時機。」公爵想。

那兒有張桌子，萊托看得很清楚。還有一個粗俗的胖子坐在桌子另一頭，面前放著吃剩的食物。萊托感覺到自己就坐在那胖子對面的椅子上。他還感覺到有數根鐵鏈和皮帶將他綁在椅子上，身體也因此隱隱作痛。他意識到時間在流逝，但卻不知道到底過了多久。

「我相信他正在恢復意識，男爵。」

一個絲般柔滑的聲音，是彼得。

「我也看見了，彼得。」

隆隆作響的男低音，是男爵。

萊托對周圍環境的認知愈來愈清楚，身下的椅子變得更實在，被捆綁的部位也變得更加痛楚難當了。

現在他終於可以清楚地看到男爵。萊托注視著那人手上的動作：他一手緊緊抓住盤沿，另一隻手握住勺柄，還不忘騰出一隻手指來，摸著下巴上的贅肉。

萊托直愣愣地盯著那隻移動中的手，一副入迷的樣子。

「你能聽見我說話吧，萊托公爵。」男爵說，「我知道你聽得見。我們希望能從你嘴裡打探出來，究竟在哪兒能找到你的寵妾和兒子。」

萊托始終毫無表情，但男爵的話著實令他心頭一喜，完全鎮靜下來。他想：*這麼說是真的，他們沒抓到保羅和潔西嘉。*

「咱們不是在玩小孩子的遊戲，」男爵不滿地吼道，「這一點你一定知道。」他傾身向前看著萊托，仔細觀察著他的臉。這件事不能讓他和萊托兩人私下解決，這讓男爵感到很痛苦。讓別人看見皇室成員陷入如此窘境，這不是什麼好兆頭。

萊托感到漸漸恢復了原有的力氣。現在，關於假牙的記憶清晰地浮現在腦海中，就像平原上突兀的尖塔。那顆假牙裡有一粒做成牙神經形狀的藥丸——毒氣膠囊——他想起是誰把這件致命的武器放進他嘴裡了。

岳！

在迷迷糊糊的記憶中，他好像看見過一具軟綿綿的屍體，被人當著他的面從這屋裡拖了出去。答案如水蒸汽般隱約浮現出來，他知道那一定是岳。

「你聽到那噪音了嗎，萊托公爵？」男爵問。

萊托漸漸留意到一個斷斷續續的聲音，是某人在極度痛苦中從嗓子裡憋出來的啜泣聲。

「你的一個手下化裝成弗瑞曼人，被我們抓住了。」男爵說，「我們很容易就揭穿了他的身份：因爲他的眼睛，這你也知道。他堅持說他是被派去當間諜，監視弗瑞曼人的。我在這個星球上住過很長一段時間了，親愛的表弟，沒人會去監視那些垃圾一樣的沙漠賤民。告訴我，你是不是收買了他們幫你的忙啊？你是不是把兒子和女人送到他們那兒去了？」

萊托因恐懼而感到胸口一緊，心想：如果岳把他們送到了沙漠人那裡，哈肯尼人不找到他們絕不會善罷甘休的。

「得啦，得啦，」男爵說，「我們沒多少時間再磨下去，不就是一時之痛嘛。別逼我不得不這麼做，我親愛的公爵。」男爵抬頭看了一眼站在公爵身旁的彼得，「彼得沒把工具全帶來，但我相信他完全可以臨時弄些出來。」

「臨時弄出來的東西有時是最好的，男爵。」那個柔滑而充滿暗示的聲音！就在公爵耳際。

「我知道你有應急計畫。」男爵說，「你的女人和兒子究竟被送到什麼地方去了？」他看著公爵的手，「你的戒指不見了，是不是你兒子拿去了？」

男爵抬起頭，盯著萊托的眼睛。

「你不回答，」他說，「是不是想強迫我做出連我自己也不願意做的事嗎？彼得會採取最簡單、最直接的方法。我也認爲，有的時候，那是最好的辦法。可是，讓你如此受罪並不是什麼好事。」

「也許，可以把滾燙的牛油滴在背上，或者眼皮上，」彼得說，「或許身體的其他部位。當犯人不知道牛油會落到自己身上什麼地方的時候，這種手段尤其有效。這是個好辦法。在赤裸的身體上燙出一個個發白的燎泡，那種像膿一樣的白色，還眞是別具美感呢。對吧，男爵？」

「妙極了！」男爵說著，口氣卻略帶不滿。

那些誘人的手指！萊托看著那雙胖手，閃亮的珠寶套在嬰兒般胖嘟嘟的手指上，手指不自覺地顫動著。

公爵身後的門裡傳來一陣陣極度痛苦的哀號，那聲音齧噬著他的神經。他們抓住的是誰？他猜想著，會是艾德荷嗎？

「相信我，親愛的親戚，」男爵說，「我也不希望你落到這種地步。」

「你以為你的心腹信使會迅速招來援兵，但這是不可能的。」彼得說，「你知道，戰爭也是一門藝術。」

「而你是一名出色的藝術家，」男爵不滿地說，「好了，拜託你閉嘴吧。」

萊托突然回憶起葛尼·哈萊克曾經說過的一句話，他當時一邊看男爵的照片一邊說：「我站在海邊的沙灘，看見一頭禽獸從海中升起……在他的頭上刻著褻瀆的名字。」

「我們在浪費時間，男爵。」彼得說。

「也許是吧。」

男爵點點頭說：「你也知道，我親愛的萊托，到頭來你還是會告訴我們他們的去處。當痛苦升級到一定程度，你終究還是抵不住的。」

他說的差不多完全正確，萊托想，要不是我還有一顆牙……要不是我真不知道他們在哪兒。

男爵抓起一長條肉，一口氣塞進嘴裡，慢慢地嚼著，吞了下去。我們必須試試別的手段，他想。

「看看這個了不起的人，看看這個拒絕被收買的人。」男爵說，「看啊，彼得。」

而男爵心想：是的！看看他吧，看看這個以為自己絕不可能被收買的人。瞧他那樣子，他這一生的每分每秒都在出賣自己，把自己分成上百萬份零賣了！如果你現在把他抓起來，搖一搖，你會發現他口袋裡已經身無分文！空了！一錢不值！現在，無論他怎麼死，又有什麼區別呢？

背景音一般的哀號聲停止了。

男爵看見衛隊長烏曼·庫圖出現在門口。他搖了搖頭，俘虜沒有供出他們所需的情報。又失敗了。是時候跟這個傻瓜公爵攤牌了。男爵想，這個愚蠢而軟弱的傻瓜，還沒意識到地獄離他有多近呢——只有一根神經那麼近。

這個想法讓男爵鎮定下來，放棄了不願讓皇室成員受酷刑的初衷。他突然覺得自己像一名外科醫生，隨心所欲地揮舞著手術刀，解剖手下的肉體——他要把這些傻瓜的面具一一割開，向他們展示地獄的可怕。

兔子，全都是兔子！

面對食肉動物時，他們是多麼驚慌失措，怕得瑟瑟發抖！

萊托隔著桌子盯著對面的男爵，奇怪自己爲什麼還在等。那顆牙會迅速地結束一切。然而，現在這樣也挺不錯的。就這麼結束了嗎？他發覺自己正在回憶那個帶天線的遙控風箏，在卡拉丹碧藍的天空中飛舞，保羅看著風箏，開懷大笑。他又回憶起阿拉吉斯這裡的日出——柔美的沙霧籠罩下，遮罩牆山那彩色的層巒疊嶂。

「眞是糟糕，」男爵嘟囔地說。他推推桌子，向後靠了靠，在懸浮器的幫助下輕盈地站起身來，猶豫了一下，發覺公爵臉上的表情略有所變。他看見公爵深深地吸了口氣，下巴上的線條繃緊了，雙唇緊閉，兩頰的肌肉輕輕蠕動著。

連他也害怕了！男爵想。

萊托的確是在害怕，他害怕男爵會逃走。公爵猛然用力一咬牙，感到膠囊破了。他的舌尖立刻覺得有些辣，於是張開嘴，用力吹出毒氣。男爵的身影變小了，就像通過窄窄的隧道望見的一個人影。耳旁傳來一聲喘息——是那個有絲般音質的傢伙：彼得。

他也中招了！

「彼得！怎麼啦？」

隆隆作響的男低音似乎是從很遠的地方傳來的。

萊托感到過去的記憶滾滾而來：那個沒牙的老女巫喃喃的警告。一切似乎都被緊密地壓縮在他周圍，又迅速消逝：房屋、桌子、男爵、一雙驚懼的眼睛——藍裡透藍。

有個下巴像靴尖一樣尖翹的男人，這個看上去像玩具兵的人摔倒在地，他的鼻梁明顯被打斷過，整個鼻子歪向左邊，那是一記重拳給他留下的終身印記。萊托只聽一聲陶器摔碎的聲音，遠遠的，也許是雷聲。他的大腦如同無底的倉庫，把一切動靜事無巨細全都收了進來。所有最後的聲息：每一聲呼叫；每一聲歎息；每一聲……沉寂。

一個揮之不去的念頭在公爵腦海中盤桓。然後，在似乎不斷射出黑色光芒的黑色背景上，他看到了肉身的成形之日，也看到了歲月打磨下所改造出來的肉身。這個頓悟使他覺得格外充實，他知道，這種充實感是他永遠無法用言語表達的。

一片死寂。

男爵背靠密室門站著，這是他的私人緊急避難所，就建在桌子後面。他果斷地衝進密室，拚命關上那扇門，留下外面一屋子的死人。他調動起渾身所有的感官，變得異常警覺。我吸進那東西了嗎？他問自己，外面那種東西，我也中招了嗎？

不知過了多久，外面重新響起了嘈雜聲……而他也恢復了理智。他聽見有人在大聲發號施令：防毒面具……關好門……讓鼓風機轉起來。

其他人立刻就倒下了。他想，可我還站著，還在呼吸。無情的地獄啊！只一線之隔，眞夠玄的。

現在他可以分析事故始末了：因爲他的遮罩場處於開啓狀態下，盡管能量調得很低，但足以減緩遮罩場兩邊的氣體分子交換。而且他當時正準備離開那張桌子……加上彼得一驚之下大口喘息（衛隊長因此衝了過來，就此送命）。

碰巧，加上垂死之人的喘息聲讓他警惕起來——所以他才逃過了這一劫。

但男爵並不感激彼得，那傻瓜的死完全是自找的，還有那個愚蠢的衛隊長！他信誓旦旦地說，每個來見男爵的人他都檢查過了！那公爵怎麼可能……？毫無徵兆！連桌子上方的毒素檢測器也沒查出來——等發現的時候已經太晚了。

怎麼會呢？

算了，現在已經無所謂了。男爵想，他漸漸鎮定下來。下一任衛隊長的首要任務就是找出這些疑問的答案。

他意識到外面的走廊裡愈發忙碌起來，就在這間死亡室另一扇門外的拐角處。男爵自己推開密室門，瞧著四周的侍從。他們目瞪口呆地站在那兒，一聲不響，等著看男爵會有什麼反應。

男爵會發火嗎？

而男爵頗用了幾秒的時間才意識到，自己確實從那間可怕的屋子裡逃出來了。

有的衛兵把武器對準房門，有的衛兵把怒氣發洩在空蕩蕩的走廊上，嘈雜的吼叫聲沿著走廊一直蔓延到右邊拐角處。

有一個人大步從那個拐角繞了過來，脖子上掛著的防毒面罩，隨著身體的晃動而左右搖擺著。走廊的天花板上掛著一連串毒素檢測器，他一路走來，目光始終盯在這些毒素檢測器上。他有一頭金髮，平板板的臉上配了一雙綠眼睛，厚嘴唇上一條條唇紋向四周散去。他看起來像是某種水下生物，被錯放到了陸地上。

男爵盯著這個漸漸走近的人，想起了他的名字：耐福德，阿金．耐福德，警衛班班長。耐福德是個塞繆塔癮君子，那是一種幻聽毒品，直接作用於人的深層明點以引起幻聽。嗯，這是一條很有用的資訊。

那人在男爵面前停住腳步，敬禮道：「走廊已清理完畢，老爺。我在外邊觀察過了，一定是毒氣。您房間裡的通風設備正在把走廊裡的空氣往裡抽。」他看了一眼男爵頭上的探測器，又說，「裡面的人無一倖免。我們現在正在清掃這個房間。您有什麼指示？」

男爵聽出了這個人的聲音，他就是剛才在密室外面大聲發號施令的那個人。「這個人很能幹嘛。」男爵心想。

「裡面的人都死了？」男爵問。

「是的，老爺。」

男爵想：那好，我們必須調整一下。

「首先，」他說，「讓我祝賀你，耐福德。你是我的新任警衛隊隊長。而我希望，你能用心吸取今日的教訓，別步你前任的後塵。」

男爵看到，自己新任衛隊長的臉上慢慢露出了恍然大悟的神情。耐福德知道自己再也不會缺少塞繆塔了。

耐福德點點頭說：「請老爺放心，我一定會竭盡全力保障您的安全。」

「那好吧，現在談談正事。我懷疑公爵嘴裡藏了些東西。你要給我查出來那東西是什麼，如何使用，是誰幫他放進去的。你可以採取一切必要措施──」

他突然閉口不言，身後走廊上傳來的騷動打斷了他的思路。守在登陸艦底層電梯門口的衛兵正試圖阻止一個高個子巴夏統領，不讓他從電梯門出來。

男爵不認識那位元巴夏統領，只覺得他薄薄的嘴唇就像是皮革上劃出來的一道縫，一雙眼睛黑沉沉地像兩攤墨漬。

「把手從我身上拿開，你們這群只知道撿腐肉吃的蠢貨！」那人咆哮著，把衛兵猛撞到一邊。

啊哈，薩督卡軍團中的一個。男爵想。

巴夏統領大步走向男爵，他眯起眼睛，目露凶光。這些薩督卡軍官總讓男爵感到渾身不舒服。他們看上去全都長得像公爵的……哦，是已故公爵的親戚。還有，瞧瞧他們對男爵的態度！

巴夏統領在男爵面前半步遠的地方站住，雙手反剪在背後。男爵的一個衛兵在他身後兜著圈子，哆哆嗦嗦地，一副不知該怎麼辦的樣子。

男爵注意到他沒有敬禮，這位薩督卡明顯抱著不敬的態度，男爵愈發不安起來。他們在這兒只有一個軍團──十個旅，名義上是爲了增援哈肯尼軍團，但男爵才不會自欺欺人呢。

如果薩督卡掉轉槍口，只這一個軍團就完全足以擊敗所有哈肯尼人。

「告訴你的人，以後別攔著不讓我見你，男爵。」這位薩督卡咆哮道，「本來咱們應該好好合計一下如何處置亞崔迪公爵。但我還沒來得及跟你商量，我的人就把他交給你了。咱們現在就來談談吧。」

男爵想：我絕不能在手下面前丟臉。

「哦？」他冷冷地說，聲調控制得恰到好處。男爵對此頗感自豪。

「皇上命令我，要保證他的皇室表弟死得痛快，不能讓他吃苦頭。」巴夏統領說。

「我收到的聖旨也是這麼說的，」男爵撒謊說，「你以爲我會抗旨嗎？」

巴夏統領說：「我要親自看過之後，才好向皇上覆命。」

「公爵早就死啦。」男爵厲聲說著，揮了揮手示意他離開。

巴夏統領站在他面前一動不動，根本不理會男爵要他離開的手勢。別說有所動作，連眼皮也沒眨一下。「怎麼死的？」他厲聲喝問。

眞是的！男爵想，太過分了！

「自行了斷──如果你一定要知道的話。」男爵說，「他服毒自盡了。」

「我現在就要見到屍體。」巴夏統領說。

男爵故作惱羞成怒狀，抬頭瞪著天花板，腦子卻飛速地運轉起來：混帳！那間屋子還沒來得及清理，這個眼尖的薩督卡就要進去察看了！

「馬上！」薩督卡繼續咆哮著說，「我要親眼看看。」

男爵意識到已經沒辦法阻止他了。這個薩督卡會把一切看進眼裡。他會知道是公爵殺死了那些哈肯尼人……也會猜到，就連男爵本人大概也曾命懸一線。桌子上剩下的晚餐就是證據之一。而公爵的屍體就橫在桌子旁邊，周圍一片狼藉。

無法避免。

「別拖延時間！」巴夏統領不耐煩地喝道。

「沒人拖延時間。」男爵說，他盯著這位薩督卡黑黝黝的眼睛，「我絕不會對皇上有所隱瞞的。」他對耐福德點了點頭說，「這位巴夏統領要去現場勘查，馬上。從你旁邊的那扇門領他進去吧，耐福德。」

「這邊請。」耐福德說。

這個薩督卡傲慢地闊步繞過公爵，用肩膀在衛兵中擠出一條路來。

眞讓人難以忍受。男爵想，現在，皇上會知道我是如何在陰溝裡翻了船。他會把這看成是軟弱的表現。

男爵意識到，皇上和他的薩督卡兵團同樣鄙視軟弱，這使他更加惱怒。男爵咬著下嘴唇，安慰自己：至少，皇上還不知道亞崔迪奇襲了吉迪·普萊姆，毀掉了哈肯尼在那兒的香料儲備。那個狡猾的公爵眞他媽該死！

男爵看著他們遠去的背影──那個傲慢的薩督卡，還有粗壯、能幹的耐福德。

男爵想：我們必須重新調整戰略，只好再讓拉賓來統治這個該死的星球了。不對他做任何限制，由得他去亂搞。爲了讓阿拉吉斯人接受菲得·羅薩的統治，我將不得不用我們哈肯尼人的血在這顆星球上創造條件。該死的彼得！還沒幹完我要他幹的事，就讓自己白白丟了性命。

男爵歎了口氣。

我必須馬上去特雷亞拉克斯再找一個新的門塔特來。毫無疑問，他們這會兒肯定已經爲我準備好新人了。

他身旁的一個衛兵咳了一聲。

男爵轉身對那個衛兵說：「我餓了。」

「是，老爺。」

「你去把那間屋子清理一下，替我仔細查一查，看公爵在這兒還有什麼祕密。在此期間，我想找點樂子。」男爵低聲說道。

衛兵垂下眼簾問：「老爺您想要點什麼樣的樂子呢？」

「我會等在我的臥房裡。」男爵說，「把我們在蓋蒙特買的那個年輕小夥子給我送來，就是眼睛很漂亮的那個。給他把藥餵足點。我可不想弄得像是在和他摔跤一樣。」

「是，老爺。」

男爵轉過身，在懸浮器的作用下，邁著輕盈、富於彈性的步伐，朝他的臥房走去。對了，他心想，就是那個長著一雙漂亮眼睛的小傢伙。他的模樣跟年輕的保羅·亞崔迪像極了。

※　※　※

哦，卡拉丹的海洋，
哦，萊托公爵的子民——
萊托的堡壘淪陷了，
永遠淪陷了……

——摘自伊如蘭公主的《穆哈迪之歌》

保羅感到，過去的一切，今晚之前所有的經歷，都變成了沙漏中翻騰流動的細沙。他雙手抱膝坐在母親身旁，躲在一個用布和塑膠製成的小帳篷裡。這是弗瑞曼人的蒸餾帳篷，這頂帳篷和他們現在身上所穿的弗瑞曼式蒸餾服都是從撲翼機上那個包裹裡拿出來的。

保羅心裡一清二楚，知道是誰把沙漠救生包放在那裡，又是誰給押送他們的撲翼機策劃了航線。

叛徒醫生直接把他們送到了鄧肯·艾德荷手裡。

是艾德荷讓他們藏在這裡的，周圍一圈全是高聳的峭壁，相當安全。保羅透過帳篷的透明觀察視窗，凝視著外面月光籠罩下的山崖。

保羅想：*現在我成了公爵，卻還是不得不像小孩一樣藏起來。*這個念頭使他備感屈辱。然而，不可否認的是，這麼做是明智的。

今晚，他的意識發生了一些變化：他對周圍環境和所有突發事件的看法無比透徹，他只覺得資訊不斷湧入，想停都停不住；就他的認知能力而言，每增加一項新內容，他都可以立即做出冷靜而精確的判斷，分析形勢、估算勝負的過程全都集中在潛意識層次裡。這是門塔特技能，但又更勝於此。

保羅回憶起剛剛那狂亂而絕望的一剎那：一架陌生的撲翼機衝破夜色，向他們直撲過來，就像沙漠中的巨鷹，兩翼挾風，呼嘯著掠過他們頭頂。隨即，保羅預料之中的事發生了。撲翼機一個急煞車，轉身掠過一個沙脊，直撲正在狂奔的人影——他母親和他自己。撲翼機掠過沙地，在他們面前滑行了一段距離，保羅到現在還記得當時那股燒焦的硫磺似的氣味。

他知道，母親轉過身，本以爲會受到哈肯尼雇傭軍雷射槍的掃射，卻認出了艾德荷。他正從撲翼機敞開的艙門裡傾出半個身子，對著他們大聲叫道：「快！你們南邊有沙蟲！」

但保羅在轉身的同時就知道誰是那架撲翼機的飛行員了。根據飛行姿態、俯衝著陸的細節，他準確地判斷出了究竟是誰坐在裡面。這些線索如此之細微，就連他母親都沒注意到。

帳篷裡，坐在保羅對面的潔西嘉動了動，說：「只有一種解釋，岳的妻子落在哈肯尼人手裡了。他恨哈肯尼人！這一點我絕不會看錯。你讀過他留下的字條。可他爲什麼又要把我們從大屠殺中解救出來呢？」

保羅想：她怎麼會直到現在才看出來，而且，對此次事件的認知如此淺薄。這個念頭使他甚爲震驚。當時，打開包裹，看見那張跟公爵璽戒放在一起的字條後，他讀著字條，當時便猜到了事實眞相。

「不用試圖原諒我。」岳是這樣寫的，「我並不想乞求你們的原諒。我的心理負擔已經夠重的了。我要做的已經做了。我並沒有惡意，也不指望別人理解。是我自己決定要進行一次泰哈迪式檢驗，這也是對我的最後考驗。我把亞崔迪公爵的璽戒交給你們，希望以此證明我在此寫下的內容全是眞的。你們看到這張字條的時候，公爵應該已經去世了。我向你們保證他不是單獨一個人赴死的，我們大家共同憎恨的敵人將是他的陪葬。希望這能使你們略感安慰。」

字條上沒留姓名，也沒有記號，但那熟悉的筆跡不會有錯——是岳寫的。

想起那封信，保羅再一次體驗到當時的椎心之痛。那種感覺既強烈又陌生，似乎發生在他新產生的門塔特意識之外。他讀到父親已死的句子，心中明白這些話全是眞的，但卻感到這只不過是他需要記入大腦的另一份資料，跟其他資訊沒什麼差別。

我愛我父親。保羅想，他知道這是眞話。我應該哀悼他，應該有感覺才是。但他卻毫無感覺，只有一點：這是一條重要資訊。與其他資訊一樣，都是資訊。

與此同時，他的大腦還在增強印象，作出推斷，並加以分析。

保羅又想起哈萊克說的話：「只要需要，你就得戰鬥——不管你是什麼心情！心情這玩藝只適合做做愛、放放牛或彈彈巴利斯九弦琴什麼的，跟戰鬥毫不相干。」

保羅想：也許這就是原因。以後再哀悼我父親吧……等我有時間以後。

這個全新的、冷酷的自我沒有絲毫停止生長的跡象。保羅知道，這種新意識僅僅是個開始，以後還會愈來愈強烈。在接受聖母凱斯·海倫·莫希阿姆的考驗時，他第一次體驗到那可怕的使命感，如今，這感覺正滲入他的全身。他的右手悸動著，隱隱作痛——當時的痛楚仍然記憶猶新。

他們所說的科維扎基·哈得那奇就是這麼回事嗎？保羅猜想道。

「有那麼一陣子，我以爲哈瓦特又搞錯了。」潔西嘉說，「我以爲，或許岳不是蘇克醫生。」

「無論我們以前怎麼看他，都沒看走眼，他還是他……只是，多了些變化。」保羅說。他心想：在認清事實方面，她怎麼會如此遲鈍呢？他接著又說，「如果艾德荷找不到凱恩斯，我們就——」

「他並不是我們唯一的希望。」她說。

「我不是這個意思。」他說。

她聽出了那種鋼鐵一般的語氣，那種發號施令的感覺。潔西嘉愣了一下，瞪著黑暗中保羅那灰色的影子。他坐在透明的觀察視窗前，背後是月光輝映的山崖，從帳篷的這邊望過去，形成一個輪廓分明的剪影。

「你父親的部下裡一定還有其他人逃出來，」潔西嘉說，「我們必須把他們聚集起來，找……」

「我們要依靠自己。」他說，「我們首先要關心的是家族的原子武器。必須在哈肯尼人找到它們之前把這些武器弄到手。」

「他們不太可能找到，」她說，「武器藏得很隱祕。」

「不能有半點僥倖心理。」保羅說。

而潔西嘉卻在想：他想利用原子武器勒索他們，威脅說要毀掉整個星球和香料——這就是他打的小算盤。但是，到那時，他唯一的指望就只有逃出去隱姓埋名、流亡異鄉了。

母親的話激起了保羅的另一重心事：身為公爵，對自己一夜之間喪失人民的憂慮。保羅心想：人民才是一個大家族真正的力量所在。他記起離開卡拉丹之前哈瓦特所說的話：「與朋友分別才令人傷心，地方不過就是個地方。」

「他們動用了薩督卡軍團，」潔西嘉說，「我們必須等薩督卡撤走之後再開始行動。」

「他們認為我們夾在沙漠與薩督卡之間，遲早會完蛋的。」保羅說，「他們不打算留下任何一個亞崔迪人——要把我們斬盡殺絕。別指望我們的人能逃出來。」

「他們不可能一直冒這個風險，皇上那邊隨時可能有變。」

「是嗎？」

「我們的人肯定能逃出來不少。」

「是嗎？」

潔西嘉扭過頭去，聽著保羅精確地計算成功的概率。然而，兒子冷酷的口氣令她害怕。她意識到保羅的思維能力已有了飛躍式的提高，遠遠超過她本人，現在看問題比她更全面。她幫他訓練出這種智慧，可現在卻發現，自己竟為此感到害怕。

她思緒聯翩，想到自己失去了公爵堅實的臂膀和他的悉心呵護，不禁淚水漣漣。

潔西嘉想：命裡注定的，萊托。這是愛的時代，也是痛苦的時代。她把手放到腹部，把注意力集中到胎兒身上。我有亞崔迪的女兒了，當初不就是命令我生女兒嗎。可聖母錯了：女兒也救不了我的萊托。這孩子只是在死亡中途、向未來延伸出來的一條生命線。我懷上她完全出於本能，並不是爲了服從命令。

「再試試通訊電台。」保羅說。

她想：無論我們怎麼阻止自己思考，大腦總是停不下來。

潔西嘉找出艾德荷留給他們的小型電台，打開開關。面板上亮起綠光，傳來一陣尖銳的嘯叫聲。她調低音量，全頻搜尋己方的波段。隨即，帳篷裡響起亞崔迪的戰時密語：

「……撤退，在山嶺那邊會合。菲多報告：卡塞格已沒有倖存者，宇航公會的銀行已經被洗劫一空。」

卡塞格！潔西嘉想，那是哈肯尼人在阿拉吉斯的老窩，一個藏汙納垢的溫床。

「他們是薩督卡，」那聲音說，「注意身穿亞崔迪軍服的薩督卡軍隊。他們……」

麥克風裡傳來一陣怒吼，然後陷入一片死寂。

「試試別的波段。」保羅說。

潔西嘉問：「你知道那意味著什麼嗎？」

「我預料到了。他們想讓宇航公會因銀行被毀而遷怒於我們。只要宇航公會跟我們幹上了，我們就會被徹底困在阿拉吉斯。再試試別的波段。」

潔西嘉掂量著他所說的話：我預料到了。他到底怎麼了？慢慢地，潔西嘉把注意力轉回電台上。她轉動旋鈕，喇叭裡不時斷斷續續地傳來一陣通話聲，反映出殘酷的戰況，他們用亞崔迪戰時密語絕望地叫道：「……撤退……盡量集結……」「……被困在洞裡了……」

其他波段還有大量哈肯尼人的呼叫，洋溢著勝利的喜悅。有嚴厲的指令，也有戰況報告。材料不夠，潔西嘉還無法徹底分析得出結論，但哈肯尼人興奮的語氣卻相當明顯。

哈肯尼人大勝。

保羅搖搖身邊的標準密封水瓶，聽到裡邊叮咚作響，還剩下不少水。他深深吸了一口氣，透過帳篷的透明視窗往上看，凝視著外邊星光下峻峭的山崖。他用左手摸著帳篷入口處的密封簾。「天就要亮了。」他說，「我們多等艾德荷一個白天，晚上不能再等了。沙漠裡必須晚上趕路，白天則藏在隱蔽處休息。」

一個傳聞浮上潔西嘉的腦海：如果沒有蒸餾服，坐在沙漠隱蔽處的人每天需要五升水以維持自身體重。她感到蒸餾服光滑的襯裡摩擦著自己的身體，心裡明白，他們的生命完全仰仗這些設備。

「如果我們離開這裡，艾德荷就找不到我們了。」她說。

「有的是手段讓任何人招供。」他說，「如果艾德荷黎明前還不回來，我們就必須考慮到他被俘的可能性。你以爲他可以堅持多久？」

這個問題不需要答案。潔西嘉沉默無語。

保羅打開救生包的封口，從裡邊取出一本帶照明裝置和放大鏡的微形手冊，書頁上顯出一些綠色和橘紅色的字母：「標準密封水瓶、蒸餾帳篷、望遠鏡、沙地通氣管、蒸餾服體液回收管、蒸餾服鼻塞、蒸餾服備件包、染色槍、盆地路線圖、定位羅盤、製造者矛鉤、沙槌、狼煙……」

在沙漠上生存，必需的東西眞不少。

過了一會兒，他把手冊扔到帳篷內的地板上。

「可我們能去哪兒呢？」潔西嘉問。

「我父親提到過沙漠軍，」保羅說，「沒有這種軍力，哈肯尼人無法統治這個星球。其實，他們從來沒有眞正統治過這個星球，將來也不可能做到。就算他們有一萬個薩督卡軍團也沒用。」

「保羅，你不能認爲……」

「所有的證據已經擺在我們手上了，」他說，「就在這兒，這個帳篷裡——包括帳篷本身、這個救生包和它裡面裝著的東西，還有這些蒸餾服。我們知道宇航公會給氣象衛星開了一個天價，我們還知道……」

「氣象衛星跟這有什麼關係？」她問，「他們不可能……」潔西嘉停住了。

保羅發覺自己的超意識正在觀察她的反應，分析計算每一個細枝末節。「現在妳明白了。」保羅說，「氣象衛星觀測地面情況。沙漠深處有某些東西，經不住這樣頻繁的觀測。」

「你在暗示說，宇航公會自己控制著這個星球？」

她的反應太慢了。

「不！」保羅說，「是弗瑞曼人！爲了保住祕密，他們買通了宇航公會。他們所用的錢是任何擁有沙漠軍的人輕而易舉就能得到的——香料。這比依據二手資料判斷出來的結果要準確得多，是直接分析計算後得出的結論。相信我。」

「保羅，」潔西嘉說道，「你還不是門塔特；你不能肯定怎麼……」

「我永遠也不會成爲門塔特，」他說，「我是另外一種……一種怪胎。」

「保羅！你怎能說出這麼……」

「讓我一個人靜一靜！」

他轉身看著窗外的黑夜。爲什麼我無法哀悼父親？他覺得很奇怪。保羅覺得，自己身上每一個細胞都渴望能把心中的悲痛釋放出來，但他就是做不到，永遠都做不到。

潔西嘉從未從兒子嘴裡聽到如此悲痛的話。她想向他伸出手去，擁抱他，安慰他，幫助他——但她明白自己無能為力。這個問題必須由他自己來解決。

救生包手冊就扔在潔西嘉與兒子之間的地板上，手冊上閃閃發光的小燈吸引了她的注意力。她撿起手冊，看了一眼扉頁，讀道：「《『友好的沙漠』手冊》。這是一個充滿生命力的地方，這裡代表著命印，證明著生命。皈依吧，太陽神阿—拉特才永遠不會灼燒你。」

她想：聽上去像《阿扎宗教解析》。她回憶起當年研讀過的《大祕密》。有人在借助宗教力量影響阿拉吉斯人？

保羅從包裡拿出定位羅盤看了看，又放回去，說：「看看所有這些特製的弗瑞曼器械，其複雜精密程度無與倫比！我們必須承認，能創造出這種東西的文化，一定有著極其深厚的底蘊，不為任何外人所知。」

他嚴肅的語氣仍使潔西嘉擔心不已，她猶豫了一下，繼續看書，研究一幅阿拉吉斯的星座圖：「穆哈迪——老鼠。」她注意到老鼠尾巴指向北方。

保羅借著手冊的亮光，盯著黑漆漆的帳篷裡母親的模糊身影。他心想：如今，我該完成父親的遺願了。趁她現在還有時間哀痛，我必須把父親讓我轉達給她的話告訴她。以後再要哀痛，勢必影響我們的行動。這種冷靜的邏輯讓他自己都震驚不已。

「媽媽。」他說。

「嗯？」

她聽出兒子的語氣有所變化，那聲音使她心底一寒。她從未聽過這麼冷酷的控制力。

「我父親死了。」他說。

她在自己腦海中搜尋與這句話相對應的資料、與之匹配的事實。這是比吉斯特的方式。她找到了：一種損失慘重的感覺。

潔西嘉點點頭，說不出話來。

「我父親曾經委託我一件事。」保羅說，「如果他發生任何意外，就替他轉達一句話給妳。他擔心妳可能會以爲他不信任妳。」

她想：那個毫無根據的猜疑。

「他想讓妳知道，他從未懷疑過妳。」保羅解釋了父親當初的策略，然後補充道，「他想讓妳知道，他始終完全信任妳、愛妳、體貼妳。父親說，就算他懷疑他自己也不會懷疑妳的。他只有一個遺憾——沒有讓妳成爲他的公爵夫人。」

潔西嘉淚如泉湧，用手抹了一把眼淚，心想：這麼浪費身體裡的水，眞蠢！她知道自己爲什麼這麼想——她企圖把哀痛化爲憤怒，這樣就不會哭泣了。萊托，我的萊托啊！她想，我們對自己所愛的人做了多麼可怕的事啊！她猛地一下，關掉了微形手冊上的照明燈。

她抽泣著，渾身顫抖。

保羅聽著母親哀痛的哭泣聲，覺得心裡空蕩蕩的。我並不覺得哀傷，他想，爲什麼？爲什麼？他覺得自己無法感到哀傷是一個可怕的缺陷。

潔西嘉突然想起《奧蘭治聖經》裡的話：有得有失；有留有去；有愛有恨；有戰有和。

保羅的大腦已經冷靜下來，繼續精算推演未來需要採取的行動。他已看清了在這個充滿敵意的星球上該如何前進。他沒有讓自己沉湎於夢想，他不允許自己用這種辦法逃避現實。保羅將自己的意識準確地集中於未來，通過精準的計算推演出未來的各種可能性。不僅如此，他的思維彷彿具有了某種神祕性——保羅的意識彷彿切入某種超越時空的層面，被來自未來的風吹拂著。

驀地，保羅彷彿找到了一把必需的鑰匙，意識找到了一個可以著手之處，借力攀升到一個更高的境界。他感到自己岌岌可危地攀附在這個新的意識層面上，四處張望著。他好像身處異域，條條大路呈輻射狀伸向四面八方……但這只是近似言之，並不能完全表達出他內心的感受。

他記得自己曾經看見過一條方巾在風中飛舞，而現在，他感到自己的未來也像那條在風中飄蕩的方巾一樣，飄忽不定，難以捉摸。

他看見了人，許多人。

他感到了未來的無數可能性，忽冷忽熱，紛至沓來。

他知道名字、地點，感受到無數情感，探索分析無數深藏裂隙中的資料。他有時間探測、檢查、體驗，卻來不及把收集到的資訊分析歸類。

這是一個跨度極廣的各種可能性的集合，從最遙遠的過去，到最遙遠的將來——從最可能，到最不可能。他看到自己以無數種方式結束生命，他看到許多全新的行星，全新的文明。

人。

人。

他看見他們蜂擁而至，無從辨認，但他的意識卻能將他們分門別類。

甚至包括宇航公會的人。

他想：宇航公會——從那兒可以找到出路。他們會接受我的怪異，把它視同為一件他們所熟知的、具有極高價值的物品——香料。我會保證向他們源源不斷地提供這種不可或缺的香料。

他意識到，他將終身糾纏於自己所預見的未來，在未來的諸種可能性中摸索，像那些在茫茫太空中引導飛船的宇航公會領航員一樣。和他們一樣，他也是個怪人。

我有另一種視界，世界在我眼中是另一番模樣，存在著諸種通道。

這種意識既使他放心，也使他不安：這個新世界存在那麼多他無法看到的凹陷深谷。

這一番幻覺來得快，去得也快，在他眼前一閃即逝。他意識到，這整個過程不過是一眨眼的工夫。

然而，他個人的洞察力已經發生了徹底改變，他可以洞見秋毫，清晰得令人恐懼。保羅朝四下望去。

隱蔽在山崖中的帳篷依然被夜色所籠罩，母親的悲泣聲仍不時可聞。

可他仍然能感到，自己缺乏悲哀的情緒……心裡那個空蕩蕩的地方似乎已經與意識分離，不管心裡如何難受，他的意識仍在有條不紊地工作著——以一種類似門塔特的方式處理資料，評估，分析，計算，提交答案。

保羅現在看得出，自己已經擁有了幾乎從來沒有人擁有過的巨量資訊。但這些資訊卻無力減輕心中那種空蕩蕩的感覺。他覺得非要打碎什麼不可。這念頭就像在他心中裝了一個定時炸彈，而計時器正滴答滴答地走個不停。可是，不管他自己怎麼想，大腦仍然自顧自地工作著，記錄下他身邊一切細微的環境變化——濕度有輕微的改變；溫度略有所降；昆蟲掠過帳篷頂的過程；以及透明窗戶外那一小片星空，隨著黎明的逼近呈現出一種莊嚴肅穆的氣氛。

空蕩蕩的感覺讓人難以忍受。大腦在運轉，滴答作響，但這又如何？沒多大區別。他可以回顧自己的過去，看到自己超能力的起點：訓練，強化天賦的才華，嚴格自律的壓力，能力昇華的關鍵時刻所接受的《奧蘭治聖經》教育……最後是大量攝入香料。除了回顧，他也可以前瞻，朝那個最可怕的方向瞻望，看到未來的發展。

我是個怪物！他想，怪胎！

「不，」他說，「不！不！不！」

他發覺自己正握起拳頭捶打著地面。（而他那無情的意識則把自己的這個動作當成一個有趣的個人情緒資料記錄下來，開始分析。）

「保羅！」

母親坐在他身邊，抓著他的手，一臉死灰地盯著他，「保羅，你怎麼啦？」

「妳！」他說。

「我在這兒，保羅，」她說，「沒事的。」

「妳對我都做了些什麼？」保羅質問道。

猛然間，她意識到了這個問題的根源。她回答說：「我生了你。」

她的回答源於本能和她那敏感的理解力，正是能使保羅冷靜下來的答案。他感到母親正握著自己的手，於是把目光集中在母親模糊的面部輪廓上。（他的思維能力如一股洪流，以一種全新的方式注意到了母親面部結構上某些基因的痕跡。這條線索，再加上其他一些資料，使他終於歸納總結出了問題的答案。）

「放開我。」他說。

她聽到保羅那生硬的口氣，只好照做，「保羅，你願意告訴我出什麼事了嗎？」

「你在訓練我的時候，知不知道自己在做些什麼？」保羅問。

他的語氣裡已經聽不出孩子氣了。潔西嘉一邊想，一邊說道：「我所希望的和所有其他父母親一樣——希望你能……高人一等，與眾不同。」

「與眾不同？」

她聽出了兒子語氣中的苦澀滋味，於是說：「保羅，我——」

「你想要的不是兒子！」他說，「你要的是科維扎基・哈得那奇！是男性比吉斯特！」

保羅苦澀的語氣使她畏縮。「可，保羅……」

「這件事，你徵求過父親的意見嗎？」

她心中又湧起一陣哀痛，輕聲對他說道：「不管你是什麼，保羅，你既繼承了你父親的基因，也繼承了我的基因。」

「但不該有那些訓練，」他說，「不該有那些……喚醒……沉睡者的東西。」

「沉睡者？」

「就在這兒，」保羅用一隻手指指頭，然後又指指胸口，「在我身體裡。它不斷地長啊、長啊、長啊、長啊……」

「保羅！」

她聽得出來，保羅已經到歇斯底里的邊緣。

「聽我說，」他說，「過去，你想要聖母聽聽我做過的夢。現在，請你以她的身份聽聽吧。剛才，我在清醒狀態下做了一個夢，你知道爲什麼嗎？」

「你必須鎮靜下來，」她說，「如果有——」

「香料，」保羅告訴她，「這兒到處都有香料——空氣裡，土壤裡，食物裡。這種抗衰老的香料，就像眞言師的藥物一樣，是毒藥！」

潔西嘉的身體一僵！

他壓低聲音重複道：「毒藥——它如此精妙，如此陰險，如此……不可逆轉。只要你不停止服用，甚至不會有性命之憂。我們再也離不開阿拉吉斯了，除非帶著這顆星球的一部分跟我們一起走。」

語氣陰森可怖，不容置疑。

「無論你我，」他說，「任何人攝入足量的香料後，都會發生變化。但拜你所賜，我可以意識到這種變化。如果是在不知不覺中，這種變化還不會擾亂一個人的意識，可我做不到！因爲我看得見！」

「保羅，你——」

「我看見了！」保羅重複說。

保羅話中透著瘋狂，潔西嘉聽出來了，卻又不知該如何是好。

保羅又開口了。聽得出，這時，他已經恢復了原先那種鋼鐵般的自控能力。「我們困在這兒了。」

我們困在這兒了。潔西嘉在心裡認同道。

她相信保羅話中的眞實性。任何騙術、任何奇謀怪策，甚至比吉斯特的力量，都不能使他們完全擺脫阿拉吉斯：香料是會讓人上癮的。早在她的意識察覺到這件事之前，她的身體就已經發現到這一點了。

潔西嘉想：所以，我們將在這裡終老一生，在這個地獄般的星球上。只要能躲過哈肯尼人的追殺，這裡就是上天爲我們預備的地方。而我人生的意義也毫無疑問了：就是一匹負責生育的母馬，爲比吉斯特的育種計畫保存重要的遺傳譜系。

「我必須告訴你我剛做過的夢，」保羅說，他的語氣重又狂暴起來，「爲了讓你相信我所說的，我首先要告訴你：我知道你會在這裡生下一個女兒——我的妹妹。就生在阿拉吉斯上。」

潔西嘉把手按在帳篷的地板上，把捲起的布料一一展平，想借此壓住內心深處的恐懼。她知道自己的身材還沒走樣，別人應該看不出自己懷孕了。她只是因爲自己的比吉斯特能力才得以分辨出身體的細微徵兆，知道肚子裡已經有了一個隻幾個星期大的胎兒。

「爲了服務。」潔西嘉喃喃自語著，試圖以比吉斯特箴言讓自己鎮定下來，「我們存在的意義就在於服務。」

「我們將在弗瑞曼人中間找到一個家。」保羅說，「你們的護使團已經爲我們預備了逃難用的地洞了。」

她們確實在沙漠中爲我們準備了一條出路。潔西嘉告訴自己說，可他怎麼會知道護使團呢？她發覺，保羅日益增強的超能力使他變得陌生起來。對此，她愈來愈難以控制內心的恐懼。

保羅打量著黑影籠罩下的母親，通過新的洞察力，她的害怕和每一個反應保羅都看得清清楚楚，彷彿她並非隱沒在黑暗裡，而正站在炫目的燈光下。保羅開始同情起母親來。

「這裡可能會發生的事，我還不能告訴你，」保羅對母親說道，「我甚至不能告訴我自己，儘管我看得見。這種對未來的感覺——似乎不受我的控制，就那麼自然而然地產生了。至於最近將要發生的事——比如說，一年——我能看到一些……一條路，就像我們卡拉丹的中央大道一樣寬。有些地方我看不到……那些藏在陰影中的地方……彷彿拐到山背後去了（他又想起那塊飄舞的方巾）……還有許多岔路……」

他陷入了沉默，當時所看到的那些畫面充斥了他的大腦。以前那些帶有預見性的夢並沒有告訴他會有今天這種超能力，他的一生中也沒有任何類似的經歷，可以說，他在沒有任何心理準備的情況下，承受了這突如其來的一切。彷彿面紗突然被扯掉，未來赤裸裸地展現在眼前。

回憶著剛才的經歷，保羅又想起了自己那可怕的使命——一生的壓力不斷擴張開來，就像不斷膨脹的氣泡……時間在它面前退縮，再退縮……

潔西嘉摸到帳篷的照明控制器，打開開關。

微弱的綠光趕走了陰影，減輕了潔西嘉的恐懼心理。她看著保羅的臉，注意到他的眼睛——那種自閉的眼神。她知道自己曾在什麼地方見到過這種表情，災難記錄中的圖片。在那些遭遇飢餓和巨大傷害的兒童的臉上：他們的眼睛像兩個坑，嘴巴抿成一條直線，雙頰下陷。

她想：這種表情是因爲意識到了可怕的事實，像一個人被迫知道自己死期將至。確實，他不再是個孩子了。

保羅話中潛在的深意抓住了潔西嘉的注意力，推開了其他念頭。保羅可以看到未來，可以看到逃亡的辦法。

「有一個辦法可以躲過哈肯尼人。」她說。

「哈肯尼人！」保羅輕蔑地說，「別再想這些變態的人了。」他盯著母親，借著帳篷裡的燈研究著母親臉上的線條。這些線條說明了一切。

她說：「你不應該隨便把任何人歸爲人類，你還沒有……」

「你知道應該如何界定什麼人是人類，什麼人不是？還是別太肯定吧。」他說，「我們每個人都有過去。另外，我的母親，有一件事你還不知道，但你應該知道——我們就是哈肯尼人。」

她的大腦做出了可怕的反應：頭腦頓時一片空白，彷彿想關閉所有的感官意識。但保羅的聲音仍在繼續，無情地攫住她。

「下次你找到鏡子時，仔細看看你那張臉。但現在，先研究一下我的吧。如果你不想自欺欺人的話，一定會看出蛛絲馬跡。看看我的手，看看我的骨相。如果這一切還不能使你信服，請聽聽接下來我要告訴你的話：我走進未來，讀過一個檔案，到過一個神祕的地方，我有所有的相關資料和資料。我們是哈肯尼人！」

「是……家族中的叛逃者，」她說，「就是這麼回事，對嗎？是哈肯尼的某房表親……」

「你是男爵的親生女兒。」他說，看到母親用手捂住自己的嘴，「男爵年輕時有過許多風流韻事，有一次他放縱自己被一個女人誘惑了，但那次的對手卻是一位比吉斯特，是你們中的一員，目的是搞到他的遺傳基因。」

保羅說「你們」時的語氣沉重地打擊了她，就像賞了她一記耳光，但這卻使她恢復了理智。她無法否認他的話。過去許多不明所以的血脈空白現在清楚地連接到了一起：她們需要一個比吉斯特女兒，不是爲了結束亞崔迪與哈肯尼之間的家族世仇，而是爲了彌補她們遺傳譜系中某些失落的遺傳基因。這些基因是什麼？

保羅彷彿看穿了她的心事一般，繼續說道：「她們自以爲在尋找我，但我卻與她們想要的人不同，而且提前降臨到人世。這一切，她們還不知道。」

潔西嘉用雙手緊緊捂住自己的嘴。

神母啊！他就是科維扎基・哈得那奇！

在他面前，潔西嘉感到自己赤身裸體、暴露無餘，她意識到他的雙眼能看穿任何僞裝。而這，潔西嘉明白，就是她感到恐懼的原因。

「你現在以爲我是科維扎基・哈得那奇，」他說，「忘掉這個念頭吧。我是一個你們意料之外的產物。」

我必須把這個消息傳回學校，潔西嘉想，親緣配子目錄也許能揭示出這到底是怎麼回事。

保羅說：「她們不會知道我的，等她們知道時，一切已經太晚了。」

她想轉移他的注意力。潔西嘉放下手說：「我們會在弗瑞曼人中間找到安身之所嗎？」

「弗瑞曼人中流傳著一句諺語，他們認爲這句話出自色胡魯——掌管來世的神祇。」保羅說，「他們說：『準備好感激你所遭遇的一切。』無論發生什麼事，都是上天的安排。」

而保羅心裡卻在想著：是的，我的母親大人，我們未來的家就建在弗瑞曼人中間。你也會有一雙藍色的眼睛，也會因蒸餾服的過濾管而在漂亮的鼻子旁邊留下一個疤痕……而你將生下我的妹妹：

聖・尖刀阿麗亞。

「如果你不是科維扎基・哈得那奇，」潔西嘉說，「那你是什……」

「你不可能了解的。」他說，「除非你能親眼目睹，否則是不會相信的。」

他心想：我是一顆種子。

他突然發覺，自己落土之處多肥沃啊。而當他意識到這一點時，那可怕的使命感不禁充盈了他的身心，在他那空洞的內心深處四處遊蕩。一股悲哀襲上心頭，讓他幾乎喘不上氣來，他快要窒息了。

在前方的道路上，他看到兩條主岔道──在其中一條岔道上，他將面對邪惡的老男爵，最終還要跟那個仇人和解：「你好，外公。」一想到這條路，想到一路必然經歷的一切，保羅就感到一陣噁心。

另一條岔道則是一片模糊的灰色，模糊之中，不時凸現出劇烈的暴力衝突。他在這條路上看見了一種武士宗教。烈火四處蔓延，一路伸展到天際。亞崔迪家族綠黑旗在瘋狂的士兵頭上飄揚著，這些士兵個個都被香料烈酒灌得酩酊大醉。其中也有葛尼・哈萊克和其他幾個父親的老部下，人數少得可憐，都戴著從供奉父親顱骨的神殿裡拿出來的鷹徽紋章。

「我不能走那條路，」他喃喃地說，「那條路才是你們學校裡那些老巫婆們眞正企盼的。」

「我聽不懂你在說什麼，保羅。」他母親說。

他一言不發，像一顆種子那樣思考。他第一次清醒地意識到了種族問題，他知道，這就是他那個可怕的使命。他發覺自己不再仇恨比吉斯特，也不恨皇上，甚至不恨哈肯尼人。他們的所作所爲都是出於血緣本能，想振興過於分散的遺傳因數，把自己一族的基因注入新的基因熔爐中，配對、融合、改良血緣譜系，從而產生更強大的種群。然而，要想找到最強有力的基因，種族的本能只知道一種可靠的方法──遵循古法，遵循那經過千錘百煉、萬變不離其宗的自然法則──聖戰。勝者即是強者，優勝劣汰，讓自然的力量篩選出最強的基因。

他想：我當然不能選擇那種方式。

但在他心裡，他再次看到供奉父親顱骨的神殿，和飄揚的綠黑旗下野火般蔓延開來的暴行。

潔西嘉咳了一聲，擔心起他的沉默來：「這麼說……弗瑞曼人將會庇護我們？」

保羅抬起頭，隔著亮著綠燈的帳篷，盯著她臉上帶有天生貴族氣質的線條說：「對，這是其中一條出路。」他點點頭，「他們將稱我為……穆哈迪——『指路人』。是的……他們將這樣稱呼我。」

保羅閉上雙眼：現在，父親，我終於可以哀悼你了。他感到淚水滑下自己的臉龐。

第二卷

穆哈迪

聽說萊托公爵已死，並了解到他的死因以後，我的父親帕迪沙皇帝大發雷霆。我們以前從未見他發過這麼大的火。他責罵我母親；責罵那個強迫他死後必須把一位比吉斯特推上皇帝寶座的合約；他責罵宇航公會和邪惡的老哈肯尼男爵；他責罵所有落入他眼中的人，甚至連我也不例外，說我和其他人一樣，也是個女巫。我試圖安慰他，說這是古老的自我保存的法則，即使是最遠古的統治者也都遵循這條原則。可他卻譏笑我，問我是否認為他是一個懦弱的人。那時我就明白，他的怒火並不是因為關心死去的公爵，而是源於公爵之死對於整個皇室的意義。現在想來，我覺得父親也許和穆哈迪一樣，頗有預見性，父親一族畢竟與穆哈迪有著共同的祖先。

——摘自伊如蘭公主的《我父親的家事》

「現在，哈肯尼人要殺哈肯尼人了。」保羅悄聲說。

他在夜幕降臨前不久就醒了，在密閉黑暗的帳篷裡坐了起來。母親靠在對面的帳篷壁上睡著，保羅聽見她窸窸窣窣地動了動。

保羅看看地板上的周邊接近地探測器，審視著黑暗中由螢光管照亮的指針。

「天很快就要黑了，」他母親說，「為什麼不拉開密封簾？」

保羅意識到，她的呼吸聲已經改變了一段時間了，也就是說，她一直靜悄悄地躺在黑暗中，直到確信他已經醒來。

「拉開密封簾來也沒有用，」他說，「外面一直有沙暴，帳篷已經被沙埋住了。我馬上就去把沙挖開，清出條通道來。」

「還沒有鄧肯的消息嗎？」

「沒有。」

保羅心不在焉地摩挲著戴在大拇指上的公爵璽戒，突然對這個星球上盛產的香料感到無比憤怒。這鬼東西就是殺害他父親的幫兇。一想到這裡，他就氣得渾身發抖。

「我聽見沙暴又開始了。」潔西嘉說。

這句沒什麼意思、不帶詢問語氣的話幫他恢復了部分冷靜。他的思緒集中在沙暴上。前一陣子，風沙捲過帳篷的透明窗，冷冷的細沙如流水般掠過盆地，翻過溝壑，然後拖著長長的尾巴捲上天空。前不久，外面還有一塊尖頂岩石，但他眼看著它在暴風吹襲、風沙堆積下，岩石的形狀不斷變化，變成一塊低矮的乾酪色楔形石。流進他們所在盆地的沙塵像晦暗的咖喱粉，遮天蔽日，隨後，帳篷完全被埋在沙裡，所有光線都被擋住了。

在沙子的重壓下，支撐帳篷的柱子嘎嘎作響。沙管氣泵不停地把帳篷外的空氣抽進來，發出微弱的呼哧聲，打破了帳篷內的沉寂。

「再試一試電台。」潔西嘉說。

「沒用的。」他說。

他找到自己頸邊夾著的蒸餾服水管，吸了一口帶著體溫的水，然後心想，從此他才算眞正開始了阿拉吉斯人的生活——靠從自己的呼吸和身體中回收水分生存下去。水淡而無味，但潤澤著他的喉嚨。

潔西嘉聽到保羅喝水，自己的身體也眞切地感受到了那身光滑的蒸餾服，但是她拒絕承認口渴。承認乾渴就是直接面對可怕的阿拉吉斯：這裡的人必須保衛哪怕最微不足道的一點點水分，珍惜帳篷儲水袋中收集到的幾滴水，對暴露狀態下吐一口氣所浪費的水分痛惜不已。

和可怕的現實相比，還是倒頭再睡容易得多。

可今天睡著的時候，她做了一個夢。一想到那個夢她就渾身發抖。在夢中，沙下寫著一個名字：

萊托・亞崔迪公爵，於是她把手伸到流沙下面。沙把名字蓋住了，看不清楚，她想把沙拂開，讓名字重新露出來。但是，還沒等最後一個字母出現，第一個字母就重新被流沙塡上了。

流沙怎麼也止不住。

她的夢變成哀號，愈來愈響。那是一種荒唐的嚎啕大哭。她大腦的某個部分意識到，那哭聲是她自己孩提時的聲音，比嬰兒大不了多少的時候。在夢中，一個模樣看不太清楚的女人正在遠去。

是我那不知姓名的母親。潔西嘉想，那個比吉斯特生下我之後就把我交給其他姐妹們撫養，那是命令。她是不是因爲擺脫了這個哈肯尼孩子而感到高興呢？

「要打擊他們，只能從香料著手。」保羅說。

一敗塗地的時候，他怎麼還能想著進攻？她暗自問道。

「整個星球上到處都是香料，」她說，「你怎麼打擊他們？」

她聽見他動起來，聽見包裹拖在地上發出的沙沙聲，從帳篷另一頭拖了過來。

「在卡拉丹，我們依靠的是海軍和空軍。」他說，「在這裡，是沙漠軍。弗瑞曼人就是關鍵。」

他的聲音從帳篷密封門附近傳來。她受過的比吉斯特訓練使她察覺到，保羅語氣中還殘存著些許對她的怨恨。

保羅一生所受的訓練都教導他要仇恨哈肯尼人，潔西嘉想，可現在，他發現自己竟然也是個哈肯尼人……因爲我。他太不了解我了！我是公爵唯一的女人，我接受了他的生活，他的價值觀，甚至不惜違背我接到的比吉斯特姐妹會命令。

帳篷的照明燈在保羅手下亮了起來，綠色的螢光在地板上照出一個圓形的亮斑。保羅蹲在密封門旁，調整好蒸餾服的兜帽，準備進入外面的沙漠。前額遮住了，嘴上戴著篩檢程式，鼻塞也調好了。只有一雙黑色的眼睛露在外面，面罩上面，窄窄的一溜，朝她看了一眼，隨即扭開。

「你也穿戴好，做好出去的準備。」他說。聲音穿過篩檢程式，有些含混不清。潔西嘉把篩檢程式拉過來蓋在嘴上，一邊看著保羅打開帳篷的密封簾，一邊開始調整自己的面罩。

一打開密封門，立即傳來沙子發出的刺耳的摩擦聲，沒等保羅用上靜電壓力器，細沙已嘶嘶響著湧進帳篷。壓力器分開沙粒，外面的沙牆上隨即顯出一個洞來。他爬了出去，而她則凝神傾聽著保羅在外面沙漠表面的一舉一動。

會在外面發現什麼？她猜想，哈肯尼人的軍隊和薩督卡軍團？那些都是預料之中的危險。會有什麼預料之外的危險嗎？

她想到救生包裡的壓力器，以及其他稀奇古怪的工具。突然間，每一種器具都變成了代表某種未知危險的標誌，兀立在她的腦海。

她感到一股熱流從沙漠表面吹來，掠過她裸露在蒸餾服外面的雙頰。

「把救生包遞上來。」是保羅的聲音，低沉而警覺。

她順從地走過去，把救生包從地板上一路推到門口，水在標準密封水瓶裡汩汩作響。她抬頭向上望去，只見保羅背襯群星，像一個剪影。

「這兒。」他說著，把手伸下來，把包裹拉上地面。

現在，她只能看見一圈星星，像閃閃發亮的刀尖一樣，朝下指著她。一陣流星雨劃過她眼前的夜空。她覺得流星彷彿是一個警告，像森林裡的老虎斑紋，又像一塊閃光的墓碑，使她全身的血液都爲之凍結。她想起哈肯尼人正爲她和兒子的項上人頭懸出重賞，不禁感到一陣膽寒。

「快出來。」保羅說，「我要把帳篷疊起來。」

一陣沙雨從地面傾瀉而下，拂過她的左手。一隻手能握住多少沙？她問自己。

「要我幫忙嗎？」保羅問。

「不。」

她咽一口口水，爬進洞裡，感到被壓緊固定的沙子在她手下嘎吱作響。保羅向下伸出手，抓住她的手臂。外面，星光照耀下，周圍是一片光潔的沙地，她站在他身旁，四處張望。沙幾乎填滿了他們所在的盆地，只剩下周圍一圈黯淡的岩頂。她用受過嚴格訓練的感官探索著黑暗中更遠的地方。

小動物發出的聲音。

還有鳥。

一片浮沙落下，沙裡有什麼東西，發出微不可聞的聲響。

保羅收起帳篷，把它從洞口拉了出來。

星光給黑夜帶來些許光亮，卻更顯得陰影重重，危機四伏。她望著這一片片暗影。

黑暗蒙住你的眼睛，給你帶來人類遠古的回憶。她想，你聽著各種聲音，聽著讓你的遠古先人驚魂不定的號叫聲。那是遙不可及的往昔，只有你最原始的細胞還保存著那時的記憶。用耳朵聽，用鼻子聞。

站在她身旁的保羅說：「鄧肯告訴過我，如果他被抓住，他只能堅持……這麼長時間，我們必須馬上離開這裡。」他扛起包裹，越過盆地，走到沙子較淺的一邊，爬上能俯視沙漠開闊地帶的懸崖。

潔西嘉機械地跟著他，意識到自己現在完全生活在兒子的軌跡上。

那是因爲我的悲哀比沙海還要沉重。她想，這個世界已經奪走了我的一切，除了一樣最古老的東西：對明天的希望。從現在開始，我完全是爲了我的年輕公爵和尚未出世的女兒而活下去。

她爬到保羅身邊，感到沙子不停地往下滑，拉扯著她的雙腳。

他望著北方，目光越過一排岩石，打量著遠方的一處峭壁。

星光映照下，遠處岩石的輪廓就像一艘停泊在海上的古式戰艦。長長的艦體在看不見的波濤中起伏，天線來回搖晃，煙囪向後傾斜，聳立在船尾，像一個π字。

戰艦輪廓上方突然閃起一束橙色的強光，然後，空中爆出一道明亮的紫光，射向下面那束橙光。

又一束紫光！

又一束刺向天空的橙色光！

就像一場遠古時代的海戰，讓人想起過去紛飛的炮火。這奇特的景觀使他們不由得駐足凝視。

「火柱。」保羅低聲道。

一輪紅色的火光在遠處岩石上方升起，無數紫光在空中交織成一片耀目的光帶。

「火焰噴射器和雷射槍。」潔西嘉說。

在紅色沙塵的遮掩下，阿拉吉斯的一號月亮從他們左邊的地平線上徐徐升起。那個方向似乎有沙暴的跡象：沙漠上飄著一條絲巾般的沙帶。

「一定是哈肯尼人的撲翼機在搜捕我們。」保羅說，「把沙漠劃分成一個個小方格……好像要確保碾碎方格裡的一切……像碾死一窩昆蟲。」

「或者說，一窩亞崔迪人。」潔西嘉說。

「我們必須找一處可以隱蔽的地方，」保羅說，「我們朝南沿著岩體走。如果他們在開闊地帶發現我們……」他轉過身，將包裹揹在背上，「他們會殺死任何移動的東西。」

他沿著岩石邊緣走了一步，就在此時，他聽到撲翼機滑行時低沉的嘶嘶聲，看到了頭頂撲翼機那黑色的影子。

※　※　※

父親曾經告訴我，尊重事實幾乎是一切道德準則的基礎。「莫須有中不可能產生任何實實在在的東西。」他說。如果你知道那些所謂的「事實」是多麼不可靠，你就會明白我父親的那句話是多麼深刻。

——摘自伊如蘭公主的《與穆哈迪的對話》

「我以前總覺得自己能夠透過現象看到事物的本質。」瑟菲．哈瓦特說，「這也是門塔特的詛咒：你無時無刻不在分析資料，永遠無法停止。」

說話時，那張飽經風霜的老臉在黎明前的昏暗中顯得沉著冷靜，被沙佛汁染紅的嘴唇緥成一條直線，滿臉皺紋呈輻射狀以嘴爲中心向四面散開。

一位身穿長袍的人沉默地蹲在哈瓦特對面的沙地上，絲毫不理會哈瓦特的話。

他們倆蹲伏在一塊鷹嘴岩上，俯視著懸崖下寬闊的窪地。黎明的曙光灑在盆地對面參差不齊的峭壁上，把一切都染上了一層粉紅色。懸崖上很冷，前一晚刺骨的乾冷到現在還殘留不去。天亮前這裡颳過一陣暖風，此時卻冷了下來。哈瓦特所率領的部隊沒剩下幾個人，他能聽到身後這些士兵牙齒磕擊的聲音。

蹲在哈瓦特對面的那個人是弗瑞曼人。黎明前第一縷微光初起時，他越過窪地來到這裡。輕輕滑過沙面，混入沙丘，讓人幾乎難以辨出他移動的身影。

弗瑞曼人伸出一隻手指，在兩人之間的沙地上畫了一幅圖，圖案看上去像一個碗，碗裡伸出一個箭頭。「那兒有許多哈肯尼人的巡邏隊。」他說著，舉起手指，向上指指對面的岩石。哈瓦特和他的士兵就是從那塊岩石上下來的。

哈瓦特點點頭。

許多巡邏隊，沒錯。

但他還是不知道這個弗瑞曼人想做什麼，這使他頗爲惱怒。門塔特所受的訓練本來應該讓他有能力洞察別人的動機。

今晚是哈瓦特一生中最糟的一個夜晚。當遭到攻擊的報告送抵時，他正待在齊木坡，那是一個有軍隊駐防的小村，也是以前的首都卡塞格的前哨陣地。一開始，他的想法是：只是一次奇襲，哈肯尼人發動的一次試探性進攻。

但報告一個接一個，越傳越快。

兩個軍團在卡塞格著陸。

五個軍團——五十個旅！——正在進攻公爵在阿拉肯的主要基地。

阿桑特，一個軍團攻打。

裂岩，兩個戰鬥群。

隨後，報告更詳盡了：進攻者中還有皇家薩督卡軍，可能有兩個軍團。進攻者顯然準確地知道應該攻擊什麼地方，使用多大兵力。太準確了！情報太出色了。

哈瓦特暴怒不已，直到這股怒氣威脅到他運用自己的門塔特能力。進攻的規模如此之大，像揮向他肉體的拳頭，讓他大爲震動。

現在，他躲藏在一小塊沙漠岩石下，對自己點了點頭，把撕裂的外衣拉緊，裹住身子，好像要擋開岩石投下的冰冷的陰影。

進攻的規模。

他一直預計敵人會從宇航公會那裡臨時租用一艘大型駁船來組織奇襲。在家族對抗家族的戰爭中，這是十分普遍的開局戰法。大型駁船定期在阿拉吉斯降落、起飛，爲亞崔迪家族運送香料。哈瓦特已經採取了預防措施，防止僞裝成香料運輸飛船的敵軍的小規模襲擊。至於全面進攻，他們原來預計敵人的兵力投入不會超過十個旅。

但根據最近的統計，在阿拉吉斯上降落的飛船竟有兩千多艘。不止有運輸駁船，還有護衛艦、偵察飛船、組合飛船、撞擊船群、運兵船和投擲箱。

一百多個旅——十個軍團！

也許阿拉吉斯整整五十年的香料收入才剛夠負擔一次這樣的冒險。

也許眞是這樣呢。

爲了進攻我們，男爵不惜投入血本。我低估了他的決心。哈瓦特想，我對不起公爵。

還有叛徒的問題。

我要活到親眼看著她被絞死的那一天！他想，當初有機會時，我眞該殺死那個比吉斯特巫婆。他毫不懷疑是誰出賣了他們——潔西嘉夫人。所有已知情報都指向她。

「你的人葛尼．哈萊克和他的一部分軍隊很安全，他們和我們的走私販朋友在一起。」那個弗瑞曼人說。

「很好。」

也就是說，葛尼可以離開這個地獄般的星球，我們的人還沒有死絕。

哈瓦特回頭看了一眼擠作一團的士兵。昨天晚上他還有三百名最優秀的戰士，如今只剩下二十人，其中一半身上帶傷。現在，許多人睡著了。有的站著睡，倚在岩石上，有的趴在岩石下面的沙地裡。他們最後的一架撲翼機——當成運送傷患的地面運輸車——天亮前不久損壞了。他們用雷射槍把它割開，藏好碎塊，然後艱難跋涉，躲進這個盆地邊緣的藏身之所。

哈瓦特只大概知道他們的位置——大約在阿拉肯東南二百公里處。通往遮罩牆附近弗瑞曼人穴地的大道在他們南面某個地方。

哈瓦特對面的弗瑞曼人把面罩和蒸餾服的帽子甩向腦後，露出沙色的頭髮和鬍鬚。他的前額又高又窄，頭髮從額頭直接向後梳起。他有一雙因長期服用香料完全變成藍色的眼睛，沒人能讀懂這雙眼睛裡的表情。一邊嘴角的鬍鬚染了些許藍點，從鼻塞接出來的貯水管在頭上繞來繞去，壓得頭髮亂蓬蓬的。

弗瑞曼人取出鼻塞，調整一番，手指揉了揉鼻梁一側的一塊傷疤。

「如果你們今晚要從這裡越過窪地，」他說，「千萬不要帶遮罩場。岩壁上有一條裂縫……」他轉身指著南方「……在那兒。從那裡往外，全都是沙漠開闊地，遮罩場會引來……」他猶豫了一下，「……沙蟲。牠們不常到這兒來，可遮罩場每次都會引來沙蟲。」

他嘴上說的是沙蟲。哈瓦特想，本來打算說的卻是別的東西。是什麼？他想從我們這裡得到什麼？

哈瓦特歎了口氣。

以前從沒有這樣疲憊過，連抗疲勞藥片都無法抑制肌肉的疲乏。

那些該死的薩督卡！

一想到那些狂熱的士兵，想到他們所代表的來自皇室的背叛行為，他就因自責而深感痛心。他自己的門塔特功能已經對現有資料進行了分析。看來，立法會最高委員會是唯一有可能為他們伸張正義的地方。然而，以他們現有的證據，想在委員會上控告這種背叛行為，機會實在太渺茫了！

「你們想去找那些走私販嗎？」弗瑞曼人問。

「有這種可能嗎？」

「路很遠。」

「弗瑞曼人不喜歡說『不』。」艾德荷曾經這樣告訴他。

哈瓦特說：「你還沒告訴我，你的人能否幫助我的傷患。」

「他們受傷了。」

每次都是同樣該死的答案！

「我們知道他們受傷了！」哈瓦特厲聲道，「那不是……」

「安靜，朋友！」弗瑞曼人警告他說，「你的傷患們怎麼說呢？你的部落需要水，傷患中有沒有人能認識到這一點？」

「我們還沒談水的問題，」哈瓦特說，「我們……」

「你不願面對這個問題，這我理解，」弗瑞曼人說，「他們畢竟是你的朋友，你的族人。可你們有水嗎？」

「不夠。」

弗瑞曼人用手指指哈瓦特的衣服，衣服已經破了，露出下面的皮膚。「你們沒有蒸餾服，離穴地又很遠。你必須做出水的決定，朋友。」

「可以出錢請你們幫個忙嗎？」

弗瑞曼人聳聳肩。「你們沒有水。」他瞥了一眼哈瓦特身後的人群，「你打算用多少傷患？」

哈瓦特瞪著對方，陷入了沉默。身爲門塔特，他知道他們說的不是一回事。這裡的人說話的方式很奇特，明明每個詞都聽得懂，可連起來卻不明白他在說什麼。

「我是瑟菲·哈瓦特，」他說，「我可以代表我的公爵講話。現在，我在這裡許下有約束力的承諾，以此換取你們的幫助。我所期望的只是有限的幫助，希望你們能幫助我們保存實力，到殺死那個自以爲不會受到報復的叛徒爲止。」

「你希望我們介入你們的部落仇殺？」

「復仇的事我自己會處理，我只希望能從對傷患的責任中暫時解脫出來，好親自去報仇。」

弗瑞曼人皺起眉頭，「你怎麼可能對這些傷患負責？他們自己對自己負責。水才是要討論的問題，瑟菲·哈瓦特，你願意讓我替你作出水的決定嗎？」

那人的手伸到藏在長袍下的武器上。

哈瓦特緊張起來，心想：難道他也想出賣我們？

「你在害怕什麼？」弗瑞曼人質問道。

這些傢伙說話眞是直截了當，讓人不安！哈瓦特謹愼地說：「哈肯尼人懸賞要買我的人頭。」

「哈，哈，」弗瑞曼人的手鬆開武器，「你以爲我們也像帝國一樣腐敗。你不了解我們。哈肯尼人的水甚至不夠收買我們中間最小的小孩子。」

但卻足以支付宇航公會的天價，運送兩千多艘戰艦。哈瓦特想。那筆運費如此之大，直到現在還使他震驚不已。

「我們都在與哈肯尼人作戰，」哈瓦特說，「難道我們不應該攜手合作，共同研究戰爭中遇到的問題，共同尋找解決方法嗎？」

「我們是在合作。」弗瑞曼人說，「我看到了你們與哈肯尼人的戰鬥，你們打得很好。有些時候，我眞希望你的部隊能和我們並肩作戰。」

「你要我的部隊怎麼幫你？說吧。」哈瓦特說。

「誰知道？」弗瑞曼人說，「哈肯尼的部隊到處都是。可你仍然沒有做出水的決定，也沒有讓你的傷患自己決定。」

我必須小心從事，哈瓦特告誡自己，這裡面有件事我還沒弄明白。

他說：「你是否願意給我指明道路？去阿拉肯的道路？」

「異鄉人的天眞想法。」弗瑞曼人說，語氣中露出幾分譏笑的意味。他指著對面西北方向的崖頂說：「昨晚我們看著你們穿過那片沙漠。」他放下手臂，「你讓你的部隊在沙丘迎風面上走。不好。你們沒有蒸餾服，沒有水，你們堅持不了多久。」

「阿拉吉斯上沒有好走的路。」哈瓦特說。

「這話沒錯，但我們還是能殺死哈肯尼人。」

「你們怎樣處理自己的傷患？」哈瓦特詢問道。

「難道一個人不知道自己什麼時候值得搶救、什麼時候不值得嗎？」弗瑞曼人問，「你們的傷患知道你們沒有水。」他歪過頭，斜眼看著哈瓦特，「現在顯然是做出水的決定的時候了。受傷的人和未受傷的人都必須爲部落的將來打算。」

部落的將來，哈瓦特想，亞崔迪部落。聽上去是這麼回事。他強迫自己提出那個他一直在迴避的問題。

「你們聽到過公爵或他兒子的消息嗎？」

看不透的藍眼睛朝上盯著哈瓦特的眼睛。「消息？」

「他們的歸宿！」哈瓦特厲聲喝道。

「每個人的歸宿都一樣。」弗瑞曼人說，「你們的公爵，聽說，他氣數已盡。至於天外綸音，他的兒子，是在列特手裡。列特沒說起過。」

這種答案，不用問我也知道。哈瓦特想。

他回頭看了一眼自己的手下，他們剛才都醒著，都聽見了。他們凝視著沙漠遠方，臉上的表情寫著醒悟：他們已經不可能再回卡拉丹去，現在連阿拉吉斯也丟了。

哈瓦特轉回身，對弗瑞曼人說：「你聽到任何有關鄧肯．艾德荷的消息嗎？」

「遮罩場關閉時，他在大房子裡。」弗瑞曼人說，「我只聽說過這些……沒別的了。」

她破壞了遮罩場，放進哈肯尼人。他想，我眞是瞎了眼。她怎麼能做出這種事來？明知這麼做意味著出賣她自己的親生兒子。可是……誰知道比吉斯特巫婆是怎麼思考問題的……如果那也算得上是「思考」的話。

哈瓦特竭力咽下一口口水，「你什麼時候會有那男孩的消息？」

「阿拉肯發生的事，我們幾乎一無所知。」弗瑞曼人聳聳肩，「誰知道呢？」

「你有辦法打聽出來嗎？」

「也許吧。」弗瑞曼人揉著鼻子旁邊的傷疤說，「瑟菲．哈瓦特，告訴我，你懂哈肯尼人使用的那些重武器嗎？」

火炮，哈瓦特痛苦地想，誰能料到他們竟會在遮罩場時代使用火炮呢？

「你說的是火炮，他們用這種武器把我們的人堵死在山洞裡。」他說，「對這些爆破性武器，我有……理論知識。」

「任何人退到只有一個出口的山洞裡，都是自尋死路。」弗瑞曼人說。

「你爲什麼問起這種武器？」

「列特想要。」

難道這就是他想從我們這裡得到的東西嗎？哈瓦特猜想道。他說：「你來這兒，就是爲了搜集有關大炮的情報？」

「是的，」弗瑞曼人說，「我們繳獲了一門，把它藏起來了。在那兒，史帝加可以爲列特研究這種武器。如果列特想看，也可以親自去那裡看。但我估計他不會去，那件武器不是很好，其設計不適合阿拉吉斯。」

「你們……繳獲了一門？」哈瓦特問。

「那場仗打得很好，」弗瑞曼人說，「我們只損失了兩個人，卻讓他們一百多人失去了水。」

每門大炮都有薩督卡守衛，哈瓦特想，可這個沙漠裡的瘋子竟然滿不在乎地說，在與薩督卡的戰鬥中僅損失了兩個人！

「要不是那些跟哈肯尼人一起作戰的人，我們就不會損失那兩個人了。」弗瑞曼人說，「那些人當中有一些十分優秀的戰士。」

哈瓦特的一個手下一瘸一拐地走過來，低頭看著蹲在地上的弗瑞曼人問道：「你是在說薩督卡嗎？」

「他說的就是薩督卡。」哈瓦特說。

「薩督卡！」弗瑞曼人說，從聲音中聽得出他很高興，「哈——原來那些人是薩督卡！今晚的收穫眞不錯。薩督卡。哪個軍團的？你們知道嗎？」

「我們……不知道。」哈瓦特說。

「薩督卡，」弗瑞曼人沉思起來，「可他們穿著哈肯尼人的制服，這不是很奇怪嗎？」

「皇上不希望別人知道他與一個大家族爲敵。」哈瓦特說。

「但你知道他們是薩督卡。」

「我算什麼？」哈瓦特痛苦地問。

「你是瑟菲．哈瓦特啊。」弗瑞曼人就事論事地說，「唔，我想，我們反正總會掌握這個情報的。那三個俘虜已經送去給列特的人審問了。」

哈瓦特的副官慢慢地，每一個字都帶著難以置信的口氣。「你們……俘虜了薩督卡？」

「只抓住三個，」弗瑞曼人說，「他們打得很好。」

要是當初我們有時間跟這些弗瑞曼人聯繫上就好了，哈瓦特想著，心裡酸酸地難過起來，要是我們可以訓練他們、武裝他們就好了。神母啊，我們本來可以擁有一支戰鬥力多麼強大的軍隊啊！

「你們之所以會耽擱，或許是因爲擔心天外綸音吧。」弗瑞曼人說，「如果他眞是天外綸音，沒有任何東西可以傷害到他。正好可以借這個機會證實他的身份。未經證實的事是不值得花費精力去考慮的。」

「我效力於這個……天外綸音，」哈瓦特說，「必須關注他的安危，我對自己發過誓。」

「你誓死捍衛他的水？」

哈瓦特匆匆瞥了一眼自己的副官，後者還在盯著弗瑞曼人不放。哈瓦特的注意力轉回蹲著的人影上，「是的，誓死捍衛他的水。」

「你希望回到阿拉肯，到他的水邊去？」

「到……是的，到他的水邊去。」

「那你爲什麼不一開始就說明這是關係到水的問題呢？」弗瑞曼人站起身來，把鼻塞固定好。

哈瓦特把頭一偏，示意副官回到其他人中間去。副官疲乏地聳聳肩，服從了他的命令。哈瓦特聽見那些人低聲交談起來。

弗瑞曼人說：「總有辦法找到水的。」

哈瓦特身後有人罵了一聲。哈瓦特的副官喊道：「瑟菲，阿基死了。」

弗瑞曼人把一隻拳頭放在耳邊。「水結成的盟約！這是個徵兆！」他盯著哈瓦特說，「我們在附近有個地方，可以接收這份水。我叫我的人來好嗎？」

副官回到哈瓦特身旁說：「瑟菲，有幾個人的妻子留在阿拉肯，他們……嗯，你知道在這種情況下大夥兒會怎麼樣。」

弗瑞曼人仍舊把拳頭舉在耳邊。「這是不是水的盟約？瑟菲．哈瓦特？」他問道。

哈瓦特的大腦飛轉，現在他明白了弗瑞曼人話中的含意，但凸岩下疲憊不堪的人們明白過來以後的反應卻使他心生懼意。

「是，水的盟約。」哈瓦特說。

「讓我們的部落融合吧。」弗瑞曼人說著，放下了拳頭。

彷彿這是一個信號，從他們頭頂的岩石上立即滑下四個人來。他們飛快地跑到凸岩下面，把死人裹進一件寬大的袍子裡，然後抬起它，沿著岩壁往右跑，腳下升起一團團沙塵。

哈瓦特那些疲憊的部下還沒弄明白這是怎麼回事，一切就結束了。那群人抬著裹在袍子裡的屍體，像抬沙袋一樣，在懸崖上轉了個彎兒就不見了。

哈瓦特手下的一個人大叫起來：「他們把阿基抬到哪兒去了？他……」

「他們把他抬去……埋掉。」哈瓦特說。

「弗瑞曼人從來不埋死人！」那人吼道，「別跟我們耍花招了，瑟菲。我們知道他們要做什麼，阿基是……」

「是爲天外綸音效力時犧牲的人，已身屬天堂。」弗瑞曼人說，「如果誠如你們所說，你們都是爲天外綸音效力的人，那爲什麼還要發出哀悼的哭號呢？一個以這種方式死去的人，只要人們還記著他，他就會永遠活在你的記憶裡。」

但是哈瓦特的人向前擁來，臉上露出憤怒的表情，其中一人已經抓起雷射槍，準備扣動扳機了。

「待在原地別動！」哈瓦特大聲喝斥道。他的肌肉已經因爲過度疲勞僵硬了，但他竭力控制住自己的身體，「這些人尊重我們的死者，大家習慣不同，但意思都一樣。」

「他們會榨乾阿基，抽取他體內的水。」手持雷射槍的人咆哮道。

「你的人是不是也想參加葬禮？」弗瑞曼人問。

他連他引起的問題都沒看出來。哈瓦特心想，弗瑞曼人眞是天眞到了驚人的程度。

「他們關心這位值得尊重的戰友。」哈瓦特說。

「我們將充滿敬意地對待你們的戰友，一如對待我們自己的戰友。」弗瑞曼人說，「這是水的盟約。我們知道儀式，不會亂來的。一個人的肉體屬於他自己，但他的水卻屬於整個部落。」

手持雷射槍的人又向前邁了一步，哈瓦特急忙說：「現在你們願意幫助我們的傷患了嗎？」

「沒人會對盟約有任何懷疑，」弗瑞曼人說，「我們會爲你們做一個部落爲自己的成員所做的一切。首先，我們必須讓你們每個人都穿上蒸餾服，然後再給你們找些必需品。」

手持雷射槍的人猶豫起來。

哈瓦特的副官問道：「我們是在用阿基的……水，來買他們的幫助嗎？」

「不是買，」哈瓦特說，「我們加入他們了。」

「只是風俗習慣不同。」另一個人喃喃地說。

哈瓦特開始放心了。

「他們會幫助我們去阿拉肯嗎？」

「我們會殺哈肯尼人，」弗瑞曼人說著，咧嘴一笑，「還有薩督卡。」他往後退了一步，把手握成杯狀放在耳邊，頭往後仰，仔細聽著。過了一會兒，他放下手說，「來了一艘飛船。到岩石下面去藏好，千萬別動。」

哈瓦特打了個手勢，他的人都服從地隱蔽起來。

弗瑞曼人抓住哈瓦特的手臂，把他和其他人一起往後推。「該戰鬥的時候才戰鬥。」那人說著，把手伸到長袍底下，取出一個小籠子，然後從籠子裡取出一頭小動物。

哈瓦特認出那是一隻小蝙蝠。牠的頭轉動著，哈瓦特看到了牠那雙藍中透藍的眼睛。

弗瑞曼人撫摸著小蝙蝠，輕聲低吟著安慰牠。他彎下身子，對準牠的頭，讓一滴唾液從自己舌頭上滴下來，滴進蝙蝠向上張開的口中。蝙蝠伸開翅膀，但仍舊停留在弗瑞曼人張開的手掌上。那人拿出一枝小管子，把它舉在蝙蝠頭邊，對著管子嘰嘰喳喳地講了一陣子；然後，他高高舉起小蝙蝠，把牠向上扔去。

蝙蝠撲下懸崖，消失在視線之外。

弗瑞曼人折起籠子，把它塞進長袍。他再次低下頭，仔細聽著。「他們駐紮在高地上。」他說，「眞奇怪，不知他們在那上面找什麼。」

「誰都知道我們是朝這個方向撤下來的。」哈瓦特說。

「永遠不要自以爲是地假設自己是獵人唯一的目標。」弗瑞曼人說，「看看窪地那邊，你會發現的。」

時間一分一秒地過去了。

哈瓦特的人動彈起來，開始低聲交談。

「保持安靜，別像受驚的動物那樣。」弗瑞曼人噓了一聲說。

哈瓦特發現對面山崖附近有動靜，黃褐色的背景上有一個模糊的黃褐色小點快速移動著。

「我的小朋友帶回消息來了，」弗瑞曼人說，「它是個優秀的信使——無論白天還是黑夜。如果失去這樣一位朋友，我會不高興的。」

窪地對面的動靜漸漸消失了，整整四五公里寬的沙地上空無一物，只有持續高溫留下的熱浪，蒸騰起伏。

「現在，保持絕對安靜。」弗瑞曼人小聲說。

一行人邁著沉重而緩慢的步伐從對面懸崖的一處缺口中走出來，徑直穿過窪地。在哈瓦特看來，他們很像弗瑞曼人，但又有點不對勁。他數了數，一共六個人，在沙丘上步履蹣跚地走著。

「噗噗噗噗」，哈瓦特這群人右後方的高空傳來撲翼機機翼的搧動聲。一架塗著哈肯尼機徽的亞崔迪撲翼機。飛船越過他們頭頂的懸崖，向穿越窪地的那些人俯衝下去。

那隊人停在一座沙丘頂上，揮手示意。

撲翼機在他們頭頂一個急轉彎，折回頭來，激起一團沙塵，降落在那些弗瑞曼人面前。五個人從撲翼機上一擁而下，哈瓦特看到，他們都帶著一塵不染、閃閃發光的遮罩場，動作剽悍俐落。是薩督卡。

「啊，用上了他們那種蠢兮兮的遮罩場。」哈瓦特旁邊的弗瑞曼人輕聲說，朝窪地敞開的南壁看了一眼。

「他們是薩督卡。」哈瓦特小聲說。

「太好了！」

薩督卡呈半圓形向等在那裡的弗瑞曼人包抄過去。太陽照在出鞘的刀刃上，閃閃發光。弗瑞曼人聚成一小堆，一副事不關己的樣子。

突然，兩隊人周圍的沙裡鑽出許多弗瑞曼人，他們衝到撲翼機旁邊，進去了。與此同時，沙丘頂上的兩隊人開始交火，激烈的戰鬥場面被飛揚的沙塵遮住了，時隱時現。

過了一會兒，塵埃落定，沙丘頂上只剩下弗瑞曼人。

「他們在撲翼機上只留了三個人。」哈瓦特旁邊的弗瑞曼人說，「眞是運氣。我想，撲翼機完好無損地奪下來了。」

哈瓦特身後，他的一個部下說：「可那些是薩督卡啊！」

「你沒發現嗎？他們打得多棒啊！」弗瑞曼人說。

哈瓦特深吸一口氣，嗅到了塵土中戰火燃燒的氣味，感到一股熱浪撲面而來，乾極了。他的聲音也同樣乾巴巴的，「是的，他們打得很棒，確實很棒。」

繳獲的撲翼機拍著翅膀，東倒西歪地起飛了，然後收起機翼，以極小的角度朝南急劇爬升。

這些弗瑞曼人原來也會駕駛撲翼機。哈瓦特想。

遠處的沙丘上，一個弗瑞曼人揮舞著一塊綠色方巾：一次……兩次……

「還有更多撲翼機過來！」哈瓦特旁邊的弗瑞曼人叫道，「準備好，我原本希望不弄出什麼麻煩就帶大家離開這兒。」

不弄出什麼麻煩！哈瓦特想。

只見又有兩架撲翼機從西面高空俯衝下來，衝向沙漠。沙漠上，剛才那些弗瑞曼人連影子都不見了，剛剛還在激戰的戰場上只剩下八塊藍斑——那是身穿哈肯尼制服的薩督卡的屍體。

一架撲翼飛艇在哈瓦特頭頂的懸崖上空滑過。一見這艘飛艇，哈瓦特不由得倒吸一口涼氣——一艘大型運兵船。滿載的飛船展開雙翼，速度很慢地飛著，像一隻歸巢的巨鳥。

遠處，一架俯衝的撲翼機射出手指粗細的紫色雷射光束，打在沙地上，激起一條清晰的沙塵帶。

「懦夫！」哈瓦特身旁的弗瑞曼人怒罵道。

運兵船朝那堆身穿藍衣的屍體滑下去，雙翼完全張開了，開始做出急停的動作。

南邊閃過一道金屬的反光，引起了哈瓦特的注意。那邊，一架撲翼機正全力俯衝下來，機翼折起，平平地貼在飛船兩側，機尾噴出金色的火焰，襯在深銀灰色的空中。它像一支利箭朝運兵船直衝而去。由於周圍有雷射槍在開火，運兵船沒有開啓遮罩場。撲翼機筆直地撞在運兵船上。

爆炸的巨響挾著熊熊烈火，撼動了整個盆地。岩石從懸崖上不斷滾落下來，濺得到處都是。剛才運兵船和撲翼機所在的地方激射出數股橘紅色的噴泉，由沙地射向天空——一切都被大火吞噬了。

是那艘弗瑞曼人剛剛繳獲的撲翼機，哈瓦特想，他決心犧牲自己，以撞毀那艘運兵船。神母哇！這群弗瑞曼人究竟是些什麼人啊？

「合理的交換，」哈瓦特身旁的弗瑞曼人說，「那艘運兵船上一定載有三百人。現在，我們必須取得他們的水，還得制定計畫再弄一架撲翼機。」他移步走出岩石陰影下的隱蔽處。

一群身穿藍色軍服的人翻過懸崖，如雨點般墜落下來，落地動作被懸浮器放慢了。只一剎那，哈瓦特便認出他們是薩督卡，剽悍的臉上是戰鬥的狂熱。哈瓦特發現他們沒帶遮罩場，人手一刀，另一隻手端著震盪槍。

一刀砍下來，哈瓦特的弗瑞曼同伴咽喉中刀，向後便倒，扭歪的臉翻倒在地。哈瓦特剛拔出自己的佩刀，就被震盪槍發出的子彈擊倒了，眼前頓時一片黑暗。

※ ※ ※

穆哈迪的確可以看到未來，但你必須明白，這種能力是有限的。想想人的視力。你有眼睛，可沒有光就看不見東西；如果你在山谷裡，就看不見山谷的另一邊。同樣，穆哈迪並不總能看到神祕莫測的未來地貌。他告訴我們，根據預言做出決定時，只要稍有一絲偏差，哪怕只是用了這個詞，而非另一個，都有可能改變未來的全貌。他還告訴我們：「未來是寬廣的，會出現各種各樣的結局。但在向未來前進的過程中，時間卻成了一扇窄門，只允許一個結局。」他本人一如既往地拒絕誘惑，並不選擇看上去清晰而安全的路徑，他警告說：「那樣的路從來只會導致停滯不前。」

——摘自伊如蘭公主的《阿拉吉斯的覺醒》

夜色中，一隊撲翼機滑過他們的頭頂。保羅抓住母親的手臂，厲聲說：「別動！」

接著，他看到了月色中領頭的那架撲翼機，看到它的機翼如何向前彎折減速著陸，看到了那雙控制操縱桿的手的大膽動作。

「是艾德荷。」他喘息著說。

那架撲翼機和它的同伴降落在盆地裡，像一隊歸巢的鳥。艾德荷走出撲翼機，不等沙塵散去，徑直朝他們跑來。兩個身穿弗瑞曼長袍的人跟在他後面，保羅認出了其中一個：高個子、沙色鬍鬚的凱恩斯。

「這邊走！」凱恩斯大叫著轉向左邊。

凱恩斯身後，其他弗瑞曼人正拋出纖維網罩住他們的撲翼飛船。很快，飛船變成了一排低矮的沙丘。

艾德荷跑過來，在保羅前面停下，向他致意道：「老爺，弗瑞曼人在這附近有個臨時避護所，我們……」

「那後面是怎麼回事？」

保羅指指遠處懸崖上空暴烈的場景——噴射的火光，雷射槍紫色的光束交織在沙漠上空。

艾德荷平靜的圓臉上露出一絲鮮有的笑容：「老爺，我給他們留了一點小小的驚……」

突然，耀眼的白光灑滿沙漠，像太陽一樣明亮，把他們的影子一一刻在岩壁上。說時遲那時快，艾德荷一隻手抓住保羅的手臂，另一隻手抓住潔西嘉的肩膀，使勁把他們從凸岩上推到下面的窪地裡。他們趴在沙地上，聽著爆炸聲雷鳴般在他們頭頂轟響。巨大的衝擊波把凸岩的岩壁震落下來，他們剛才所在的地方變成了一片礫石。

艾德荷坐起來，拍掉身上的沙土。

「不是原子彈！」潔西嘉說，「我還以爲……」

「你在那兒設了一個遮罩場吧。」保羅說。

「一個很大的遮罩場，全功率運轉。」艾德荷說，「只要雷射一碰，就會……」他聳了聳肩。

「亞原子裂變，」潔西嘉說，「那是一件危險的武器。」

「不是武器，夫人，是防禦。哪個飯桶再用雷射槍的時候，可就要三思了。」

從撲翼飛船上下來的弗瑞曼人在他們頭頂的沙丘上停下腳步，一個人低聲喊道：「朋友，我們應該隱蔽起來。」

艾德荷扶起潔西嘉，保羅則自己站了起來。

「爆炸會相當引人注意的，殿下。」艾德荷說。

殿下。保羅想。

別人這樣稱呼自己時，這個詞忽然間變得十分奇異。「殿下」一直是他的父親。

在那一剎那，保羅的預見力再一次觸及了他。他看到自己感染了那種使人類世界走向大混亂的野蠻的種族意識。這種幻象使他戰慄不已。他讓艾德荷領著自己，沿盆地邊緣走到一塊凸岩旁邊。那兒的弗瑞曼人正在用壓力器打開一條通往沙下的路。

「殿下，我來幫您揹背包好嗎？」艾德荷問。

「這背包不重，鄧肯。」保羅說。

「您沒有護體遮罩場，」艾德荷說，「穿我的好嗎？」他看了看遠處的懸崖，「看樣子，周圍不太可能再有雷射了。」

「留著你的遮罩場吧，鄧肯，你的右臂就足以保護我了。」

潔西嘉看到保羅的讚揚起了作用，艾德荷更加貼近保羅。她想：我兒子很善於處理與他手下人的關係。

弗瑞曼人搬掉一塊堵住洞口的石頭，露出一條通向這裡地下基地的通道。弗瑞曼人用僞裝網遮住通道入口。

「這邊走。」一個弗瑞曼人說，領著他們走下石階，邁入一片黑暗之中。

在他們後面，僞裝網擋住了月光。一道微弱的綠光從前面照過來，照亮了石階、岩壁和前方的一個左彎道。現在，他們周圍全都是身穿長袍的弗瑞曼人，伴著他們一路向下。轉過那個彎，他們發現了另一條向下傾斜的甬道，通往一間粗糙的洞室。

凱恩斯站在他們面前，頭罩甩在腦後，蒸餾服的領子在綠光照耀下閃閃發亮。他的長髮和鬍鬚亂作一團，沒有眼白的藍眼睛在濃濃的眉毛下顯得特別深邃。

雙方見面的一刻，連凱恩斯自己都不明白自己爲什麼會這麼做：我爲什麼要幫助這些人？這是我做過的最危險的一件事，可能會使我陪著他們一起遭殃。

接著，凱恩斯直視保羅。這個男孩已經長大成人了，將悲傷藏在心底。他喪失了一切，得到的只有一個公爵頭銜——他應該已經繼承爵位了吧。但凱恩斯意識到，這個爵位之所以還在，完全是因爲這位年輕人——這副擔子可不輕啊。

潔西嘉四下打量著這間石室，用比吉斯特的方式把它一一記錄在自己頭腦中：一間實驗室，不是軍隊設施。和許多老式房子一樣，面積不小，還有不少旮旮角角的地方。

「這是皇家生態實驗站之一，我父親曾想把它們用作前哨基地。」保羅說。

他父親從前這麼想過！凱恩斯想。

凱恩斯再一次懷疑起自己的決定來：我出手幫助這些難民是不是太蠢了？為什麼要這樣做？現在抓住他們易如反掌，還可以用他們來換取哈肯尼人的信任。

保羅學著母親的樣子審視著這個房間。房間的牆壁是毫無特色的岩石，一邊擺著工作台，台面上放著一排實驗器械——刻度盤閃閃發光，拖著電線的香料分離器上有幾個玻璃凹槽。到處都瀰漫著臭氧味。

幾個弗瑞曼人沒有停步，繞過石室裡一個隱蔽的角落繼續往前走。不多時，那邊傳來新的聲音：機器的啰啰聲、轉動的皮帶輪和多缸發動機發出的轟鳴聲。

保羅往房間的另一頭望去，那面牆邊擺著許多籠子，裡面裝著小動物。

「你說得對，你認出了這個地方。」凱恩斯說，「保羅·亞崔迪，你打算用這地方來做什麼？」

「把這顆星球變成一個適合人類居住的地方。」保羅說。

也許，我就是因為這個才幫助他們的。凱恩斯想。

機器的嗡嗡聲突然低下來，周圍一片寂靜。空曠的房間裡響起小動物尖細的叫聲，只吱吱叫了幾聲就戛然而止，彷彿這種叫聲讓牠們自己感到很尷尬。

保羅的注意力又回到籠子上，他看出那幾隻動物是褐色翅膀的蝙蝠。一個自動餵食機從側牆上伸出來，貫穿整個籠子。

一個弗瑞曼人從石室的一處暗角走出來，對凱恩斯說：「列特，發電機停止工作了，我無法把我們遮罩起來，無法避開探測器。」

「能修好嗎？」凱恩斯問。

「快不了。零組件……」那人聳聳肩。

「是啊。」凱恩斯說，「只好不用機器自己動手了，找個手泵把空氣抽到地面上去。」

「我馬上去做。」那人急匆匆離開了。

凱恩斯又轉向保羅說道：「你回答得很好。」

潔西嘉注意到了此人輕鬆的男低音，聽上去十分高貴，是慣於發號施令的聲音。她沒有忽略那人對他的稱呼，「列特」。列特是弗瑞曼人供奉的神，是這位表面和氣的行星生態學家的另一張不爲人知的面孔。

「我們非常感謝你的幫助，凱恩斯博士。」她說。

「嗯……再說吧。」凱恩斯說著，對一個手下點了點頭，「夏米爾，在我房間裡備好香料咖啡！」

「馬上就好，列特。」那人說。

凱恩斯指著石室側面牆壁上的一道拱形開口：「請！」

潔西嘉先高傲地點了點頭，這才移步。她見保羅給艾德荷打了個手勢，示意他在這裡安排警衛。

走廊只有兩步深，通向一道厚重的門，門後是一個正方形的辦公室，金色的懸浮球燈照亮了整個房間。潔西嘉走進辦公室時，順手在門上一碰，吃驚地發現這門竟然是塑鋼製成的。

保羅朝房間裡走了三步，把背包扔在地板上。只聽門在身後關上了，他開始四下打量著這個地方。房間每邊長約八公尺，牆壁是天然的岩石，咖喱色。右手邊是一排金屬陳列櫃。一張矮書桌擺在正中，奶色的玻璃桌面，玻璃裡滿是黃色氣泡。書桌周圍擺放著四把懸浮椅。

凱恩斯繞過保羅，替潔西嘉拉開一張懸浮椅。她坐下來，留意著兒子審視房間的樣子。

保羅繼續站了片刻。他感覺到室內空氣流動微微有些異樣，表明右邊那排櫃子後面有一個祕密出口。

「保羅．亞崔迪，你不坐下嗎？」凱恩斯問。

小心翼翼地避開我的頭銜，保羅想。但他還是坐下了，一言不發。凱恩斯也坐了下來。

「你覺得阿拉吉斯可以成為人類的天堂，」凱恩斯說，「可是，你也看到了，帝國派來這裡的只有受過訓練的打手和搜尋香料的傢伙！」

保羅舉起戴著公爵璽戒的大拇指說：「看見這個戒指了嗎？」

「是的。」

「你知道它的意義嗎？」

潔西嘉急忙轉身盯著自己的兒子。

「你父親躺在阿拉肯的廢墟裡，死了。」凱恩斯說，「所以，理論上說，你的確是公爵。」

「我是帝國的士兵，」保羅說，「所以，理論上說，同樣也是皇上派赴此地的打手。」

凱恩斯的臉陰沉下來，「站在你父親屍體旁邊的是皇上的薩督卡，在這種情況下，你仍然是皇上的打手？」

「薩督卡是一回事，皇上授命我對這顆星球行使權力，這是另一回事。」保羅說。

「阿拉吉斯自有辦法決定該誰坐上發號施令的寶座。」凱恩斯說。

潔西嘉轉頭看了看凱恩斯，心想：這個人有骨氣，未經摧折的骨氣……而我們缺少的正是骨氣。保羅的做法太危險了。

保羅說：「薩督卡來到阿拉吉斯，正說明我們那位可敬的皇上是多麼害怕我的父親。而現在，我會讓帕迪沙皇帝怕我，我會……」

「小夥子，」凱恩斯說，「有些事情你不……」

「你應該稱呼我殿下，或者大人。」保羅說。

別衝動，慢慢來。潔西嘉想。

凱恩斯瞪著保羅。潔西嘉發現，這位行星生態學家臉上露出一絲讚賞的神情，一絲順從的跡象。

「殿下。」凱恩斯說。

「對皇上來說，我是個棘手的問題。」保羅說，「對所有那些想把阿拉吉斯當成戰利品來瓜分的人來說，我同樣是個棘手的問題。只要我還活著，我始終是這樣一個問題，塞在他們喉嚨裡，總有一天會將他們統統噎死。」

「話是這麼說，但話只不過是一句話而已。」凱恩斯說。

保羅凝視著他，過了一會兒，他說：「你們有一個傳說，利山·阿蓋博，也就是天外綸音，那個將帶領弗瑞曼人進入天堂的人。你們的人……」

「迷信！」凱恩斯說。

「也許是，」保羅表示贊同，「但也許不是。有的時候，迷信頗有些奇怪的根源、奇怪的分支。」

「你有個計畫，」凱恩斯說，「這一點倒是很明顯……殿下。」

「你的弗瑞曼人能向我提供有力證據，證明這裡存在著身穿哈肯尼軍服的薩督卡人嗎？」

「完全可以。」

「皇上會派一個哈肯尼人重新掌握阿拉吉斯的大權，」保羅說，「也許甚至會是野獸拉賓。就讓他來吧！一旦他捲入任何他脫不了干係的罪行，皇上就會面對立法會最高委員會特案調查的可能性。

在那裡，他必須回答……」

「保羅！」潔西嘉說。

「就算立法會最高委員會接受了你的指控，」凱恩斯說，「那也只可能有一個結果，皇室和各大家族之間的全面戰爭。」

「大混戰。」潔西嘉說。

「但我會首先將我的指控提交皇上，」保羅說，「給他一個大混戰之外的選擇。」

潔西嘉用乾澀的聲音說：「訛詐？」

「政客的手段之一，你自己也這麼說過。」保羅說。潔西嘉從他的話中聽出了幾分挖苦的意味，「皇上沒有兒子，只有女兒。」

「你想覬覦皇帝的寶座？」潔西嘉說。

「他不會願意冒險讓整個帝國在全面戰爭下分崩離析。」保羅說，「一個個行星被毀滅，到處是一片混亂——他不會冒這個險。」

「你所說的，是一場不顧一切的賭博。」凱恩斯說。

「立法會的大家族們最怕的是什麼？」保羅問，「他們最怕的就是在阿拉吉斯這裡正在發生的事——薩督卡把他們一個一個地幹掉。大家族聯合會之所以存在，無非是因爲這個原因。這就是大家族聯合會的黏合劑。只有聯合起來，他們才得以與皇上的軍事力量分庭抗禮。」

「但他們……」

「這就是他們所害怕的事，」保羅說，「而阿拉吉斯將會成爲號召大家團結起來的戰鬥口號。他們每一個人都會從我父親身上看到他們自己——被一一隔離開，然後殺掉。」

凱恩斯對潔西嘉說：「他的計畫會成功嗎？」

「我不是門塔特。」潔西嘉說。

「但你是比吉斯特。」

她狠狠瞪了凱恩斯一眼，然後說：「他的計畫有好的一面，也有不好的一面……處於這一階段的所有計畫都是這樣。一個計畫成功與否，既取決於構思，也取決於執行。」

「『法律是進化到極致的科學』，」保羅引述道，「這句話鐫刻在皇帝的大門上。我所計畫的正是向他展示法律的力量。」

「而我卻不能肯定自己是否能信任構思出這個計畫的人，」凱恩斯說，「阿拉吉斯有它自己的計畫，我們……」

「在皇帝的寶座上，」保羅說，「我揮一揮手就可以創造出阿拉吉斯的天堂。這就是我手裡的錢，我用它購買你的支援。」

凱恩斯的身體僵硬了：「我的忠誠是非賣品，殿下。」

保羅盯著桌子對面的凱恩斯，與他那藍中透藍、冷冰冰的目光相遇，打量著那張居高臨下、滿是鬍鬚的臉。保羅嘴邊露出一絲冷冷的笑意，說道：「說得好。我道歉。」

凱恩斯迎著保羅的目光，說：「哈肯尼人從不認錯。也許你跟他們不一樣，亞崔迪。」

「那可能是他們教育體系中的失誤。」保羅說，「你說你是非賣品，但我相信，你會接受我出的價錢。作爲你忠誠的回報，我也向你奉獻我的忠誠……全心全意。」

我兒子繼承了亞崔迪家族的眞誠，潔西嘉心想，他有一種巨大的、近於天眞的榮譽感，這是一種多麼有力的力量啊。

她看到，保羅的話震動了凱恩斯。

「全都是廢話，」凱恩斯說，「你不過是個孩子，並且……」

「我是公爵，」保羅說，「我是一個亞崔迪，而亞崔迪家族從來沒有違背過這樣的契約。」

凱恩斯咽了口口水。

「當我說『全心全意』的時候，」保羅說，「我的意思是『毫無保留』，我願意爲你獻出生命。」

「殿下！」凱恩斯說。這個詞脫口而出，潔西嘉看得出來，他現在已經不再是對一個十五歲的男孩講話，而是對一個成年人、一個地位比他高的人講話。直到現在，凱恩斯才眞心將保羅視爲眞正的公爵。

此時此刻，他甚至願意爲保羅犧牲自己的性命。她想，亞崔迪家的人怎麼能夠如此迅速、如此輕易地做到這一點呢？

「我知道你的承諾是眞心的，」凱恩斯說，「但哈肯尼……」

保羅身後的房門砰然洞開，他猛一轉身，看到的是門外令人炫目的暴烈場面——呼叫聲，鋼鐵的撞擊聲，通道裡蒼白扭曲的面孔。

爲了保護母親，保羅向門口撲去。他看見艾德荷堵住了通道。透過在遮罩場力場作用下顫動的空氣，保羅看到了艾德荷那殺紅了的雙眼，他前面攫人利爪般的手，徒勞揮舞、砍在遮罩場上的刀，還有震盪槍火力被遮罩場擋回時發出的橘紅色火焰。這一切之中，是艾德荷自己的刀刃，來回揮舞，濺著一股股殷紅。

凱恩斯已經衝到保羅身旁，兩人把全身的重量壓在門上。

保羅最後瞥了一眼艾德荷，他抵擋著蜂擁而至的身穿哈肯尼軍服的人——步履蹣跚，微微抽搐著，黑色山羊毛一樣的頭髮上綻放出一朵鮮紅的死亡之花。隨後，門關了。哢的一聲，凱恩斯插上了門閂。

「看來，我已經做出決定了。」凱恩斯說。

「你的機器停止運行以後，我們被人偵察到了。」保羅說。他把母親從門口拉開，她眼中充滿絕望的神情。

「咖啡沒有送來，我應該料到出了麻煩。」凱恩斯說。

「你這兒有一個逃生暗道，」保羅說，「是不是該用了？」

凱恩斯深深吸了口氣，說：「這道門至少可以抵擋二十分鐘，除非他們使用雷射槍。」

「他們不會用雷射槍的，因爲害怕我們這一側設有遮罩場。」保羅說。

「他們是穿哈肯尼軍服的薩督卡人。」潔西嘉低聲說道。

開始撞門了，一陣陣有節奏的撞擊聲。

凱恩斯一指右牆的櫃子：「這邊走。」他走到第一個櫃子前，打開抽屜，動了動裡面的一個操縱桿，整個牆壁連同靠在上面的櫃子一起移開，露出一個漱黑的地道口。「這道門也是塑鋼的。」凱恩斯說。

「你的準備工作做得很好。」潔西嘉說。

「我們在哈肯尼人手下生活了八十年。」凱恩斯說。他領著他們走進黑暗，隨即關上地道門。

在突如其來的黑暗之中，潔西嘉看見前方地面上有一個發光的箭頭。

凱恩斯的聲音從身後傳來：「我們在這裡分手。這堵牆比房門更結實，至少可以抵擋一小時。沿著地上的箭頭往前走，一路都會有這樣的箭頭出現，你們走過後就會自動熄滅。這些箭頭可以指引你們穿越迷宮，到達另一個出口，我在那裡藏了一架撲翼機。今晚會有一場大沙暴橫掃沙漠，你們唯一的希望就是撲向沙暴，衝進風暴上層，讓風暴裹挾著你們飛行。偷撲翼飛船時，我的人就是這麼做的。只要始終飛在沙暴上層，你們就能倖存下來。」

「你怎麼辦？」保羅問。

「我試著從另一條路逃走，如果我被抓住了……嗯，我仍舊是皇家行星生態學家，我可以說是你們把我俘虜了。」

像膽小鬼一樣逃跑。保羅想，但如果不這麼做，我怎麼能活下去替父親報仇呢？他轉回身去，面對密道大門。

潔西嘉聽見了他的動作，道：「鄧肯已經死了，保羅。你看見他的傷口了，你什麼忙也幫不上。」

「總有一天，我要叫他們血債血償。」保羅說。

「所以你必須立即動身。」凱恩斯說。

保羅感到凱恩斯的手放到自己肩頭，拍了拍。

「凱恩斯，我們在哪兒碰頭？」保羅問。

「我會派弗瑞曼人去找你們，我們知道沙暴的路線。現在快走，願神母賜予你們速度和好運。」

黑暗中一陣窸窸窣窣的腳步聲，他走了。

潔西嘉摸到保羅的手，輕輕拉著他說：「我們千萬別走散了。」

「是。」

他跟著她走過第一個箭頭，腳底一觸，它立即暗了下去，而前方亮起另一個箭頭，召喚著他們繼續前行。

他們走過第二個箭頭，看著它滅掉，看著前方又出現了另一個箭頭。

他倆跑了起來。

大計畫裡有中計畫，中計畫裡有小計畫，潔西嘉想，我們現在是否已經成了某個人計畫中的一部分？

箭頭指引著他們轉過一個個彎道，經過一個個岔道口（最微弱不過的光線下，只能隱隱約約感覺到）。先是一段向下傾斜的路面，然後向上，一直向上。終於有了台階，轉過一個彎，台階突然中斷，前面是一堵發光的牆，牆的正中還能看見一個黑色把手。

保羅按了一下把手。

牆轉開了。前面燈光雪亮，照出一個在岩石上鑿出來的山洞，洞中央蹲伏著一架撲翼機。撲翼機另一側是一堵平平的灰色高牆，牆上有個大門標記。

「凱恩斯到哪兒去了？」潔西嘉問。

「他做了任何優秀的游擊隊領導人都會做的事。」保羅說，「他把我們分成兩組，並作好安排，就算他被俘，也不可能說出我們在哪兒，因爲他眞的不知道。」

保羅把她拉進洞內，注意到腳下踢起厚厚的塵土。

「這兒很久沒人來了。」他說。

「他似乎非常有把握，相信弗瑞曼人一定能找到我們。」她說。

保羅放開她的手，走到撲翼機左邊門口，打開艙門，把他的背包在後座上放好。「撲翼機有遮罩系統，探測器發現不了。」他說，「控制面板上有大門的遙控開關和燈光控制。在哈肯尼人統治下的八十年，他們學會了做事精細、全面。」

潔西嘉斜靠在撲翼機的另一邊，緩了口氣。「哈肯尼人會在這一帶部署空中監控，」她說，「他們並不愚蠢。」她想了想方位，指著右邊說，「我們看見的沙暴是從那個方向來的。」

保羅點點頭，竭力克制著心中那股突然不想動的感覺。他知道原因，但卻發現，就算知道了也沒有用。今晚，他在某種程度上做出了一個決定，未來因此變成深不可測的未知數。他了解他們現在所處的時空，然而對他而言，「此時此刻」卻是一個神祕的奇點。他彷彿遠遠地看著自己走進一個深谷，漸漸消失在視線之外。走出山谷的路有無數條，有些路也許可以把保羅．亞崔迪的身影再次帶回到視線中來，許多卻不會。

「我們等的時間越久，敵人的準備也越充分。」潔西嘉說。

「進去，繫好安全帶。」他說。

他和她一起爬進飛船，仍舊極力壓制住這個不安的念頭：這裡是個盲點，任何預見力都無法看到的盲點。突然間，他震驚地意識到，自己愈來愈依賴預感，這削弱了他處理眼前緊急事件的能力。

「如果你只依賴眼睛，你的其他感官就會變弱。」這是一條比吉斯特公理。保羅想著這句話，並發誓永遠不再因爲預言削弱自己的行動能力……如果他能活下來的話。

保羅繫緊安全帶，母親也繫好了，他開始檢查撲翼機。撲翼機的機翼完全伸開，精巧的金屬葉片交織著向外張開。他拉了一下牽拉桿，收起機翼，準備按照葛尼．哈萊克教過他的方法，用噴氣式推進系統起飛。啓動開關輕輕合攏，發動機點火，控制面板的儀表指標啓動，渦輪開始發出低沉的嘶嘶聲。

「準備好了嗎？」他問。

「好了。」

他按下燈光的遙控開關。

黑暗籠罩了他們。

面板的微光下，他的手像一片陰影。他伸手按下大門的遙控開關。前面傳來嘎嘎的聲音，地面的沙塵被吹得嗖嗖作響，打破了沉寂。一股帶著沙塵的微風撲在保羅臉上，他關上他那邊的艙門，立即感受到了機艙內部的氣壓變化。

那堵「牆」豁然洞開，露出一片在沙塵遮蔽下有些朦朧的星空，襯著一大塊黑暗。遠處的星光隱約照出層層疊疊起伏的沙丘。

保羅按下控制面板上閃閃發亮的起飛開關，機翼猛地搧向後下方，把撲翼機從機庫裡拉了出來。機翼鎖定為爬升狀態，噴氣式發動機開始產生動力。

潔西嘉的手輕輕放在雙聯控制面板上，感受著兒子動作中的自信。她很害怕，同時卻又興奮不已。現在只能指望保羅受過的訓練了，她想，依靠他的年輕，他的敏捷。

前面星光下突然出現一堵黑牆般的石壁。保羅給噴氣式發動機輸入更多的能量，撲翼機傾斜著直向上方衝去，把他們重重地按在座位上。他向飛船提供更大的爬升力，更多的動力。機翼一陣猛搧，他們飛出了星光下嶙峋崎嶇、尖角上銀光閃爍的岩群。被沙塵染紅的二號月亮出現在他們右手的地平線，昭示著沙暴地帶的位置。

保羅的手在控制面板上飛快地舞動著，機翼咔嗒作響，縮成短短一截凸出物。撲翼機以極高的速度作了一個急轉彎，超載壓得他們幾乎喘不上氣來。

「我們後面有噴氣尾焰！」潔西嘉說。

「我看見了。」

他向前猛地一推動力桿。

他們的撲翼機像嚇壞的動物般向前一躍，衝向南面的沙暴和弧形的大沙漠。下面近處散布著重重陰影，顯示出突兀岩群的中斷處，沙丘間弗瑞曼人的地下基地。月光投下一彎彎影子，無窮無盡，伸向遠方——那是一個接一個連綿不絕的沙丘。

天邊升起的是無比巨大的沙暴，星光之下，像一堵灰牆。

撲翼機一震，有東西擊中了它。

「是炮彈！」潔西嘉倒吸一口氣，「他們用的是某種投射武器。」

只見保羅臉上突然露出野獸般的獰笑：「看來他們不想用雷射武器。」

「但我們並沒有遮罩場呀！」

「可他們知道嗎？」

撲翼機又是一震。

保羅轉過頭去瞥了一眼，說：「看樣子，他們中間只有一架撲翼機的速度可以追上我們。」

他重新把注意力轉回到航線上，注視著前面高高升起的沙暴牆，像一塊結結實實的固體般壓了過來。

「投射武器、火箭，所有這些老式武器——我們以後要把它們教給弗瑞曼人。」保羅低聲說道。

「沙暴。」潔西嘉說，「應該轉向了吧？」

「後面那架撲翼機怎樣了？」

「他拉高了。」

「咱們轉！」

保羅晃了一下機翼，飛船猛然向左斜飛，一頭栽進那貌似緩慢實則洶湧翻滾的沙暴牆裡。重力擠壓之下，保羅只覺得臉頰都變了形。

他們彷彿滑進了一團緩慢移動的沙塵雲，它愈來愈濃，最後完全遮住了沙漠和月亮。飛船陷入一片沙沙作響、永無盡頭的黑暗，只有控制面板上發出的綠光帶來一點幽暗的光明。

有關沙暴的警告閃現在潔西嘉腦海中：它可以切奶油一般切開金屬，可以把肉從骨頭上刮掉，再把骨頭吞掉。她能感到沙毯似的狂風的衝擊，保羅竭力控制，但撲翼機仍舊劇烈顛簸著。她只見他突然切斷動力，感到飛船急速下沉。周圍的金屬吱呀作響，不停地顫抖著。

「沙！」潔西嘉大聲叫道。

儀表光線中，只見保羅否定地搖搖頭：「在這種高度其實沒多少沙。」

但她能感覺到他們正沉入巨大的氣旋之中。

保羅讓機翼充分伸開，進入滑翔模式。機翼在風中吱吱嘎嘎響個不停。他雙眼緊盯著儀表面板，憑本能滑行著，盡力保持飛行高度。

摩擦撲翼機的響聲減弱了。

撲翼機開始向左翻滾，保羅的注意力集中在水平儀，努力使撲翼機恢復水準。

潔西嘉突然產生了一種奇異的感覺：覺得他們自己並沒有移動，運動的是外面的一切。一道黃沙掠過舷窗，嘶嘶的摩擦聲又讓她想起了周遭大自然的威力。

風速大約是每小時七百或八百公里。她想。體內分泌的腎上腺素折磨著她。我絕不能害怕。她告誡自己，嘴裡默誦著比吉斯特的禱文。恐懼會扼殺思維能力。

慢慢地，長期訓練占了上風。

她恢復了鎮定。

「我們揪住了老虎尾巴。」保羅輕聲說，「我們不能下降，也不能著陸……我不認為我可以爬升上去，只有跟著它走。」

鎮定再一次從她身上漸漸溜走，潔西嘉感到自己的牙齒打顫，於是咬緊牙關。隨即，她聽見了保羅的聲音，低沉、冷靜。他在背誦禱文：

「我絕不能害怕。恐懼會扼殺思維能力，是潛伏的死神，會徹底毀滅一個人。我要容忍它，讓它掠過我的心頭，穿越我的身心。當這一切過去之後，我將睜開心靈深處的眼睛，審視它的軌跡。恐懼如風，風過無痕，唯有我依然屹立。」

你喜歡貓頭鷹出版的書嗎？

請填好下邊的讀者服務卡寄回，
你就可以成爲我們的貴賓讀者，
優先享受各種優惠禮遇。

✂ ▼請沿虛線剪下，塡妥寄回即可，免貼郵票

貓頭鷹讀者服務卡

謝謝您講買： ______________________________ (請填書名)

為提供更多資訊與服務，請您詳填本卡、直接投郵（免貼郵票），我們將不定期傳達最新訊息給您，並將您的建議做為修正與進步的動力！

姓名：______________ □先生 □小姐　民國______年生　□單身　□已婚

郵件地址：□□□ ________縣市________鄉鎮市區________________

聯絡電話：公(0　)__________　宅(0　)__________　手機__________

■**您的E-mail address：** ______________________________

■**您對本書或本社的意見：**

您可以直接上貓頭鷹知識網（http://www.owls.tw）瀏覽貓頭鷹全書目，加入成為讀者並可查詢豐富的補充資料。
歡迎訂閱電子報，可以收到最新書訊與有趣實用的內容。大量團購請洽專線 (02) 2356-0933轉282。
歡迎投稿！請註明貓頭鷹編輯部收。

廣 告 回 信
台灣北區郵政管理局登記證
台北廣字第000791號
免 貼 郵 票

104 台北市民生東路二段141號2樓

英屬蓋曼群島商家庭傳媒（股）城邦分公司

貓頭鷹出版社　　收